Roman | Skarabæus

Bernhard Aichner

Nur Blau

Roman

Skarabæus

„Komm mit mir in die Leere“

Yves Klein, 1957

1.

Zuerst Jo.

Wie der schmächtige Pole schaute und zusammensank.

Wie Jo ihn getreten hat, seinen Schuh tief in das polnische Fleisch schlug, wie die Waffe aus der polnischen Hand fiel, wie Jo das Bild nahm und rannte.

Gehen Sie, hat der Pole gesagt. Das Bild bleibt hier und das Geld auch. Gehen Sie.

Er hat Jo mit der Waffe bedroht, sie ihm unsicher entgegengestreckt, sie ihm an die Brust gedrückt. Seine Hand hat gezittert, sein Gesicht war gierig.

Ein kleiner schmächtiger Mann. Und wie seine Hand zitterte.

Gehen Sie, hat er immer wieder gesagt.

Jo hat überlegt. Er hat die Waffe gespürt auf seiner Brust, er hat auf die Tasche gestarrt, auf das Geld, sein Geld, und auf das Bild, wie es dalag. Wie es blau dalag. Er würde dieses Bild mitnehmen. Er hatte es gekauft, bezahlt mit seinem Geld, es dem Polen auf seinen Schreibtisch gelegt, ihm geschrieben so oft, mit ihm telefoniert. Er war nach Warschau gekommen und er würde mit diesem Bild von hier weggehen. Einen anderen Weg zurück gab es nicht.

Kommen Sie am Dienstag, hat der Pole gesagt, dann habe ich das Bild hier, es ist aus der Mailänder Ausstellung, achthunderttausend, seien Sie pünktlich.

Bin ich, hat Jo gesagt.

Er packte das Geld in eine Tasche und fuhr nach Warschau, hinauf in den zweiten Stock, wo das Bild war. Er würde es mitnehmen, er würde nicht ohne dieses Bild gehen. Er würde dem Polen zwischen die Beine treten und rennen, das Bild unter seinem Arm.

Der Pole stöhnte, schrie. Jo rannte. Das Geld auf dem Schreibtisch. Und der Pole, wie er sich zwischen die Beine greift, wie er schreit, wie er Jo festhalten will, das Bild, nach ihm greift, ihn festhalten will. Wie er greift und schreit. Und Jo, wie er rennt.

Durch die Tür hinaus, die Stiegen hinunter, hinaus auf eine dunkle Warschauer Straße.

Er rannte. Er hörte, wie der Pole hinter ihm war, wie er sich am Geländer festhielt und nach unten stolperte. Er hörte, wie er durch die Tür kam, wie er hinter ihm herrannte. Jo drehte sich nicht um. Jo rannte. Das Bild unter seinem Arm, mit der Farbe nach innen, so, dass er sie kaum berührte. Er rannte. Er wollte dieses Bild. Lange schon.

Wie es oben auf dem Schreibtisch lag, wie der Pole ungeduldig mit den Fingerkuppen auf die Tischplatte trommelte, wie er die Pigmente unter dem Vergrößerungsglas betrachtete, wie er die Leinenfasern bis 1957 zurückverfolgte. Wie er rannte.

Es war echt. Ein Original, und es würde ihm gehören. Er würde mit diesem Bild über die Grenze fahren, es würde in seiner Stadt hängen, an seiner Wand, es würde ihm gehören. Und wie der Pole die Waffe nimmt und ihn bedroht, wie sein Gesicht ist, wie er ihm sagt, dass er ihm das Bild nicht geben will, dass er gehen soll, dass er das Geld liegen lassen soll, dass er gehen soll, ohne das

Bild, und wie Jo merkt, was passiert, dass alles verloren ist in diesem Moment, dass er sein Bild nicht bekommt, dass er betrogen wird, dass dieser kleine Pole ihn betrügen will, mit der kleinen zitternden Waffe in der Hand. Wie sie an seine Brust drückt. Wie das Bild vor ihm liegt. Und wie er rennt. Wie er ihn tritt und das Bild nimmt. Wie die Tür aufgeht. Wie er rennt. Wie er ihn mit aller Kraft tritt und das Bild nimmt, wie er es in die Hände nimmt, wie er es fest an sich drückt und rennt.

Ein blaues Bild.

Er hörte den Polen, wie er keuchte und spuckte. Wie er hinter ihm über die Pflastersteine stolperte.

Gehen Sie, hatte er gesagt, und Jo rannte.

Dann bog er in die Seitenstraße. Da stand das Auto.

Mosca hatte ihn gesehen, er hatte gestartet und die Türe geöffnet, Jo stürzte hinein und das Auto fuhr aus der Stadt hinaus.

Schnell, schrie er. Fahr los. Jetzt. Bitte, Mosca, schnell. Der Pole blieb stehen. Die Arme auf den Knien abgestützt, wild schnaufend. Er hustete und spuckte. Im Rückspiegel kotzte er sich seine Seele aus dem Leib.

Scheiß Pole, sagte Jo.

Mosca lachte.

Das war vor zwei Jahren.

Mosca und Jo fuhren mit dem Bild über die Grenze.

Es lag im Kofferraum, in eine Decke eingewickelt. Der Beamte winkte sie durch. Wie auf dem Hinweg.

Sie schauten sich an und lachten. Jo schrie vor Glück. Er hüpfte auf dem Sitz auf und nieder, bis Mosca stehen blieb, das Auto am Straßenrand anhielt und Jo umarmte. Jetzt hast du dein Bild.

Er strich mit der Hand über Jos Haare und küsste ihn.

Jo ließ es zu.

Er wurde ruhig, er blieb in Moscas Armen liegen und spürte die vertraute Zunge in seinem Mund.

Die Zungen lagen fleischig ineinander. Berührten sich ungeduldig. Das Bild lag im Kofferraum. Jo wollte es ansehen, es in seinen Händen spüren, es halten, mit den Fingern über die Farbe streichen, es lange anschauen. Die Zungen gingen auseinander.

Ich warte, bis wir da sind. Auf das richtige Licht, und du machst den Wein auf. Fahr schnell, sagte er. Jetzt.

Mosca brauchte zehn Stunden von Warschau nach Frankfurt.

Sie fuhren zurück in ihr Hochhaus, in den zweiunddreißigsten Stock, in ihre sichere Welt, eng aneinander ihre Körper im Lift nach oben, das Bild in der Decke eingewickelt unter Jos Arm.

Er hielt es fest. Seine Finger waren wie Schnüre, fest gebunden.

Dann ging die Tür auf. Dann ging das Licht an. Und da war es dann.Wie es blau dastand, an der weißen Wand lehnte, in dem weißen Zimmer. Ein blaues Bild. Yves Klein heißt der Maler.

2.

Olivier roch nach Müll.

Deshalb hat ihn seine Frau verlassen. Weil er keinen normalen Beruf haben konnte. Weil er Müllfahrer war. Weil er täglich den Müll anderer Leute spazieren fuhr, weil er danach roch, wenn er nach Hause kam, weil es widerwärtig ist, Würmer und volle Windeln und Dreck herumzufahren. Sie ist einfach gegangen, hat ihre Sachen gepackt und ist weg. Sie kam nicht wieder.

Du stinkst, hat sie noch einmal gesagt.

Dann war sie weg.

Das ist mein Beruf, hat er geantwortet, es ist ein guter Beruf.

Das ist doch kein Beruf, hat sie gesagt.

Und er, dass sie nicht undankbar sein soll, was sie denn sonst essen sollten, wo sie denn wohnen sollten, wenn er nicht die Scheiße der anderen Leute auf den Müll fahren würde, und sie ihren Arsch sowieso nicht in die Gänge bringt, um Geld zu verdienen, und dass sie wahrscheinlich zu blöd ist zum arbeiten. Er war wütend. Sie hat gesagt, dass er stinkt, dass sie ihn nicht mehr ertragen kann, dass er eine stinkende alte Drecksau ist. Dann ist er ins Wirtshaus.

In einen Münchner Biergarten, ohne sich zu duschen.

Dann stinke ich eben, hat er gedacht, aber ich weiß wenigstens warum. Und währenddessen hat sie ihn verlassen, ist einfach weggegangen, hat ihm die Schlüssel dagelassen und die Schulden für die neue Eigentumswohnung. Sie ist einfach weg.

Das war vor einem halben Jahr. Danach trank er mehr als früher und las auch nicht mehr.

Er hatte immer gerne gelesen, nach der Arbeit geduscht und in seinem Plüschsessel gelesen. Alles hat er gelesen, alles, was er in die Hände bekam, er stopfte es hinein in sich, egal, ob es wichtig war oder nicht.

Er hat gelesen, obwohl sie ihn ausgelacht hat.

Was willst du mit Kunstgeschichte, du bist Müllfahrer, Olli.

Ich heiße Olivier, hat er gesagt und weitergelesen.

Was weißt du schon, hat er gedacht, und von der Antike bis zur Gegenwart durchgelesen.

Den Plüschsessel hatte er aus dem Müll. Die guten Stücke hat er immer mitgebracht. Wir sparen viel Geld, hat er gesagt, und sie hat den Kopf geschüttelt.

Jetzt bringt er schon wieder den Müll mit nach Hause, das ertrage ich nicht.

Sie hat lange den Kopf geschüttelt, hat ihn verachtend angeschaut, sich fein gemacht und ist ausgegangen. Fast jeden Abend, sie hat sich aushalten lassen von irgendwelchen Arschlöchern.

Ich brauche dein Geld nicht, hat sie gesagt.

Du hast ja diese Arschlöcher, hat er gesagt.

Olivier war nicht eifersüchtig. Sie ist gegangen und er hat gelesen. Bücher, Zeitschriften, Stadtpläne, er hat sich keine Gedanken gemacht, was sie wohl tut, ob sie ihm treu ist. Sie kam immer wieder zurück und das beruhigte ihn. Er saß in seinem Plüschsessel und sie stolperte in Stöckelschuhen zur Tür herein. Halbnackt.

Du schaust aus wie eine Nutte, hat er einmal gesagt.

Er las gerade einen Artikel über Harninkontinenz, darüber dass man sie jetzt heilen kann, dass sie eine Methode gefunden haben. Eine medizinische Sensation. Und sie stand da und war wütend. Mehr als das. Sie ging zu ihm hin, steckte sich ihren Zeigefinger in den Hals und übergab sich über ihn. Es rann aus ihr heraus in sein Hemd und tief in den Plüschsessel hinein.

Und du stinkst, sagte sie.

Dann kotzte sie noch einmal. Dann schlug er sie. Ein paar Tage später hat sie ihn verlassen.

Olivier war nicht traurig, als sie ging. Das glaubte er jedenfalls.

Er hat begonnen, viel Alkohol zu trinken und Karten zu spielen. Im Biergarten gab es eine dunkle Ecke, in die er sich verlief. Dort verlor er sein Geld und trank Bier. Es rann in ihm hinunter und blieb liegen auf dem Eichentisch im Biergarten. Er fühlte sich allein, wenn er zu Hause war. Da war niemand mehr. Sie war nicht da, saß nicht mehr vor dem Fernseher, lackierte ihre Nägel nicht mehr. Auch wenn sie nie viel geredet hatten, vermisste er sie. Er konnte es nicht ertragen, in seiner Wohnung, die Nächte allein, unter der Decke. Er verbrachte seine freie Zeit im Biergarten, in der dunklen Ecke.

Vergiss die Schlampe, hat Atze gesagt, sein Kollege. Die fängt sich was ein und kommt auf den Müll. Das hat sie dann davon.

Er hat Olivier das Bier in die Hand gedrückt und auf ihn getrunken.

Die verdient uns nicht, hat er noch gesagt, die undankbare kleine Fotze.

Ihre kleine Fotze, hat sich Olivier gedacht, die habe ich immer gemocht.

Dann hat er getrunken mit Atze und nicht mehr gedacht an sie bis zum nächsten Abend.

Das ging so bis vor vier Monaten.

Olivier und Atze waren schon früh in Schwabing.

An einem Dienstag. Es war eine dieser traurigen Straßen, die Häuser waren alle grau, da war nichts außer Fenster und Türen.

Ein Ghetto, sagte Olivier, hier würde ich sterben.

Er dachte an seine reizende Wohnung, dann dachte er an die Raten, dann tat er seine Arbeit. Atze saß am Steuer, Olivier rollte die Tonnen auf den Heber. Er hob den Deckel jeder Tonne kurz an und warf einen kleinen Blick in die fremden Welten der anderen. Schon oft hatte er Glück, als er den Deckel hob. Etwas lag obenauf, unversehrt, nicht wirklich in Berührung gekommen mit dem wertlosen Abfall darunter. Jemand hatte etwas Brauchbares in die Tonne geworfen, wollte es loswerden, aber Olivier konnte es brauchen. Er hat seiner Frau einen funktionierenden Entsafter mitgebracht, und einmal ein Set versilberter Boccia-Kugeln. Auch der Plüschsessel war einsam in einer leeren Tonne gelegen. Nur der Sessel, sonst nichts. Tausende Tonnen jeden Monat. Einmal kurz den Deckel heben, ein schneller Blick.

Lass das doch, hatte Atze früher immer gesagt.

Das ist doch sinnlos.

Doch Olivier hat es trotzdem immer wieder getan. Irgendwann hat er eine offene Holzkiste mit sieben Flaschen dreiundzwanzig Jahre altem Whiskey gefunden. Seitdem hat Atze nichts mehr gesagt, ihn jeden Deckel heben lassen. Olivier hat Buch geführt über die Treffer, alle tausendsiebenhundert Mal war etwas dabei, das war der Schnitt, sonst immer nur Dreck und nutzloser Müll. Als eine Zeit lang gar nichts mehr dabei war, hat er mit dem Zählen aufgehört.

Olivier hob vor Haus dreiundzwanzig den Deckel der Tonne, schaute kurz hinein, sah aber nur vergammeltes Essen. Während er schaute, was da noch war, rollte er die Tonne Richtung Müllwagen. Er war dabei, den Deckel zu schließen, als die Tonne über den abschüssigen Gehsteig beschleunigte und über den Gehsteigrand holperte. Sie kippte. Olivier riss den Kopf herum. Er war zu langsam. Er wollte die Tonne festhalten und stolperte. Er stürzte seitlich weg, drehte sich, prallte mit dem Rücken gegen den Müllwagen und verriss sich den Nacken. Die Tonne rollte und blieb kurz vor der Seitenwand des Wagens stehen. Olivier schrie. Er stand mit dem Rücken zum Wagen und schrie. Er konnte sich nicht mehr bewegen. Sein Kopf war zur Seite gedreht. Verbogen stand er aus seinem Oberkörper heraus. Er konnte ihn nicht mehr zurückdrehen, ihn nicht mehr geradestellen, mit dem Gesicht nach vorne. Jeder Versuch schmerzte bis tief unter die Haut hinein.

Atze hörte ihn, er hatte die Szene im Rückspiegel beobachtet, sich aber nichts gedacht. Als die Tonne aber stehen blieb und auch Olivier sich nicht mehr bewegte, stieg er aus und begann, sich um ihn zu kümmern. Er hob ihn auf den Beifahrersitz. Vorsichtig waren seine Bewegungen, nachdem er kurz zu fest zugepackt und Olivier ihn angeschrien hatte. Laut und lange. Er beeilte sich, Olivier von der Straße zu holen. Fenster waren aufgegangen. Gesichter schauten teilnahmslos nach unten.

Atze brachte ihn ins Krankenhaus. Der Müllwagen stand vor der Notaufnahme. Er holte einen Rollstuhl, hob Olivier heraus und rollte ihn an der Anmeldung vorbei direkt in ein Untersuchungszimmer. Die Mülltonnen mussten warten. Mein Kollege hat furchtbare Schmerzen, helfen Sie ihm. Er stand neben dem Rollstuhl, schnaufte laut, bekam fast keine Luft mehr. Atze war fett. Früher hatte er das mit den Tonnen gemacht, aber irgendwann wurde ihm alles zu schwer, er klagte über Kurzatmigkeit, ließ sich untersuchen und wurde Fahrer. Er stand neben Olivier und legte ihm die Hand auf die Schulter.

Das wird schon wieder, sagte er und klopfte ihm auf den Rücken. Olivier wimmerte.

Der Arzt brachte ihn noch einige Male zum Schreien, er bog ihn nach links und rechts, zerrte an ihm und sagte, dass er nichts tun könne.

Hexenschuss. Ruhestellung und Physiotherapie. Und das nächste Mal gehen Sie zuerst zur Anmeldung, sagte er noch.

Der Geruch von Alkohol aus den Mündern der Müllfahrer am frühen Morgen war ihm widerwärtig. Atze rollte Olivier nach Hause.

Er brachte ihn in sein Bett, zog ihn aus, deckte ihn zu, brachte ihm Bier und stellte ihm den Fernseher zum Bett, den Olivier vier Monate vorher vom Sperrmüll nach Hause gebracht hatte. Nur ein paar Kratzer waren am Bildschirm, aber man sah sie nicht, wenn er an war. Atze stellte ihn ganz nah zum Bett, weil er die Fernbedienung nicht gefunden hatte zwischen all dem anderen Müll. Olivier lächelte dankbar und gequält.

Du bist ein guter Mensch, Atze.

Der sagte nichts darauf, nur, dass seine ältere Schwester Therapeutin ist, und dass er sie gleich anrufen wird, er wird sie bitten zu kommen. Sie ist zwar alt und fett, aber sie weiß, was sie tut.

Ich komme am Abend noch einmal vorbei, ich nehme den Schlüssel mit.

Er nahm den Schlüssel von der kleinen Fotze und ging.

Olivier bewegte sich nicht.

Er lag steif im Bett und suchte im Fernseher nach etwas, das ihn tröstete, aber er fand nichts. Später hörte man ihn schreien im Gang, als er versuchte, auf die Toilette zu kommen. Zwei Stunden später schlief er ein.

Dann, am Nachmittag, hörte er die Haustür. Es war Herta, die Schwester von Atze. Sie hatte jetzt den Schlüssel. Sie war wirklich fett. Als Olivier ihre Hände sah, bekam er Angst. Sie würde ihm weh tun, sie würde ihm ganz bestimmt weh tun.

Du musst Olli sein, sagte sie.

Ich heiße Olivier, sagte er.

Was ist denn das für ein Name, sagte sie. Wir sind hier in Deutschland. Sie grinste.

Trotzdem Olivier, sagte er.

Sie kam an sein Bett und fragte, wie es passiert ist, wo genau der Schmerz sitzt und bei welchen Bewegungen es weh tut. Dann begann sie ihn zu quälen. Sie rieb an seiner Haut herum, drehte und zerrte an ihm. Im Treppenhaus blieben die Nachbarn stehen und überlegten, ob sie die Polizei rufen sollten, aber schon früher war gebrüllt worden in dieser Wohnung, sie verschwanden hinter ihren Türen. Olivier schrie.

Herta behandelte ihn. Herta war Witwe. Sie hatte nicht wieder geheiratet, sie lebte allein. Sie ist total verfressen, hatte Atze gesagt. Ich bringe dir ein Vorhängeschloss für den Kühlschrank mit. Vor Herta ist nichts sicher. Ihre schweren, großen Hände lagen auf Olivier, sie legte sie nur hin und ließ sie liegen auf der Haut.

Craneosakrale Therapie, sagte sie, kommt aus Amerika. Aber es hilft. Es beginnt sich von innen zu lösen, aber du musst Ruhe geben.

Olivier rührte sich nicht. Als sie fertig war, ging sie in die Küche. Sie kam mit einem belegten Brot zurück und setzte sich neben den Fernseher.

Hast du das alles gelesen, fragte sie.

Die Regale an der Wand waren voll mit Büchern und Zeitschriften.

Das ist wie in einer Buchhandlung hier, du bist doch Müllfahrer, oder. Sie schmatzte. Hat deine Ex-Frau das alles gelesen.

Olivier stöhnte leise. Der Schmerz hatte nachgelassen, sein Nacken war angenehm warm. Er schaute Herta an, wie sie sich das Brot in den Mund schob.

Ich habe das alles gelesen, sagte er. Früher.

Aber wie kommt es, dass du liest, sagte sie. Du bist doch ein Freund von Atze. Der hat in seinem ganzen Leben noch kein Buch gelesen.

Herta grinste. Dann stand sie auf und ging dem Regal entlang. Sie las, was auf den Rücken der Bücher stand, nahm immer wieder eines heraus und schüttelte heftig den Kopf.

Wieso besäufst du dich jeden Abend mit meinem Bruder, das hast du doch nicht notwendig. Sie war sich sicher. Warum tust du das, sagte sie. Du umgibst dich mit so schönen Dingen, und dann sitzt du mit diesem Holzkopf zusammen und säufst dir den Verstand weg. Es wird schon einen Grund haben, wieso ich hier bin. Die Sauferei hört sich jetzt auf.

Olivier starrte sie verständnislos an. Sie hatte die schweren Hände in die ausladenden Hüften gestützt, sie meinte es ernst.

Ich komme morgen wieder. Inzwischen bleibst du liegen und stehst nur auf, wenn du auf die Toilette musst. Essen stelle ich auf den Fernseher. Den Alkohol nehme ich mit. Kurz lächelte sie ihm zu, dann ging sie mit einer Kiste Bier durch die Tür.

Olivier wusste nicht, ob er sie beschimpfen sollte oder nicht. Ob es ihm gefiel, wie sie war, oder ob er sie schrecklich fand, anmaßend, herrisch. Er entschied sich, nichts zu sagen. Sie saß jetzt am Steuer, nicht mehr Atze. Und es gefiel ihm.

Sein Hexenschuss wurde besser, und er hörte mit dem Saufen auf. Herta kam täglich, manchmal zweimal am Tag. Sie massierte ihn, legte ihm die Hände auf und lieh sich Bücher aus. Olivier erzählte ihr über die Bücher, gab ihr Empfehlungen, er freute sich über ihr Interesse, über die Wucht, mit der sie sich in seine Regale stürzte, er freute sich, dass sein eigenes Interesse wieder zurück war, dass er wieder begonnen hatte zu lesen.

Das war vor vier Monaten.

Atze kam an den ersten drei Tagen am Nachmittag nach der Arbeit, am vierten Tag ging er wieder in den Biergarten. Auch als Olivier wieder gesund war, tranken sie nicht mehr zusammen. Olivier ging nach der Arbeit heim zu seinen Büchern, Atze in den Biergarten. Herta kam regelmäßig, sie aßen gemeinsam und diskutierten über Artikel und Bücher, sie lernten sich kennen. Sie machten Spaziergänge und telefonierten. Oft die halbe Nacht lang. Olivier rief sie auch an, als er in Schwabing seinen Fund machte. Das war gestern.

3.

Yves Klein starb mit vierunddreißig Jahren an drei Herzinfarkten.

Ein Franzose. Und er hatte blaue Bilder gemalt. Monochrom. Nur blau.

Du musst es sehen, hat Jo immer gesagt. Keine Abbildung ist gut genug, um zu zeigen, wie es wirklich ist, diese Kraft, diese Farbe. Seine Farbe.

Jo konnte stundenlang reden über Yves Klein, er hatte alles gelesen. Er verbrauchte Tage dafür, Wochen, Monate. Er war in Ausstellungen und Museen, er reiste durch ganz Europa, um sie zu sehen, diese blauen Bilder.

Und Mosca mit ihm.

Ich liebe ihn, hat Jo gesagt, ich liebe diesen Mann, schau ihn dir an, Mosca.

Sie standen vor einer Fotografie in Madrid. Klein sprang aus dem ersten Stock eines kleinen französischen Häuschens, in einen schwarzen Anzug gehüllt schwebte er in der Luft. Unten die Straße und ein Radfahrer, wie er am Ende der Straße dahinfährt, ohne zu sehen, was hinter ihm ist. Yves Klein in der Luft, wie er aufsteigt statt zu fallen, elegant, voller Lebensfreude.

Sie standen vor der Fotografie und umarmten sich. Schau ihn dir an, sagte Jo. Er ist frei. Da ist nichts, was ihn hält. Er springt in die Leere, in den leeren Raum, in die Unendlichkeit. Dort ist die Freiheit, sagte Jo.

Dort ist das Blau.

Mosca mochte diese Fotografie. Er verstand sie.

Mit Malerei hatte er nie etwas zu tun gehabt. Es hatte ihn nie berührt, Bilder anzuschauen, sich in ihnen zu verlieren. Doch Jo öffnete ihm die Augen. Er riss sie auf, jeden Tag ein Stück mehr. Er begann hineinzuschauen, sich die Zeit zu nehmen einzutauchen. Jo erklärte ihm alles. Die Kunstgeschichte der letzten fünfzig Jahre, die Amerikaner, die Europäer nach dem Krieg, Yves Klein.

Ich liebe diesen Mann, sagte er wieder. Schau ihn dir an, wie er da in der Luft liegt. Levitation nannte er das, das freie Schweben im Raum, ohne Grenzen, frei von allen psychischen und physischen Beschränkungen. Wie er seine Arme zum Himmel streckt, wie er nach oben springt, wie er eintaucht. Er hat die Kunst neu erfunden, sagte Jo. Er hat alles neu erzählt. In blau. In seinem Blau. Das internationale Klein-Blau.

Mosca hat Jo von der Seite angesehen und zärtlich seine Hand genommen.

Ich liebe dich, hat er gesagt.

Das war vor fünf Jahren. In der Galerie in Madrid, kurz nachdem sie sich kennen gelernt hatten. Jo wollte sie sehen, die Originale.

Sie reisten herum, von Bild zu Bild. Sogar private Sammler suchten sie auf, nur um dieses Blau zu erleben. Mosca ließ sich führen von Jo, er ließ sich verzaubern von ihm, von dieser Begeisterung, mit der er von allem sprach, das mit Klein zu tun hatte. Jo war wie ein Geschenk.

Chemielaborant hätte er werden sollen. Jo hatte in einer Fabrik gearbeitet, die Lösungsmittel herstellte. Nach zwei Jahren hat er seine Ausbildung abgebrochen. Er würde hier nicht überleben, das wusste er. Jeden Morgen hinein in die Dämpfe und bis zum Abend tief in dumpfer Arbeit. In einer Firmenbroschüre las er den Namen Klein zum ersten Mal. Klein hatte Rhodopas verwendet, um seine Farben anzumischen, eines der Produkte, durch die die Firma groß geworden war.

Jo nahm Moscas Hand in Madrid. Er berührte sie sanft, die Finger waren ineinander. Sie standen vor den Bildern, Jo hatte ein Buch in der anderen Hand. Mosca hörte zu. Immer hörte er ihm zu. Jo las.

Zur Herstellung des 1960 patentierten internationalen Klein-Blaus verwendete Klein M/M60A. Da alle bekannten Bindemittel den Pigmenten ihre Leuchtkraft nahmen, war Klein auf der Suche nach einer neuen Möglichkeit, die reinen Pigmente auf dem Untergrund haften zu machen. Über ein Jahr lang experimentierte Klein mit einem befreundeten Chemiker und fand schließlich die optimale Rezeptur.

Jo schaute Mosca an.

Das habe ich auch gemacht, mein Lieber.

Lies weiter, sagte Mosca und starrte die Bilder an. Jo las ihm vor. Absatz für Absatz. Er versuchte ihm zu erklären, was diese Farbe war. Irgendwann später hat Jo lose Pigmente in Moscas Hand gestreut. Er mischte die Pigmente in seiner Hand mit Leinöl. Das Blau ermattete. Mosca konnte es sehen, wie das Leuchten erlosch.

Ich habe lange danach gesucht, bis ich es gefunden habe. Wie ich sie mischen muss. Wie er es gemacht hat.

Mosca bewunderte ihn, wie er ihm vorlas, wie er vor diesen Bildern stand und fähig war, sich von ihnen aufsaugen zu lassen, in sie hineinzusteigen. Mehr noch. Er mochte diese zarte Besessenheit, die in Jo war, diese Wut, mit der er suchte und fand. Er mochte diese Zufriedenheit, die von ihm ausging, nachdem er vor einem Bild angekommen war.

Er war mit ihm in Madrid, in Köln, in zwanzig anderen Städten, er begleitete ihn und begann zu verstehen.

Jo war neunzehn Jahre alt, als er das erste Mal ein Monochrom sah. Seine Arbeit war traurig, sein Leben war langweilig, seine Zukunft farblos. Dann sah er das Bild in der Kantine, eine Wurst in seiner Hand, der Prospekt vor ihm auf dem Tisch. Es war anders als alles, was er vorher gesehen hatte. Es war ein bunter Fleck, der in seine Welt kam, plötzlich hineingetropft in sein Leben. Es war da und ging nicht weg. Es ging nie mehr weg. Das Blau. Seine Augen blieben hängen auf dem Papier vor ihm, auf dem Bild in der Broschüre, auf dem Neuen unter sich.

Dann begann er zu lesen über Klein.

Zuerst die wenigen Zeilen in dem Prospekt, dann in Büchern, alles, was in Deutsch erschienen war über den französischen Maler Yves Klein. So fremd, so neu, so voller Lust war dieses fremde Leben, dieser Mensch so selbstbewusst, so durchdrungen von seiner Idee, von seinem Blau, von dem Wunsch, frei zu sein, monochrome Bilder zu malen, ohne jede Linie, die alles stören würde, nur das Blau, nur die Farbe, die in sich ein Kunstwerk ist, die lebt, die etwas Vollständiges, Ganzes ist, diese nach außen gelebte Verrücktheit.

All das hat Jo festgehalten. Vom ersten Augenblick an. Es hat ihn in ein neues Leben gerissen, aus dem alten heraus, in ein neues hinein, tief in eine fremde, blaue Welt.

Zwei Monate, nachdem er die erste Abbildung gesehen hatte, sah er das erste Original. Eine Ausstellung in Bonn. Er fuhr hin. Er war neugierig, aufgeregt, eine große Klein-Retrospektive, er würde alles sehen können, zum ersten Mal. Er saß in dem Zug nach Bonn und ahnte nicht, wie tief dieses Blau in Wirklichkeit war, wie sehr es ihn durchdringen würde. Als er im Museum stand, spürte er es.

Er stand vor einem blauen Monochrom. Er bewegte sich nicht mehr, stand einfach nur da, das Bild hatte ihn umfangen, er spürte es rund um sich herum, es war überall, es leuchtete vor ihm und hörte nicht auf. Es hing da und strahlte, in ihn hinein. Da war eine große Kraft, die von dem Bild ausging, es war magisch irgendwie, es riss ein Loch in die weiße Wand vor ihm und griff nach ihm, zerrte an ihm, riss ihn mit, mitten ins Blau hinein, gab ihm die Hand, führte ihn langsam in die tiefste aller Farben, tief hinein in einen Raum, den er vorher noch nie betreten hatte.

Da war es um Jo geschehen.

Das war vor sechs Jahren.

Drei Monate später lernte er Mosca kennen.

Jo hatte gekündigt, kurze Zeit nachdem er im Museum gewesen war. Er hatte begonnen, mit den Pigmenten zu experimentieren, er wollte dieses Blau. Er hatte das Geld nicht, um sich ein Monochrom von Klein zu kaufen, also versuchte er, sich sein eigenes zu malen, er wollte sein eigenes Blau herstellen. Er saß an der Quelle, er wollte die richtige Mischung finden, er bestellte Pigmente, Ultramarinblau in den unterschiedlichsten Tönungen, und er begann zu mischen. Er wollte dieses Blau für sich, er wollte es besitzen. Klein hatte es erfunden, das tiefste und reinste Blau, das es gab. Jo wollte es auch.

Nächtelang saß er im Labor und mischte Pigmente mit Äthylalkohol, Äthylacetat und Venylchloridharz. Mit Rhodopas alleine war es nicht getan, die genaue Dosierung machte ihm Probleme, der Grad der Verdünnung und der Umstand, dass die Farbmischungen sehr schnell trockneten. Etwas fehlte. Wenn Jo die Farbe auf den Untergrund auftrug, kam zuerst Freude, dann Enttäuschung. Es war nicht dieses Blau, etwas fehlte. Insgesamt fertigte er zweihundertsiebenunddreißig Farbmuster an. Zweihundertsechsunddreißig Enttäuschungen, dann war es da.

Das internationale Klein-Blau.

Dann kündigte er.

Er trug Pigmente auf Leinwände auf, wie besessen. Mit den gleichen Rollen wie Klein, siebzehn Zentimeter breiten Rollen aus Lammfell, und mit bloßen Händen.

Mosca sagte später, er solle die Rollen doch auswaschen, doch Jo warf sie weg, wie Klein. Es war keine Zeit da zum Waschen, es war nicht wichtig, er musste das Blau auftragen, bevor es eingetrocknet war. Mosca sammelte die Rollen in einem Kübel und wusch sie aus. Jo neben ihm.

Du musst das nicht tun, sagte er.

Mosca lächelte. Doch, ich muss, sagte er.

Die Formate der Bilder entsprachen denen Kleins. Er übernahm die Maße aus verschiedenen Katalogen, er kopierte Tag und Nacht. Bis das Geld ausging. Er wohnte noch bei seiner Mutter, er kannte Mosca noch nicht, am Anfang. Er zog durch Cafés und Bars mit Plastikschlüsselanhängern und Kärtchen, auf denen stand, er sei taubstumm und er bitte um den Kauf eines Anhängers, er appelliere an die guten Herzen.

Wenn Sie fünf Euro bezahlen, haben Sie ein gutes Herz, stand da.

Er wanderte von Café zu Café. Seine Hände waren voll Farbe, seine Finger waren blau. Er kam direkt von seinen Bildern, aus seiner blauen Welt heraus, riss sich los für wenige Stunden. Er musste sich zwingen aufzustehen, Geld zu verdienen, hinauszugehen, weg von dem Blau, zu den Tischen und die Karten hinlegen und die Anhänger. Er schaute traurig. Er war taubstumm. Sein Gesicht war ohne Ausdruck. Er konnte nichts hören, nichts reden. Er reagierte nicht auf Gepolter hinter ihm, auf das Fallen von Gläsern, auf gemeine Sprüche in seinen Rücken hinein. Er war taub und verkaufte Anhänger mit blauen Fingern.

Mosca trank Bier in einem braunen Ledersofa.

Es war eine angesagte Jazz-Bar. Mosca war Literaturkritiker, er ließ sich gerne gehen, bis zu einem gewissen Punkt. Er lebte alleine. Er war schön in seinem olivgrünen Anzug. Er schaute Jo an, er fixierte ihn, sein Gesicht, seine Augen.

Er saß nur da und schaute ihm zu, wie er von Tisch zu Tisch ging und die Anhänger hinlegte, und wie er auf ihn zukam. Er beugte sich nach vorn, nahm den Anhänger in die Hand und schaute Jo an.

Er sieht gut aus, dachte Jo, so elegant, wie er dasitzt, fast arrogant, wie er mich anstarrt. Er ist mindestens fünfzehn Jahre älter als ich. Und er ist schwul, das ist sicher. Er steht auf junge Männer, er will mich.

In diesem Moment spürte er Moscas Schuh in seinem Schienbein. Hart war der Tritt, alles brannte. Laut schrie er auf, holte aus und schlug seine Hand in Moscas Gesicht. Er schrie.

Bist du wahnsinnig, Spinner, was soll das, mein Fuß.

Die Menschen in der Bar starrten zu dem Sofa, zu Jo, zu Mosca.

Der Taubstumme hatte geredet, ein Wunder war geschehen. Mosca griff auf seine Wange. Er begann laut zu lachen.

Setz dich, sagte er, trink mit mir. Wir müssen deine Heilung feiern. Das ist ein guter Tag.

Jo überlegte nicht und setzte sich.

Ein Wunder, sagte Mosca.

Ist schon gut, sagte Jo.

Das war vor fünf Jahren und neun Monaten.

Vor zwei Jahren holten sie das Bild aus Warschau.

Nach nur zehn Stunden waren sie in Frankfurt.

Mosca hatte französischen Rotwein in teure Gläser gegossen, im Hochhaus, im zweiunddreißigsten Stock, in ihrer Wohnung, in ihrer sicheren Welt. Sie standen umarmt da und schauten in das leuchtende Blau.

Sie standen und schauten. Jo war glücklich.

Es war wie in einer exklusiven Galerie. Nicht nur die Wände waren weiß, auch der Boden, weißer Marmor, eine weiße Couch, ein weißer Tisch. Und nur die blauen Bilder. Elf Bilder, wie in der Mailänder Ausstellung. Zum ersten Mal hatte Klein dort seine blauen Monochrome gezeigt. Es war sein erster Schritt, um die Welt blau zu tränken. Jo hielt das Glas und Moscas Hand. Es waren elf Tafelbilder in der Größe von 78 x 56 Zentimenter. Und eines davon war ein Original, es hing neben Jos Kopien. Er hatte es auf die leere Vorrichtung gehängt. Alle Bilder standen von der Wand ab, circa fünfzehn Zentimeter, sie bekamen dadurch noch mehr Tiefe, sie schwebten im Raum. Die Hängung, die abgerundeten Kanten und Ecken der Bilder, alles war so, wie Klein es wollte. So, wie er die Bilder in Mailand ausgestellt hatte. Alle zehn Kopien glichen dem Original. Es waren perfekte Duplikate, es war ein perfektes Arrangement. Ein Laie wäre nicht imstande gewesen, das Original unter den Kopien zu finden.

Auch ein Kenner nicht. Jos Arbeiten waren perfekt. Der Augenblick war perfekt.

Jo tauchte in Blau.

Mosca schwamm neben ihm. Er ahnte, was Jo meinte, er spürte, was in dem Bild war, er kam dem nahe, aber er konnte diese Faszination, die Jo empfand, nicht mit ihm teilen. Nicht bis zum Ende. Er sah zwar das Leuchten, das Blau, das versuchte, ihn an sich zu ziehen, aber er blieb mit seinen Füßen am Boden. Er spürte den weißen Marmor unter sich. Er konnte die Welt nicht so vergessen, wie Jo es tat, sie hinter sich lassen, dorthin gehen, wo alles nur noch Blau war.

Er stand neben Jo, hielt seine Hand und versuchte, neben ihm zu sein, an seiner Seite zu schwimmen. Er genoss das Glück, das Jo neben ihm empfand. Es wärmte ihn, Jo so zu sehen, ihn so zu spüren, so unendlich zufrieden und frei von allem.

Jo hatte sich sein Glück gekauft in Polen, alles, was ihm wichtig war.

Das wusste Mosca. Er war nur der, der seine Hand hielt.

Die junge, verrückte Hand mit den blauen Flecken auf der Haut.

Mosca drückte sie fest. Wein in seinem Mund.

Vor ihnen das Bild an der Wand.

Mosca erinnerte sich.

Er hatte sich zuerst dafür gehasst.

Wie alles angefangen hatte.

Er suchte im Internet und las über Yves Klein.

Er war es gewohnt, im Netz zu recherchieren, viele Stunden verbrachte er vor dem Bildschirm, er las auf deutschen und französischen Seiten über Klein. Er wollte mehr wissen. Er tat es nicht mit derselben Besessenheit wie Jo, aber er machte sich sein eigenes Bild. Gepaart mit dem, was Jo ihm erzählte, wurde es immer konkreter, die Vorstellung, wer Yves Klein war und was er mit seinen Bildern wollte. Mehr noch aber war er von der Fotografie fasziniert. Klein hatte sie anfertigen lassen für eine Zeitung, die er selbst für einen einzigen Tag herausgab. Le Dimanché, die Zeitung für einen Tag.

Verrückt, dachte Mosca, aber großartig irgendwie.

Im November 1960 beauftragte er zwei Fotografen, die ihn beim Sprung aus dem ersten Stock eines Hauses in der Rue Gentil-Bernard fotografieren sollten. Harry Shunk, der im Laufe von Yves Kleins Leben mehrmals Porträts von ihm anfertigte, postierte sich am Gehsteig und löste genau im richtigen Moment aus. Mosca fand heraus, dass es sich bei der Fotografie um eine Montage handelte, er fand ein Bild im Internet, das den Sprung ohne den Radfahrer zeigte, der hinten aus dem Bild fuhr. Und eines mit ihm. Auf einem sah man einen vorbeifahrenden Zug, auf dem anderen war der Zug verschwunden.

Mosca saß gierig vor seinem Bildschirm und freute sich über seine Entdeckungen. Der Fotograf hatte die Bilder nachträglich bearbeitet, es gab insgesamt drei Versionen, und alle drei waren genial. Das Bild hatte etwas, das Mosca nicht mehr losließ, es hielt ihn fest, es faszinierte ihn. Diese Idee vom Fliegen. Er las weiter. Über Kleins Freunde, die unten auf der Straße gestanden waren, um ihn mit einem Sprungtuch aufzufangen, darüber, dass seine Frau Rotraud darauf bestanden hatte. Der Name Rotraud gefiel Mosca. Er las weiter. Klein hatte den Sprung bereits vorher versucht, ohne Netz, er hatte sich dabei Prellungen zugezogen, und die Sorge Rotrauds. Klein war mit dem Ergebnis des ersten Sprungs unzufrieden gewesen und hatte ihn wiederholt.

Mosca war begeistert, auf seine stille, zurückhaltende Art. Klein verwirklichte für sich den Traum, schwerelos zu sein, in der Luft frei zu schweben, und er hielt diesen Moment fest, diesen Moment, diesen Bruchteil einer Sekunde vor dem Fall.

Mosca druckte sich das Foto aus und hängte es an die Kühlschranktür. Das war sein Bild. Er verstand es völlig. Es kam tief innen in ihm an.

Der Sprung in die Leere, hieß es.

Ein wenig erkannte er sich selbst wieder, den Anzug, die zurückgestrichenen Haare, diese elegante Erscheinung. Vielleicht war Jo deshalb bei ihm geblieben, weil er Yves Klein ähnelte.

Mosca liebte Jo. Alles an ihm. Seine Frechheit, die unbeschwerte Art, seinen ungebrochenen Lebensdurst. Sie harmonierte wie das Blau der Bilder mit dem Weiß der Wände.

Mosca las weiter. Stundenlang saß er vor dem Schirm, während Jo malte. Über das Blau, darüber, dass Klein zuerst Monochrome in anderen Farben gemalt, dass er sich dem Blau erst langsam angenähert hatte. Und dass er es, als er es gefunden hatte, nicht mehr losließ.

So gerne hätte Mosca Jo ein Original besorgt, es ihm an den Frühstückstisch gestellt, ihn geküsst und ihm das Bild geschenkt. An einem Mittwoch vielleicht. Aber als er im Internet die Preise las, mit denen Bilder von Yves Klein am Kunstmarkt gehandelt wurden, verabschiedete er sich von dieser Idee. Er schüttelte den Kopf und zählte die Nullen.

Er blätterte weiter im Netz, er forschte in Kunstforen und tauschte E-Mails aus mit Klein-Anhängern. Nächtelang saß er vor seinem Computer, während Jo im Atelier Farbe auftrug. Je länger sich Mosca unterhielt, desto klarer wurde die Idee in seinem Kopf. Es gab einen Markt für diese Bilder, es gab Menschen, die bereit waren, Unsummen zu bezahlen, um so ein blaues Bild zu besitzen, also gab es sicher auch Menschen, die bereit waren, Kopien zu kaufen.

Es war nichts Kriminelles, keine Idee davon, er wollte lediglich Käufer für Kopien finden, er wollte Jo helfen, mit seiner Kunst Geld zu verdienen. Er war ein angesehener Literaturkritiker, die großen Zeitungen nahmen seine Rezensionen gerne an, er musste nicht um Veröffentlichungen betteln, seine Meinung war gefragt in der Literaturszene, sein Urteil konnte einen Autor emporheben oder kaputtmachen, er wurde in Literatursendungen eingeladen, gebeten, Kommentare zu verfassen und an Jurys teilzunehmen. Er hatte Geld. Sein Ruf war tadellos, sauber, nie wäre er auf die Idee gekommen, etwas Illegales zu tun. Sein Leben war perfekt. Er hätte es nie gefährdet.

Aber dann tat er es doch.

Er stieß in einem Internetforum auf eine Person mit dem Nickname Yves03.

Er unterhielt sich lange mit ihm. Er genoss es, wissend über Klein zu sprechen, von der Farbe zu schwärmen, sich inspirieren zu lassen, sich in unberührte Gewässer vorzuwagen, sich zu verstellen, zu lügen. Er beschrieb seine Leidenschaft für die Bilder, aber meinte eigentlich die Leidenschaft Jos. Er sprach mit seinen Worten und fand einen interessierten Zuhörer. Mosca gab vor, zwei Originale zu besitzen. Er tat es einfach, es machte ihm Spaß zu lügen. Er saß vor dem Bildschirm, trank Wein, hörte Jo im Atelier, wie er mit den Rollen über die Leinwand fuhr, und log.

Sie trafen sich fast jeden Abend in einem Chatroom und diskutierten über Klein. Mosca lernte viel, vertraute Yves03 von Tag zu Tag mehr.

Irgendwann erzählte er ihm die Wahrheit. Dass sein Freund einen Weg gefunden hatte, das Internationale Klein-Blau perfekt zu kopieren, dass er die exakte Rezeptur kannte. Yves03 konnte es nicht glauben. Er hörte nicht auf zu fragen, er war neugierig, tippte Fragen über Fragen auf Moscas Schirm. Yves03 wollte alles wissen. Mosca erzählte es ihm. Er war fasziniert von dieser Unterhaltung. Und auch, wenn er wusste, dass dieses Gespräch nichts Verbotenes war, spürte er etwas, das ihn ganz leise erregte. Es war wie ein Geheimnis, das man nur im Zwielicht bespricht, der Kontakt zu Yves03 war spannend geworden, er fesselte ihn, er konnte nicht mehr aufhören. Das war vor vier Jahren.

Jo wusste zuerst nichts von alldem. Mosca hatte Angst vor seiner Reaktion. Wenn er erfahren würde, dass er mit anderen über seine Arbeit sprach. Er behielt es zunächst für sich, er schrieb seine Kritiken, und als Jo ins Atelier ging, traf er sich mit Yves03 im Chatroom.

Das Gefühl, Jo zu hintergehen, saß irgendwo in ihm, es plagte ihn, er würde es ihm sagen, ihm alles sagen, aber noch nicht jetzt.

Morgen. Oder übermorgen, sagte er sich.

Dann war er wieder da. Yves03, er blinkte auf seinem Bildschirm.

Kann ich eine Kopie sehen. Ich komme nach Frankfurt. Können wir uns treffen. Ich muss es sehen.

Das stand da auf dem Schirm.

Mosca überlegte kurz, das ging ihm zu weit. Den Unbekannten treffen, ein Bild aus dem Atelier holen und ihn treffen. Er musste es Jo sagen, er konnte das nicht tun. Er würde ihm die Wahrheit sagen.

Wann kommen Sie, schrieb er.

Etwas trieb ihn. Es war wie in einem Buch, ein Abenteuer in das er versehentlich hineingerutscht war, etwas Gefährliches vielleicht. Es reizte ihn, er war der Held mitten in einer neuen Geschichte, er konnte die Handlung lenken, es hing von ihm ab.

Mosca zitterte beinahe. Seine Finger flogen über die Tastatur.

Schnell tippte er.

Wann, schrieb er.

Er hörte hin, ob Jo hinter ihm über den weißen Marmor ging, ob er aus dem Atelier kam, zu seinem Schreibtisch mit seinen blauen Händen, so wie er es immer tat, wenn er eine Pause machte, wie er ihn dann umarmte, wie er sich von hinten an ihn heranschlich und ihn in den Nacken küsste. Er hörte hin, ob da Jos Schritte waren. Er drehte sich immer wieder um. Er hörte hin, ob er sicher war vor seinem Bildschirm.

Morgen, schrieb Yves03, wo treffen wir uns.

Mosca spürte, wie ihm warm wurde überall, er würde es tun, er würde diesen Mann treffen, ihm ein Bild zeigen und dann wieder zurückkommen und Jo alles erzählen.

Unterer Mainkai, schrieb er, ich sitze auf einer Bank, ich trage einen olivgrünen Anzug.

Ich kann um fünf Uhr da sein, las er.

Bis morgen, schrieb er.

Dann fuhr er den Computer herunter und ging hinüber zu Jo.

Er küsste ihn auf die Wange und begann, die schmutzigen Lammfellrollen auszuwaschen. Jo zog altes Leinen über einen Spannrahmen. Es musste altes sein. Mosca schaute ihm vorsichtig zu, wie er es mit Nägeln am Holz befestigte. Er wusch die Rollen aus und schämte sich. Er musste ihm die Wahrheit sagen.

Morgen. Bestimmt.

Jo befestigte das Leinen auf dem Holz.

Es war fast fünfzig Jahre alt.

Er hatte inseriert.

Er hatte diese Dame gefunden.

Sie besaß einen Laden, den sie nach dem Tod ihres Mannes geschlossen und nie mehr betreten hatte. Sie hatte alles so gelassen, wie es war. Auf dem Verkaufspult stand noch ein schmutziges Saftglas. Ihr Mann war einfach umgefallen und tot gewesen. Seitdem stand ihre Zeit still. Erst, als sie die Anzeige las, dass jemand Leinen suchte, sehr altes Leinen, ging sie zum ersten Mal wieder hinunter in den Laden.

Lange zögerte sie, aber sie ging.

Es war ein Gemischtwarenladen, sie hatten alles verkauft, vom Waschmittel bis zum Tauchsieder. Der Laden war sehr beliebt gewesen, das halbe Viertel hatte sich oft versammelt im Verkaufsraum, um bei einem Glas Eierlikör das Neueste auszutauschen. Es war der Lebensinhalt ihres Mannes gewesen. Hier bin ich glücklich, hatte er gesagt und mit der flachen Hand auf den Tresen geschlagen. Dann ist er umgefallen und war tot. Sie wollte, dass alles so bleibt, wie es war.

Geld hatte sie, das Haus gehörte ihr, sie wollte ihm den Laden nicht wegnehmen, aber sie brachte es auch nicht fertig hineinzugehen. Mit jedem Tag, der verging, wurde die Angst noch größer, die Erinnerung an die glückliche Zeit würde sie erschlagen.

Als sie Jos Anzeige las, fielen ihr die weißen Ballen wieder ein, im Regal hinter der Kasse. Ihr Mann hatte immer gesagt, Leinen musst du haben, und Segeltuch auch.

Als sie die Treppen hinunterging und die Hintertüre aufsperrte, war ihr warm ums Herz. Es klopfte laut unter ihrer Haut, als sie den Schlüssel drehte.

Alles war voller Staub, zentimeterhoch lag er auf der Ware. Am Boden, überall war Staub und Dreck, über vierzig Jahre lang war hier niemand mehr gewesen. Sie sperrte auf, öffnete die Fensterläden und ließ Licht in den Raum. Trotz des Drecks war er immer noch hübsch, der Laden. Sie setzte sich auf einen Stuhl und begann sich zu erinnern. Es tat nicht weh, im Gegenteil, es war schön. Lange saß sie da, dann stieg sie auf den Stuhl, holte das Leinen herunter und staubte es ab.

Gutes Leinen hält ewig, hatte ihr Mann immer gesagt.

Dann rief sie Jo an.

Er konnte sein Glück nicht fassen, er ließ alles liegen und stehen und traf die alte Frau in ihrem Geschäft. Was er sah, begeisterte ihn, ein Raum voller Geschichte, alles war da, es war eine andere Welt, in die er hineinging, von der Straße fünfundvierzig Jahre in die Vergangenheit zurück. Er stand da und schaute. In so einem Laden hatte Klein vielleicht sein Segeltuch gekauft. All das gab es damals. Er schaute lange. Die Frau ließ ihm Zeit. Sie selbst schaute auch.

Jo ging von Regal zu Regal, nahm vieles in die Hand, blies Staub ab. So viele alte Dinge hatte er noch nie an einem Ort gesehen.

Er war begeistert. Glücklich.

Das Leinen lag am Tisch. Er befühlte es, ehrfürchtig nahm er es in die Hand.

Es ist achtundvierzig Jahre alt, sagte die Frau, ich habe es im Einkaufsbuch gefunden, und es ist immer noch gut.

Sie lächelte.

Gutes Leinen hält ewig, sagte sie.

Jo nahm alles mit. Segeltuch, Leinen, Nägel, alles, was er brauchen konnte, um seine Bilder so nahe wie möglich zurück in Kleins Zeit zu bringen. Es war ein guter Tag.

Die Frau schenkte es ihm. Alles, was er tragen konnte.

Wenn ich Ihnen eine Freude machen kann, tue ich das gerne, sagte sie.

Sie schaute sich um im Raum, sie fühlte sich wohl. Sie hatte keine Angst mehr.

Jo umarmte sie. Er stand lange da und umarmte sie.

Sie hatte ihre Augen geschlossen und spürte ihren Mann, wie er sie festhielt, wie er sie umarmte in seinem Laden, kurz nachdem geschlossen war. Jo spürte, wie sie sich anlehnte, wie geborgen sie sich fühlte, wie gut es ihr tat.

Ich bin Ihnen sehr dankbar, flüsterte er.

Ich Ihnen auch, flüsterte sie.

Dann rief er sich ein Taxi und fuhr zurück in sein Atelier. Das nackte Leinen im Kofferraum.

Er spannte das Leinen um einen kleinen Holzrahmen, dessen Kanten er rund geschliffen hatte. Mosca wusch die Rollen aus. Ein schlechtes Gewissen plagte ihn, er würde diesen Mann morgen treffen, er würde Jo hintergehen. Er tat es bereits. Jo lächelte ihn an. Er lächelte zaghaft zurück.

Danke, sagte Jo.

Du weißt, dass ich das tun muss, sagte Mosca.

Er schaute auf die Lammfellrolle unter sich.

Dann saß er am Unteren Mainkai auf einer Bank.

Er hatte einen olivgrünen Anzug an, ein weißes Hemd, seine Haare waren nach hinten frisiert, seine Beine übereinander geschlagen, neben ihm auf der Bank lag, in Packpapier gehüllt, ein Monochrom. Ein kleines. Er hatte es hinter einem großen Stapel Bilder gefunden, Jo würde es nicht vermissen.

Mosca schaute zu, wie eine Gruppe Japaner ein Dinnerboot bestieg, sie würden ein Abendessen an Bord bekommen und irgendwann betrunken über den Main fahren und den Lichtern in den Bankentürmen zuprosten.

Was für ein Unsinn, dachte er.

Weiter links fischte einer. Er war noch jung. Mosca hatte immer geglaubt, nur alte Menschen fischen. Der Fischer hatte einen Klappstuhl mitgebracht, die Angel steckte in einer Halterung vor ihm. Es schien, als könnte nichts ihn aus der Ruhe reißen.

Er war eine Stunde zu früh. Er war sonst immer pünktlich, an diesem Tag war er zu früh. Er war nervös. Wie er den Fischer beobachtete, dachte er, dass er ein gutes Leben hatte. Viele hätten ihn beneidet, diesen Fischer, für die Ruhe, die ihn umgab. Mosca tat es nicht.

Er war zufrieden mit seinem eigenen Leben, es war gleichmäßig wie ein Strom, es rann fett dahin, er beklagte sich nie, er hatte alles, ihm fehlte nichts. Er konnte sich jeden Monat einen neuen Anzug kaufen, er lebte in einer großartigen Wohnung mit einem großartigen Mann. Sein Beruf befriedigte ihn, er hatte viel Zeit sich zu pflegen und das zu tun, wonach ihm war.

Bevor er Jo traf, war er allein. Lange Jahre Junggeselle. Er konnte sich nicht vorstellen, sein stilles, elegantes Leben zu teilen mit irgendwem. Hin und wieder nahm er sich einen Liebhaber, befriedigte seine Lust, aber er ließ niemanden in seine gut organisierte Welt. Jo war der erste. Mit ihm war es anders.

Er platzte hinein in sein Leben, er war einfach da und ging nicht mehr weg, er gab ihm die Ohrfeige in der Bar, setzte sich und blieb sitzen. Von Anfang an berauschte ihn dieser junge Mensch, er war wie wilder Wein, und er war schön und unendlich zärtlich. Er würde ihn nie verlieren, er würde ihm die Wahrheit sagen am Abend, er würde aufhören, ihn zu hintergehen. Mosca nahm sein Taschentuch und polierte seine Schuhe. Dann kam Yves03.

Er kam von hinten. Er war klein, untersetzt, schmächtig, in Schwarz gekleidet, und er sprach mit Akzent.

Guten Tag, ich heiße Janusz, schön, dass Sie gekommen sind.

Er setzte sich auf die Bank, er wirkte gehetzt.

Mosca zog das Bild zu sich auf den Schoß.

Schmidt, log Mosca.

Sie saßen auf der Bank und schauten auf den Main. Der Fischer zog an der Schnur, sie hatte sich verhakt irgendwo, er fuchtelte mit den Händen, er wirkte jetzt unruhig.

Ist es das, fragte Janusz, ohne Mosca und das Bild anzusehen.

Ja, sagte Mosca. Ich habe ein kleines mitgebracht, aber man sieht, wie hervorragend die Arbeit ist, sogar das Leinen ist aus den fünfziger Jahren. Es stimmt alles.

Mosca begann, das Packpapier zu lösen.

Schön, sich mit Ihnen zu unterhalten, sagte Janusz, Sie verstehen etwas von Klein. Ich bin schon sehr gespannt, ich bin durchgefahren, Warschau–Frankfurt, dreizehn Stunden.

Er drehte sich zu Mosca hin. Ein ausdrucksloses Gesicht, faltig, ausgetrocknet, unscheinbar. Mosca wusste nicht, was er sich erwartet hatte, aber dieser Mann hatte etwas Unangenehmes, er konnte nicht fassen, was es war, aber es war da.

Wenn es ein privates Treffen gewesen wäre, ein Blind-Date, organisiert via Internet-Partnerbörse, hätte er sich in diesem Moment überlegt, wie er sich schnell aus der

Situation retten könnte. Aber sie waren wegen dem Bild hier. Er musste diesen Mann nicht mögen. Er würde ihn das Bild sehen lassen und dann zurück zu Jo gehen. Er würde ihn nie wieder sehen, er würde nicht aufzuspüren sein, der Pole würde ihn nicht finden. Dieses Abenteuer wäre zu Ende, er würde sich eine andere Handlung suchen.

Aber wieder kam es anders. Er handelte wider seine Vernunft. Das war das Reizvolle, das Neue, das, was oft gefehlt hatte in seinem Leben, das Ungeplante, Spontane, etwas Unkontrolliertes, das ihn mit sich riss.

Der Pole saß da und schaute das Bild an. Lange sagte er nichts. Mosca war gespannt auf seine Reaktion, was würde ein Außenstehender zu Jos Arbeiten sagen, waren sie wirklich so gut, würden sie der Kritik eines Fachmanns standhalten, er wollte es wissen.

Der Pole war überwältigt. Mehr noch.

Das ist unglaublich, sagte er, ich habe mich lange mit Kleins Blau auseinander gesetzt, ich habe es studiert, dieses Blau. Das hier ist fantastisch, Ihr Freund ist ein Genie, ich muss ihn kennen lernen.

Das geht nicht, sagte Mosca schnell.

Er wollte, dass das Gespräch Jo nicht berührte, er wollte nicht über ihn reden, er fühlte sich schlecht dabei, aber er war stolz in diesem Moment, stolz auf Jo, auf das, woran er glaubte. Er hatte Bestätigung von außen bekommen. Er ist ein Genie, hatte der Pole gesagt, dasselbe sagte auch Jo über sich selbst, und jetzt wusste er, dass er Recht hatte. Er hatte nicht daran gezweifelt, er wollte sich nur sicher sein, er wollte Jos Arbeit bestätigt wissen. Auch deshalb war er hier.

Denken Sie, dass man solche Kopien verkaufen kann, fragte Mosca.

Der Pole überlegte und dann sagte er etwas, das Mosca sehr beunruhigte. Es kam sehr ruhig aus dem polnischen Mund, langsam und bestimmt.

Ich denke, wir sollten nicht Kopien verkaufen, sondern Fälschungen.

Er wartete, bis Mosca verstand, was er vorgeschlagen hatte.

Wir könnten viel Geld verdienen, sagte er dann, Sie besorgen die Bilder und ich verkaufe sie, ich habe gute Kontakte.

Mosca sagte nichts. Er wusste, wovon der Pole sprach, er würde die Kopien als Originale am Kunstmarkt anbieten, irgendwelchen reichen Sammlern, er würde sie alle in Gefahr bringen, und ins Gefängnis. Es ging hier um Millionen, Betrug in sehr großem Stil. Mosca war schockiert von dem Gedanken und zugleich verspürte er eine Spannung in sich, die lustvoll war, nicht ängstlich. Die Handlung nahm eine neue Wende, er würde die sichere Straße verlassen. So unwahrscheinlich ihm diese neue Möglichkeit auch vorkam, er sagte nicht nein.

Wie stellen Sie sich das vor, fragte er stattdessen.

Der Pole schaute mitten in Moscas Gesicht. Kühl, die Haut auf seiner Wange zuckte, seine Lippen hoben und senkten sich. Mosca hörte zu.

Ich nehme die Kopie mit nach Warschau und lasse sie von einem Experten analysieren, das Leinen ist in Ordnung, aber das Holz für den Rahmen muss auch alt sein, so viel sehe ich jetzt schon.

Der Pole war sehr sachlich, er wusste, wovon er sprach.

Das ist nicht das erste Mal, dass er so etwas macht, dachte Mosca.

Er bemühte sich, seine Fassung zu wahren, hörte einfach nur zu.

Es werden ein paar Tests gemacht. Wenn alles gut geht, melde ich mich bei Ihnen und gebe Ihnen die exakten Maße für das erste Bild. Es gibt zwar ein Werkverzeichnis Kleins, aber es ist unvollständig, von zahlreichen Monochromen kennt man die Besitzer nicht, es ist also problemlos möglich, als Verkäufer aufzutreten und Bilder aus einer unbekannten Privatsammlung anzubieten. Ich kenne diese Leute, und sie sind bereit, viel Geld zu bezahlen. Sie erhalten dreißig Prozent pro verkauftem Bild, ich erledige die Hauptarbeit und trage das Risiko. Es gibt keine Verhandlungsbasis. Das Geld erhalten Sie in bar, ein Bote wird die Bilder hier in Frankfurt abholen und Ihren Anteil am Verkauf zustellen. Sie müssen nur dafür sorgen, dass Ihr Freund gute Arbeit abliefert, den Rest erledige ich.

Der Pole sprach ruhig und langsam. Gelassen wandte er den Blick ab von Mosca und schaute dem Angler zu, wie er einen Fisch mit dem Kopf an einen Stein schlug.

In Moscas Hirn rasten die Gedanken. Er würde aufstehen und gehen und den Polen nie wieder sehen, er würde zum Betrüger werden und sich mit schmierigen Geldboten treffen, sie würden viel Geld verdienen, Jo würde ihn erschlagen, wenn er davon erfuhr. Moscas Gedanken rasten. Ich werde ins Gefängnis gehen, sie werden uns nicht erwischen, sie werden die Spuren bis zu uns zurückverfolgen, es gibt kein Risiko, ich kann das nicht tun, mein Leben funktioniert, das macht alles kaputt, Jo wird niemals zustimmen, ich werde jetzt aufstehen und gehen.

Sie saßen auf der Bank, keiner sagte etwas.

Der Fisch lag tot neben dem Angler, der Main floss vor sich hin, Mosca saß ruhig da. Er wirkte souverän, man sah ihm nicht an, dass er innerlich Schlachten focht, er war elegant wie immer, nicht aus der Fassung zu bringen. So wirkte er. Innen explodierten Adern, Organe lagen zerfetzt neben wahnwitzigen Gedanken, alles rotierte, sein Leben drohte ihm zusammenzubrechen.

Ich werde es mir überlegen, sagte er mit ruhiger Stimme, das Bild können Sie zur Analyse mitnehmen, aber ich brauche es zurück. Ich muss jetzt gehen.

Mosca war höflich, gab dem Polen aber nicht die Hand, er stand auf und ging.

Er hatte etwas ihm bisher Unvorstellbares getan. Er hatte wieder gegen seine Vernunft entschieden. Er hatte eine verbotene Tür aufgemacht und er hasste sich dafür. Er konnte nicht nein sagen, etwas trieb ihn, ein unbeschreibliches Gefühl, gefährlich, fremd, spannend. Er atmete tief durch.

Er musste jetzt Jo sehen.

Mosca stand auf und ging. Zurück in den zweiunddreißigsten Stock, mit dem Lift hinauf zu den Bildern, zu Jo, zu den blauen Fingern. Er kniete am Boden und strich mit der Hand über das Leinen. Er rieb die Farbe langsam in das Weiß hinein. Jos Augen waren weit offen, als Mosca begann zu erzählen, er rührte sich nicht. Er hörte nur zu. Er schaute Mosca an, ohne ein Lächeln, ohne etwas, das Mosca etwas von Verzeihen gesagt hätte. Jo rührte sich nicht. Er starrte auf Mosca, sagte aber nichts. Mosca wand sich, wie ein kleiner Junge würgte er die Worte aus seinem Mund, er schämte sich, er beobachtete Jos Gesicht, er suchte nach Verständnis, nach Wut, nach etwas, das ihm sagte, was passieren würde, er fühlte sich schrecklich. Er hatte Jo betrogen, er würde ihn vielleicht verlieren jetzt, er schaute zu Boden, er würde ihn verlieren in diesem Moment, er erzählte von dem Polen auf der Parkbank, immer wieder schaute er in Jos Gesicht, aber er fand nichts. Jo war still und hörte zu.

Als Mosca fertig war und ihn um Vergebung bittend ansah, stand Jo auf, ging aus dem Zimmer, zog sich an und verließ das Haus. Er sagte nichts, er ging einfach. Mosca blieb alleine in der Wohnung zurück. Er schaute aus dem Fenster, vielleicht konnte er ihn sehen unten auf der Straße, aber er war zu weit weg.

Jo schaute hinauf zum zweiunddreißigsten Stock.

Jetzt lasse ich ihn schmoren, dachte er.

Vier Stunden blieb er weg. Er nahm sein Mobiltelefon nicht ab, er genoss es, Mosca leidend zu wissen, er ging ins Kino, schaute sich einen Horrorfilm an, amüsierte sich, kaufte sich eine Wurst und ein paar gelbe Schuhe und ging langsam wieder zurück. Er fand es süß, wenn Mosca so unsicher war, wenn er seine Fassung verlor, wenn er nicht war wie sonst.

Mosca hatte zwölf Mal versucht, ihn anzurufen. Er ging in der Wohnung auf und ab und machte sich Vorwürfe. Als Jo zurückkam, war er sehr klein. Er saß am Boden mit gesenktem Kopf und zählte seine Fingernägel. Als er die Tür hörte, sprang er auf und ging redend in den Vorraum. Er war nervös, er hatte Angst, alles zu verlieren, Jos Haut, seine Hände auf sich, die Arme, wie sie um seinen Körper lagen.

Ich wollte dir so gerne ein Original kaufen, ich wollte, dass wir eines kaufen können mit diesem Geld, ich wollte dir so gerne helfen, es tut mir so Leid, ich hätte mit dir reden sollen. Verzeih mir. Bitte, Jo.

Es ging sehr schnell.

Jo hatte ihm zugehört, ihn nicht angeschaut, ihn noch ein kleines bisschen leiden lassen, dann riss er sich seine Jacke vom Leib und hüpfte an Mosca hoch, hielt sich mit den Händen am Hals fest und flüsterte in Moscas Ohr.

Dann besorg mir ein Original, mein Lieber.

Er war ihm ganz nah.

Mosca schaute ihn an. Ungläubig, aber erleichtert.

Jo lächelte. Schreib deinem Polen, er soll die Maße durchgeben, ich bin bereit. Und ich verzeih dir.

Du bist verrückt, sagte Mosca.

Aber das magst du doch so an mir, du eleganter Arsch.

Jo warf Mosca zu Boden. Sie vögelten im Vorraum.

Insgesamt verkauften sie acht Bilder.

Der Pole war korrekt. Bis zum Schluss.

Nach dem achten Bild wollten sie nicht mehr.

Sie hatten den Kredit für die Wohnung abbezahlt und besaßen das Geld für ein Original. Mehr wollten sie nicht. Wohin die Fälschungen gingen, wussten sie nicht. Wie die Bilder nach Polen kamen, wussten sie auch nicht. Oder ob sie überhaupt nach Polen kamen. Die Bilder wurden abgeholt und das Geld wurde in einem Bankschließfach hinterlegt, zu dem sie einen Schlüssel hatten. Jo malte, Mosca erledigte den Rest.

Innerhalb von zwei Jahren hatten sie zweieinhalb Millionen Euro verdient.

Mosca schrieb dem Polen, dass das achte Bild das letzte sei, das sie verkaufen würden, dass er ihn aber bitten würde, ein Original für sie zu besorgen, sie würden nach Warschau kommen und es abholen.

Mit einer Tasche voller Geld fuhren sie hin und kamen mit einem blauen Bild zurück. Den schmächtigen Polen haben sie dann nicht mehr gesehen. Zehn Monate und drei Wochen später fiel Jo von der Leiter und brach sich das Genick.

Das war genau vor einem Jahr.

4.

Ben lag unter einer Glasscheibe.

Das war gestern am Morgen. Er hatte schon viel darüber gehört, aber er wollte selbst herkommen und es erleben. Er wusste, dass ihm nichts passieren konnte, aber jeder, mit dem er gesprochen hatte, riet ihm, es selbst auszuprobieren. Alle hatten Uniformen an. Sie rannten in der Gegend herum, aber jeder Schritt war geplant, all ihre Handlungen waren koordiniert, jeder wusste, was er zu tun hatte. Es war ein strenger Ablauf, dem sie folgten.

Es waren Chinesen. Er wurde gebeten, sich hinzulegen. Sie waren freundlich zu ihm. Wenn Sie aufhören wollen, deuten Sie mir, strecken Sie ihren kleinen Finger nach oben, wir machen so lange weiter, bis Sie uns deuten, dass wir stoppen sollen. Haben Sie das verstanden. Wir können Sie nicht hören, wenn die Scheibe geschlossen ist. Sind Sie bereit. Ben nickte.

Er lag auf einer Schaumstoffmatte, zwischen dem Boden und dem Glas würden weniger als dreißig Zentimeter Platz bleiben. Die Scheibe wurde heruntergelassen. Sie war hauchdünn, es war ein Spezialglas, dünn, aber enorm belastbar, das hatten sie ihm gesagt. Es kippte nach unten, rastete ein und blieb vier Zentimeter über seiner Nase liegen. Er konnte nur atmen, sich nicht nach links oder rechts drehen, er konnte nur daliegen. Es war schalldicht. Er hörte nichts außer seinem Atmen. Er sah nur ihre Münder, wie sie auf und zu gingen. Zuerst kam einer auf die Glasplatte, dann ein zweiter, sie gingen über ihm, beachteten ihn nicht, sie begannen, die Spannvorrichtung in Position zu bringen. Ben erinnerte sich, wie dünn das Glas war, als sie es heruntergeklappt hatten. Bei jedem Schritt, den sie machten, hatte er Angst, dass das Glas brechen, dass es zerbersten und in sein Gesicht kommen würde, dass sie ihm die Splitter in sein Fleisch treten würden. Er wusste, dass nichts passieren konnte, sie hatten es ihm gesagt, aber er hatte trotzdem Angst. Er konnte nichts tun, er konnte nur daliegen.

Meinen kleinen Finger in die Höhe strecken, dachte er, wenn sie aufhören sollen, zeige ich ihnen meinen kleinen Finger. Er suchte ihn an seiner Hand und den Mann, der ihm die Anweisungen gegeben hatte. Er war nicht mehr da. Aber er würde kommen und ihn fragen. Ob er weitermachen wollte oder nicht. Er war sich sicher. Ziemlich sicher. Die anderen liefen durcheinander, genau über ihm, sie traten auf sein Gesicht, seine Beine, seinen Bauch. Links und rechts standen zwei zehn Meter hohe Stahlstützen, an denen ein überdimensionales Gummiband hing. Sie befestigten die Enden an einem Tuch. Wie eine riesengroße Steinschleuder, dachte Ben. Dann kam das Schaf.

Sie führten es an der Leine auf die Glasplatte, es wehrte sich, es zappelte hin und her, es schaute nach unten. Das Schaf war genau über ihm. Als es Ben unter dem Glas sah, blieb es stehen und schaute, es senkte den Kopf und begann, die Glasplatte abzulecken. Die Zunge war nur Zentimeter über Ben. Er konnte sich die Laute vorstellen, die aus dem Schaf kamen. Er spürte die nasse Zunge auf seinem Gesicht, so nah war sie. Dann spannten sie es ein.

Vier Paar Schuhe trampelten über ihm herum, sie schoben das Gummituch unter das Schaf, die Bänder strafften sich. Dann ging alles sehr schnell. Die Chinesen sprangen zur Seite, nur noch das Schaf war über ihm, es zappelte, von dem Tuch umhüllt, um sein Leben. Dann schoss es in die Höhe. Ben sah den Himmel und wie das Schaf zu einem Punkt wurde in dem Blau.

Die Gummibänder und das Tuch wurden zur Seite gezogen, Ben starrte nach oben, wie das Schaf wieder herunterkam, wie es immer größer wurde, wie es mit Höllentempo auf ihn zuraste. Die Flugbahn war genau berechnet, es flog auf das Zentrum der Glasplatte zu, genau auf Ben. Er versuchte sich zu bewegen, er wusste, dass es nicht ging, er sah das Schaf, immer größer, gleich würde es aufschlagen auf ihm, die Geschwindigkeit machte es zu einer Waffe, es würde gleich zerbersten auf ihm, das Glas würde brechen und er würde tot sein.

Mit einem dumpfen Knall schlug es auf.

In Bruchteilen einer Sekunde war das Glas voll mit Blut. Das Schaf war in der Mitte auseinander gerissen. Innereien schwammen herum, Knochen waren sichtbar, das weiße Fell war rot gefärbt. Ben spuckte aus. Er hatte das Gefühl, das Innenleben des Schafes würde in seinen Mund tropfen, er zuckte, es war grauenhaft, aber er hatte überlebt, das Glas hatte gehalten. Es war totenstill, nur sein schnelles Atmen. Der Speichel rann von der Glasplatte zurück in sein Gesicht. Die Chinesen ließen für einen Augenblick alles so, wie es war. Blut breitete sich aus, rund um das zerfetzte Schaf wurde alles rot. Ben konnte nichts anderes mehr sehen. Es war so, als wäre er in das Schaf eingetaucht, als wäre er inmitten des Tieres begraben. Er versuchte, die Augen zu finden, die ihn kurz zuvor noch angestarrt hatten, aber dann kamen sie.

Er sah Schuhsohlen, die sich durch das Blut auf das Glas drückten, er sah Putzlappen, die sich auf das Glas pressten. Sie hoben den Kadaver hoch und trugen ihn weg. Mindestens zehn Chinesen wischten und putzten. Wie Maschinen schoben sie ihre Bürsten vor und zurück, leerten Wasser über das Glas und spülten alles fort. Langsam wurde alles wieder wie vorher, die Scheibe war blitzblank nach wenigen Minuten, sie knieten über ihm und polierten.

Dann kam der Chinese und starrte nach unten.

Ob er weiter machen wolle, fragten seine Augen.

Ben rührte sich nicht, sein kleiner Finger blieb liegen, er hatte noch nicht genug, er hatte überlebt, das Gefühl war grauenvoll, aber er empfand etwas, das er vorher noch nie empfunden hatte, eine unmenschliche Anspannung und dann die Entspannung, wie sich alles löste in ihm, wie er sich leicht fühlte und schwebend. Sein Finger blieb liegen in seiner Hand, seine Augen sagten: Macht weiter, ich bin bereit. Tut es einfach.

Er fragte sich, was jetzt kommen würde. Es sind immer andere Tiere, hatten sie gesagt, was gerade zur Verfügung steht.

Er schloss die Augen, er spürte die Schritte auf dem Glas, sie spannten ein frisches Tier ein, er wollte sich überraschen lassen. Er ließ die Augen zu, bis die Schritte weg waren, es war eingespannt, sie würden es jetzt nach oben jagen, er machte sie auf. Es war größer. Viel größer. Als es in der Luft umdrehte und auf ihn zukam, sah er die Kuh. Eine braune, fette Kuh mit weißen Flecken. Sie war riesig, und sie raste durch die Luft auf ihn zu. Das würde das Glas nicht aushalten. Das konnte nicht sein. Er hob seinen kleinen Finger. Er zuckte, er bewegte alles, was er hatte, er stieß sich den Kopf an, als sie aufschlug.

Ihr Schädel kam zuerst. Genau in sein Gesicht, so, als würde sie ihn küssen wollen. Der Schädel traf auf das Glas und breitete sich aus, er wurde von dem tonnenschweren Körper, der ihm folgte, zerdrückt, er wurde von dem Leib aufgesaugt, er verschwand in dem Berg aus Fleisch, der auf das Glas prallte. Die Hufe würden das Glas zum Springen bringen. Jetzt würde er sterben. Endgültig tot sein. Aber es blieb ganz.

Langsam entspannte er sich wieder. Dieses Gefühl war göttlich. Es war, als würde er selbst zerrissen werden, als würde er sich auflösen.

Die Kuh breitete sich langsam über die ganze Plattform aus. Sie werden das Fleisch verarbeiten, dachte er, als sie es dann wieder wegwischten. Wahrscheinlich wird es schon am Abend bei den Chinesen am Teller liegen. Sie werden es mit kleinen, schnellen Bewegungen in sich hineinstopfen. Wieder kam der Chinese und fragte, wieder blieb sein Finger liegen. Der Chinese grinste und winkte, so, als würde er sich verabschieden. Er beugte sich tief hinunter zu Ben und winkte. Sein Mund war ein großes, breites Grinsen, gelbe, kleine Zähne schauten ihn an. Dann verschwand er. Ben war nassgeschwitzt. Schlimmer und schöner konnte es nicht mehr werden, dachte er, da sah er den Fuß des Elefanten.

Die Kuh war wie ein Witz gewesen gegen das, was jetzt auf die Plattform kam. Er war riesig, ein ausgewachsener, ledriger Elefant, ein Fleischberg, der die ganze Plattform einnahm, er verdeckte den Himmel. Es wurde dunkel. Ben bekam Angst. Große Angst. Plötzlich wollte er nicht mehr, er wollte hinaus, wollte aufstehen, er hatte genug. Er suchte den Chinesen, er war nicht da, da war nur dieser Elefant, die ledrige Haut, die gewaltigen Füße, der mächtige Leib. Er begann zu schreien. Er klopfte mit den Kniescheiben gegen das Glas, mit der Oberseite seiner Fäuste und mit seinem Kopf, er schrie. Er zappelte, er wollte nicht mehr, er schrie lauter, keiner hörte ihn, sie ignorierten ihn. Sie zogen das Gummituch unter dem Elefanten durch, sie verschwanden zur Seite hin, dann schossen sie ihn ab. Ben schrie. Er schrie so laut, dass es ihm weh tat, seine Augen kamen beinahe aus ihren Höhlen heraus, der Elefant flog bereits nach unten, drehte sich, sein Rüssel wurde durch die Luft geschleudert. Ben hörte nicht auf zu schreien, alle seine Muskeln waren angespannt, er zitterte am ganzen Körper, sein Mund war weit offen.

Da spürte er die Hand auf seiner Schulter.

Sind Sie frei, sagte eine Stimme.

Mosca war kurz vor dem Taxi gestanden und hatte dem Schlafenden zugeschaut, wie seine geschlossenen Augen zuckten, wie seine Lider hüpften, wie seine Hände, geballt zu Fäusten, an seine Brust gedrückt lagen. Es war das einzige Taxi vor dem Museum. Mosca wollte zum Flughafen, wenn er pünktlich sein sollte, müssten sie bald abfahren.

Er entschloss sich, den Taxifahrer zu wecken. Er berührte ihn sachte an der Schulter. Ben fuhr hoch, er stieß einen Schrei aus. Mosca schrak zurück. Ben setzte sich auf, er wusste nicht, wo er war, er schaute nach oben, er riss die Tür auf und sprang aus dem Wagen. Mosca starrte ihn verwundert an.

Der Mann hatte einen schlechten Traum, dachte er, oder er nimmt diese bunten Pillen.

Kann ich Ihnen helfen, sagte er.

Nein nein, Sie haben mir bereits geholfen, Sie haben mich da herausgeholt, ein übler Traum, ich danke Ihnen, geben Sie mir eine Sekunde, wir können gleich los.

Ist schon gut, sagte Mosca. Er setzte sich auf eine Bank vor dem Museum. Ben rauchte, er streckte sich, schüttelte sich, er wollte ihn loswerden, diesen Traum.

Mosca hatte noch ein wenig Zeit vor dem Abflug, er war den ganzen Vormittag in der Ausstellung gewesen. Allein.

Es war die größte Klein-Ausstellung seit zehn Jahren. Leihgaben aus der ganzen Welt waren zusammengetragen worden. Seitdem die Ausstellung eröffnet worden war, war er schon achtmal da gewesen. Am Ende der Halle hing ein sehr großes blaues Monochrom, vor dem er stundenlang stand. Immer an derselben Stelle. Es war eine Leihgabe eines polnischen Sammlers. Privatbesitz. Mosca hätte es unter Tausenden wiedererkannt. Im unteren Bildviertel hatte Jo die Pigmente dichter aufgetragen als am Rest des Bildes. Mosca hatte ihn gefragt, ob er alles in dem dunklen Blau halten wolle, und Jo hatte geantwortet, nein, heute ist Klein launisch, er kann sich nicht entscheiden, unser Pole bekommt ein leicht schattiertes Monochrom. Das ist künstlerische Freiheit. Jo lachte laut.

Als Mosca das Bild zum ersten Mal in der Ausstellung sah, wurde ihm schlecht. Hier hing eine Fälschung unter all den Originalen. Hier hing ein Bild von Jo. Sie würden es früher oder später bemerken, sie würden ihn finden, ihn aufspüren und wegsperren. Aber es kam keiner. Sie hatten Jos Bild zu den anderen gehängt. Im Katalog stand nur: Privatbesitz. Auf seine Frage, wer der Besitzer sei, hieß es, der Sammler wolle ungenannt bleiben, und dieses Monochrom zeige auf eindrucksvolle Weise Kleins variantenreichen Umgang im Auftragen des internationalen Klein-Blaus. Es war das größte blaue Monochrom in der Ausstellung. Und Jo hatte es gemalt. Mosca war stolz auf ihn. Er kam wegen Jos Bild in die Ausstellung, und wegen der Fotografie. Sie hatten sie vergrößert. Im Aufgangsbereich hing sie, am Beginn der Ausstellung. Der Sprung in die Leere. Yves Klein, wie er fliegt, wie er dabei ist, sich aufzulösen, wie er glücklich in der Luft liegt und alles hinter sich lässt.

Dieser verrückte Franzose, dachte Mosca.

Er ging die Treppen hinunter. Neben ihm das Bild. Er ging langsam die Treppen hinunter. Hinter ihm Klein, wie er springt. Er ging zu den Schließfächern, zu seinem Fach und zog seine Tasche und das Bild heraus. Es war in Packpapier eingewickelt. Oben hängt eine Fälschung, und im Schließfach steht ein Original. Mosca schmunzelte.

Er würde das Bild jetzt nach München bringen, er würde es dorthin bringen, wo Jo es gerne gehabt hätte. Er verabschiedete sich bei der Dame am Eingang und ging hinaus auf den Platz, das Bild unter dem Arm. Er ging zu dem einzigen Taxi am Standplatz.

Der Fahrer schien zu schlafen. Seine Augäpfel zuckten unter der Haut. Er war schön, aber ungepflegt. Das hasste Mosca. Es war am Morgen. Gestern.

Er saß auf der Bank und schaute ihm zu. Ben trat seine Zigarette aus und öffnete das Verdeck. Er war unendlich müde, er hatte lange nicht richtig geschlafen. Seit Tagen nicht. Er sah noch immer den Elefanten über sich, wie er dabei war, ihn zu erschlagen. Er schüttelte seinen Kopf, Mosca sah, wie er ihn hin und her warf, wie er versuchte, etwas los zu werden, es hinauszuwerfen aus seinem Kopf.

Es war ein Cabrio-Taxi. Ben hatte darauf bestanden.

Wenn ich schon Taxi fahre, dann mit Stil, sagte er.

Mosca stellte das Bild hinter den Beifahrersitz und stieg ein. Es war ihm egal, wer ihn fuhr.

Zum Flughafen, bitte.

Er war zufrieden. Entspannt.

Ben fuhr los. Er dachte an seinen Traum, er wollte ihn nicht haben. Diesen abartigen Traum.

Er schaute hinüber zu Mosca.

Was für ein Lackaffe, dachte er, so ein Wichtigtuer, irgend so ein reiches Arschloch in einem teuren Anzug. Wie ich sie hasse. Sie meinen, sie sind besser als die anderen, er schaut mich an, als wäre ich Dreck, ein kleiner, billiger, drogenfressender Arsch.

Ben war wütend. Auch wenn es stimmte, er hasste die Blicke, die ihm genau das vor Augen zerrten. Immer schon. Vor zwei Jahren hatte ihn ein Anzugmensch angezeigt, wegen Diebstahls. Er war verurteilt worden. Seitdem verachtete er alle, die dem von damals ähnlich sahen. Und das waren viele.

Seit vierzehn Jahren fuhr er Taxi.

Er wollte immer etwas anderes tun, aber er hatte es nicht geschafft. Sein Taxi war Sicherheit für ihn, es brachte ihm nicht nur Geld, es war so etwas wie seine Familie, sein Zuhause, Heimat. Er hatte sonst nichts, außer seine Pillen. Aber unter den tausenden Taxifahrern in Frankfurt war er etwas Besonderes, er stach heraus, man erinnerte sich an ihn, wie er aussah, wie er redete. Er war gutaussehend, ein richtig schöner Mensch. Unter seiner ungepflegten Schale verbarg sich eine natürliche Schönheit, an die man sich erinnerte. Aber er ließ sich gehen. Weit weg von sich. Lange schon. Ben war schön, Ben hatte ein Cabrio, aber Ben war ein Arschloch. Das wusste er, aber er tat nichts, um etwas daran zu ändern. Seine Freundin Anna wusste das noch nicht. Aber sie würde es herausfinden irgendwann. Sie waren noch nicht lange zusammen. Er zeigte ihr seine schönste, edelste Seite, wusch sich die Haare und überlegte sich, was er anzog bevor er sie traf. Er bemühte sich, ein feiner Mensch zu sein. Er kochte sie ein. Bis sie weich war. Und es gefiel ihr. Er würde sich anstrengen, bis er zehn Mal mit ihr geschlafen hatte. Dann würde er mit dem Zuspätkommen beginnen, mit seinen lieblosen Unaufmerksamkeiten, er würde sich seine Haare nicht mehr waschen und sie verletzen. Dann würde sie ihn verlassen. Dann wäre er wieder frei.

Es war immer dasselbe. Nach dem fünften Mal begann er sich zu verabschieden. Nach dem zehnten Mal war er weg. Mehr wollte er nicht. Mehr konnte er nicht. Meistens ging es einen Monat, manchmal etwas länger. Dann begann er, keine Zeit mehr zu haben, zu stinken, sie zu versetzen, sie zu beleidigen. Mit Anna war er noch nicht ganz so weit, er würde sie noch ein paar Mal ficken, bevor Schluss wäre. Er würde sich Zeit lassen, sie war etwas Besonderes. Malerin, sagte sie. Aber sie arbeitete als Kellnerin. Ihre Bilder hatte er nie gesehen.

Ich zeige sie dir, warte noch ein wenig, ich möchte dich zuerst noch besser kennen lernen, hatte sie gesagt.

Und er hatte die Augen verdreht.

Du bist eine verschissene Kellnerin, keine Malerin, hatte er gedacht.

Aber wie sie aussah, gefiel ihm. Ihre Locken, ihr Körper, ihr breites, weißes Lachen. Wenn er das Anzugarschloch abgeladen hatte, würde er bei ihr vorbeifahren und sie ficken, sie würde juchzen, sie würde ihn anhimmeln und von gemeinsamen Kindern träumen.

Sie sind alle gleich, dachte er.

Er hustete. Er rauchte zu viel. Er räusperte sich, sammelte etwas in seinem Mund und spuckte es zur Seite.

Widerlich, dachte Mosca.

In der Öffentlichkeit zu spucken zählte für ihn zum Ekelhaftesten. Er spürte die Aggressivität des Taxifahrers und beschloss, ihn zu ignorieren, sie würden bald da sein, er würde in der Businessclass sitzen und sich von einem freundlichen Menschen Whiskey servieren lassen. Er würde fliegen und Whiskey trinken. Dann kamen sie in einen Stau. Auf der Autobahnauffahrt. Alles kam zum Stillstand. Ein Unfall. Sie sahen den Rettungshubschrauber fliegen, sie konnten nicht vor und zurück, sie saßen fest. Ben fluchte. Dauernd spuckte er und rauchte. Eine nach der anderen. Er hätte auch geraucht, wenn es kein Cabrio gewesen wäre.

Mosca schaute auf die Uhr, die Zeit wurde knapp, sie standen bereits vierzig Minuten, nichts rührte sich. Mosca saß still in seinem Sitz, er wirkte entspannt, die stehenden Autos brachten ihn nicht aus der Ruhe, er schaute vor sich hin, der Taxifahrer war ihm egal.

Ben dachte an Anna, an ihre weißen, geilen Schenkel, an ihre rasierte Möse, er verfluchte seinen Fahrgast, wie er dasaß und keine Reaktion zeigte, wie er einfach nur ruhig dasaß und nicht nervös wurde, wie er nicht bereit war, sich zu ärgern. Arrogantes Arschloch, dachte er.

Mosca dachte an Jo.

Wie viel Freude er mit dem Bild gehabt hatte. Mosca musste das Original immer wieder umhängen, Jo ging aus dem Raum und Mosca hängte es an einen neuen Platz zwischen all die Kopien. Jo ging von Bild zu Bild und ließ sich von dem leuchtenden Blau bezaubern. Er brauchte nicht lange. Jedes Mal fand er es. Auch Mosca versuchte sich. Ihm gelang es selten. Für ihn unterschieden sich Jos Bilder am Anfang nicht von denen Kleins, es war dieselbe leuchtende Kraft, die Pigmente sprachen dieselbe Sprache. Er hatte das Original mit einem Kreuz an der Rückseite markiert, sonst hätte er es unter den anderen nicht wiedergefunden. Er stieg auf die Leiter und drehte die Bilder nach der Reihe auf den Rücken, bis er das Kreuz fand. Die Leiter stand im Flur.

So oft war Jo hinaufgestiegen und hatte die Bilder vom Gestänge genommen, so oft war nichts passiert.

Als Mosca nach Hause kam, vor einem Jahr, lag er da. Jo lag am Rücken, er bewegte sich nicht. Er lag zu Füßen der Leiter, an den Wänden hingen die Bilder. Er hatte es gerade noch aufhängen können. Dann musste er ausgerutscht sein. Die Leiter war stehen geblieben. Jo lag da.

Das Original leuchtete über ihm. Als Mosca in den Raum kam, dachte er, Jo schliefe, er sagte etwas, bekam keine Antwort. Er ging näher hin und langsam packte ihn eine unbekannte Angst. Er sah Jo daliegen, er bewegte sich nicht. Mosca berührte ihn, er redete auf ihn ein, er schüttelte ihn, er schrie in sein Ohr, er war mit seinem Mund ganz nah, so würde er ihn hören, Jo würde sich bewegen und ihn anlachen, er würde ihn hören, er war nicht taub, das war nur eine kleine Lüge, er würde aufwachen. Sein Mund berührte sein Ohr, er schrie tief in Jos Kopf hinein, weit nach unten in seinen Körper.

Nichts bewegte sich. Mosca hob ihn hoch, drückte ihn an sich und weinte. Lange weinte er. Jo lag tot in Moscas Armen. Er lebte nicht mehr. Das war vor einem Jahr.

Sie standen immer noch im Stau, sein Flugzeug würde in fünfundzwanzig Minuten in den Himmel steigen, er schaute nach oben. Es begann zu regnen.

Langsam kamen Tropfen von oben nach unten. Das Blau am Himmel war verschwunden. Er war jetzt grau. Nur an wenigen Stellen schimmerte es noch hell.

Ich habe dem Himmel meinen Namen auf den Rücken geschrieben. Das hatte Klein gesagt. Er wollte das Blau für sich, auch das Blau des Himmels. Er hatte den Himmel signiert.

Das hatte Mosca immer gefallen, diese Vermessenheit, diese Überheblichkeit und dieser Mut, seinen Ideen eine Sprache zu geben, sie reden, sie schreien lassen, aus sich heraus. Der Himmel war jetzt dunkel.

Es tropfte auf Moscas Haut. Ben drückte den Knopf, um das Verdeck zu schließen, aber es ging nicht. Er drückte noch einmal, aber nichts bewegte sich, nur ein Summen hörte man. Die Tropfen wurden immer mehr. Ben fluchte. Er stieg aus und zerrte am Verdeck, wieder drückte er den Knopf, aber nichts rührte sich. Mosca wurde jetzt unruhig, er stieg aus und versuchte zu helfen.

Lassen Sie das, fauchte Ben.

Das Bild hier sollte nicht nass werden, sagte Mosca.

Mein Auto auch nicht. Ben raste.

Mosca versuchte, das Bild unter sich vor den Tropfen zu verbergen. Es regnete immer mehr.

Machen Sie den Kofferraum auf, bat Mosca, lassen Sie mich das Bild in den Kofferraum geben, schnell, beeilen Sie sich, es ist sehr wertvoll.

Lassen Sie mich mit ihrem Scheißbild in Ruhe, mein Auto löst sich gleich auf.

Mosca kniete auf der Rückbank, nach vorne auf den Sitz gebeugt, er machte eine Brücke, unter der das Bild trocken bleiben sollte, aber es kam jetzt in Strömen vom Himmel.

Tun Sie etwas, schrie Mosca. Gleich würde es nass werden, würde das Wasser auf das Packpapier kommen und sich vollsaugen. Mosca verlor selten seine Fassung. In diesem Moment tat er es. Er packte Ben am Kragen und funkelte mit seinen blauen Augen in das wütende Gesicht des Taxifahrers.

Machen Sie sofort den Kofferraum auf, oder ich tue Ihnen weh.

Er griff nach Bens Hals, er drückte ihn fest an sich, Regen tropfte auf das Packpapier. Lange würde es nicht mehr halten. Jetzt schrie er. Er drückte zu. Fest. Dann schleuderte er ihn von sich und beugte sich wieder über das Bild.

Machen Sie den Kofferraum auf. Jetzt.

Ist schon gut, sagte Ben.

Er nahm den Schlüssel aus dem Zündschloss und sperrte den Kofferraum auf. Vorsichtig legte Mosca das Bild hinein und setzte sich wieder in den Wagen. Genauso ruhig wie zuvor saß er da und ließ sich vom Regen berühren. Er spürte jeden einzelnen Tropfen. Er war zufrieden mit der Welt. Er ließ den Regen auf sich nieder und rührte sich nicht. Das Bild war trocken geblieben, es lag hinten im Kofferraum. Ben rotierte.

Was für ein Psychopath, dachte er. Er steckte den Schlüssel wieder ins Zündschloss und drückte noch einmal den Knopf für das Verdeck. Mit einem Surren kam es von hinten nach vorn. Ben sperrte den Regen aus. Gottseidank, flüsterte er. Sie saßen nebeneinander, keiner sagte etwas. Alles stand still, kein Auto bewegte sich.

Es muss ein schrecklicher Unfall gewesen sein, dachte er. Draußen kam der Regen mit gewaltiger Wucht nach unten. Mosca schaute den Tropfen zu. Er hatte keine Eile mehr.

Noch eine Stunde standen sie zwischen den anderen Autos, noch eine Stunde schwiegen sie beide, dann setzte sich die Kolonne wieder in Bewegung und Mosca brach das Schweigen.

Können Sie mich nach München bringen, mein Flugzeug ist schon gestartet.

Ben zögerte.

Warum sollte ich diesen Wichser nach München fahren, drei Stunden mit diesem Anzugpsycho im selben Wagen.

Ja, ich bringe Sie hin, aber wir schalten die Uhr ab. Sie bezahlen fünfhundert Euro.

Ist gut, sagte Mosca.

Dann legte er seinen Kopf nach hinten und schlief ein.

Als er aufwachte, waren sie bei Stuttgart, kurz vor einer Raststation. Ben hatte sich umgezogen. Er hatte immer etwas im Kofferraum. Er hatte am Pannenstreifen gehalten, seine schmierigen Sachen ausgezogen, um neue schmierige Sachen anzuziehen. Aber sie waren trocken. Er nahm das Bild in die Hand und öffnete das Packpapier einen Spalt weit. Ein blaues Bild. Nur Blau.

Was für ein Dreck, dachte er.

Doch dann begann er zu überlegen.

Es ist wertvoll, hat der Wichser gesagt.

Während Mosca schlief, ging er seine Möglichkeiten durch. Er könnte an einer Raststation halten, er würde tanken, während der Mann im Anzug sich etwas zum Trinken holte, er würde nur so tun, als müsste er tanken, er würde losfahren, wenn der Mann in der Raststation verschwunden war, er würde das Bild stehlen, es verkaufen und reich sein. Das war ein guter Plan, dachte Ben.

Und der Wichser hat es nicht anders verdient.

Ich muss tanken, sagte er, als Mosca die Augen aufschlug. Und vielleicht wollen Sie sich erfrischen.

Es machte ihm Spaß, sich so gewählt auszudrücken.

Mosca sagte, ja, er würde gerne einen Kaffee trinken, eine Kleinigkeit essen und sich frisch machen, er habe es jetzt nicht mehr eilig.

Ben stellte sich sein Gesicht vor, wenn er aus der Raststation kommen und feststellen würde, dass der verschissene Taxifahrer mit seinem Bild davongefahren war.

Mosca stieg aus und ging direkt in das Café.

Ich warte da vorne, sagte Ben.

Er blieb stehen, bis Mosca die Tür hinter sich geschlossen hatte, und fuhr los. Es hatte aufgehört zu regnen, er war wieder auf der Autobahn, er würde das Bild verkaufen, er würde wegfahren, weg aus dieser Scheißstadt, weg von diesen Anzugwichsern, weit weg, er würde nie wieder zurückkommen, vielleicht würde er sich auch Anzüge kaufen, aber schrille Anzüge, und viele kleine, bunte Pillen, er würde dann glücklich sein. Er war auf der Autobahn, er fuhr schnell, er war müde, er überlegte. Was, wenn ihn der Anzugtyp findet, was, wenn er ihn sucht und findet.

Plötzlich waren sie da, diese bohrenden Gedanken, sie kamen ganz plötzlich in seinen Kopf, er begann zu zweifeln. Was, wenn er sich die Nummer des Taxis gemerkt hat, es gibt nur ein Cabriotaxi in Frankfurt, er ist leicht zu finden, wenn man ihn finden will, und der Mann im Anzug wird das wollen. Ben war sich plötzlich ganz sicher.

Er stieg auf die Bremse. Er war vom Parkplatz gerast, er hatte Musik gemacht, sich eine Tablette in den Mund geworfen und von einer sauberen Zukunft geträumt. Plötzlich war sie da, die Angst, dass sie ihn finden würden, dass sie ihn wegsperren würden wegen dem verschissenen Bild. Er wurde langsamer. Er musste zurück, schnell. Ben trat aufs Gas. Er würde bei der nächsten Ausfahrt umkehren, er würde zurückfahren, der Wichser würde nichts merken, er würde rechtzeitig da sein, noch bevor er seinen Kaffee ausgetrunken hat, bevor er aus der Bar gekommen war. Ben fuhr schnell. Mosca bezahlte, Ben konnte die Raststation schon sehen, zwei Minuten noch. Mosca stand auf und ging nach draußen. Ben raste. Mosca schaute nach rechts zu den Zapfsäulen, auf den Parkplatz, zu dem der Fahrer gedeutet hatte, seine Augen suchten den Wagen, er ging ein paar Schritte, er konnte ihn nicht sehen, das Taxi war nicht da. Ben fuhr von der Autobahn ab, er sah den Mann im Anzug, er fuhr immer noch sehr schnell, er sah, wie er zu dem Parkplatz hinüberschaute, wie er ihn suchte, er war gleich da, er bremste. Mosca drehte sich nach links. Das Taxi stand neben ihm.

Wir können weiter, sagte Ben.

Mosca atmete langsam ein und aus und stieg in den Wagen. Kurz hatte er gedacht, dass etwas nicht stimme, kurz hatte er Angst gespürt, kurz nur.

Ben schwitzte. Es war nichts passiert. Er war müde. Er hatte seit vier Tagen nicht mehr richtig geschlafen, er würde das Arschloch und sein Bild nach München bringen und das Geld nehmen, er wollte es hinter sich bringen. Schweigend saßen sie bis München nebeneinander. Mosca war gespannt, wie sie reagieren würde. Er hatte sie vorher noch nie gesehen. Er hatte lange überlegt, ob er es tun sollte, aber er würde ihr das Bild bringen. Jo hätte es so gewollt.

Das war gestern Mittag.

5.

Jos Mutter lebte bescheiden.

Sie saß in ihrer kleinen Küche in ihrer kleinen Erdgeschoßwohnung und wurde alt. Sie kochte sich gerade eine Tomatensuppe, als Mosca läutete. Ihr Mann war schon lange tot. Sie hatte Jonathan alleine großgezogen, sie war sparsam und immer schon eine strenge Frau gewesen. Das Leben hatte es nicht gut mit ihr gemeint, ständig waren da diese furchtbaren Enttäuschungen und Schicksalsschläge, mit denen sie fertig werden musste.

Es waren zu viele. Zuerst starb der Mann, und dann sollte sie es hinnehmen, dass ihr einziger Sohn schwul war. Das tat sie nicht. Als Jo ihr mitteilte, dass er in Frankfurt mit einem Mann zusammenlebte, war es wieder da, ihr Schicksal, das einschlug auf sie. Das konnte sie nicht akzeptieren. Dass ihr einziger Sohn diese abartige Krankheit hatte, dass er sich von irgendeinem alten, geilen Perversen verführen hatte lassen, dass er seinen Verstand verloren hatte. Das durfte nicht sein. Als sie sah, dass er so nicht zur Vernunft zu bringen war, dass ihm diese Abartigkeit nicht auszutreiben war, hat sie ihn verstoßen, sie hat ihn aus der Wohnung geworfen, auf ihn eingetreten, ihn beschimpft, ihn aus ihrem Herzen hinausgetreten.

Sie hatte nie mehr mit ihm gesprochen, sie hatte all seine Fotos verbrannt und sein Zimmer an einen Studenten vermietet. Sie hatte nicht auf seine Briefe geantwortet und den Hörer aus der Hand geworfen, als er angerufen hatte. Sie ist auch nicht zur Beerdigung gekommen. Ihr Jonathan war schon lange vorher gestorben. Dem Studenten erzählte sie, ihr Sohn sei bei einer Bergtour verunglückt. Er saß neben ihr am Frühstückstisch und legte ihr seine Hand auf die Schulter, als sie davon erzählte. Er war ein großartiger Sportler, sagte sie, er hat unzählige Rekorde gebrochen, aber dann ist er abgestürzt, dann war er einfach nicht mehr da. Sie schaute ohne Regung in die Wand vor sich und schmierte sich selbstgemachte Marmelade aufs Brot. Der Student fragte, ob es Jonathans Zimmer wäre, in dem er jetzt wohnte.

Es ist jetzt dein Zimmer, sagte sie.

Zuerst war Jo wütend, dann war er traurig.

Sie hatte die Tür zugemacht und sie bis zum Schluss nicht wieder geöffnet. Sie hatte ihn verstoßen, ihn abgetrieben, ihn zu lieben aufgehört.

Ich verstehe nicht, wie man so sein kann, hat Mosca immer gesagt, aber Jo versuchte sie zu verstehen, nachzuvollziehen, wie sie dachte, was durch ihren Kopf ging. Er hat geweint, irgendwann nachdem sie das Bild aus Warschau geholt hatten. Jo war glücklich, und trotzdem weinte er an einem Abend. Sie lagen im Bett, Mosca ist aufgewacht und hat Jo unter Tränen gefunden.

Sie ist meine Mutter, hat er gesagt, egal was sie gemacht hat. Wie konnte sie das tun.

Mosca hat ihn gehalten, hat ihm zugehört und ihn gehalten.

Zuerst habe ich in der Fabrik gekündigt, und dann die Schande, dass ich schwul bin, das war zu viel für sie, das hat sie nicht verstanden, das hatte in ihrer Welt keinen Platz. Das stand nicht in ihrem Kochbuch, auf keiner Seite.

Jo hat die halbe Nacht erzählt, wie er aufgewachsen ist, wie traurig einfach das Leben war im Erdgeschoß, wie wenig er gelebt hat, wie seine Mutter jeden Tag neben ihm gestorben war, wie alles ohne Farbe war. Ein Leben in Schwarz und Weiß und immer dieses ausdruckslose Gesicht, wenn er in die Küche kam und sie mit einem Kuss begrüßte. Wie sie ihn anschaute und nichts sich regte in ihrem Gesicht. Nie ein Gefühlsausbruch, nie eine Träne, kein Lachen, so viele Jahre, nichts.

Und dann am Ende, wie sie schreit und auf mich einschlägt, wie ich meine Hände über den Kopf halte und schreie, Mama, bitte nicht, und sie schreit, ich soll verschwinden, und ich, sie soll aufhören, und sie, dass ich ein abartiges Schwein bin.

Dann ging die Tür zu. Und nie wieder auf.

Sie fehlt mir, hat Jo geflüstert, in die Brust von Mosca hinein. Sie fehlt mir, und es tut so weh, und es hört nicht auf. Ich will sie zurück, ich will, dass sie mich versteht, ich will, dass sie weiß, wer ich bin, ich will, dass sie mich endlich liebt. Ich will, dass sie mein Blau sieht.

Sie sind die halbe Nacht wach nebeneinander gelegen. Mosca war für Jo da. Er hielt ihn mit allem, was er war, in seinen Armen. Die Tränen fest umschlungen.

Das war irgendwann vor drei Jahren.

Mosca drückte auf den Klingelknopf. Gestern.

Er hatte sie noch nie vorher gesehen, er kannte sie von Jos Beschreibungen, er würde mit ihr reden, versuchen, ihr zu erzählen, wie Jo gelebt hat in den letzten Jahren, wie sehr er sich nach ihr gesehnt hat, dass er wollte, dass sie das Bild bekommt. Jo wollte sie teilhaben lassen an seinem Leben, aber sie ließ es nicht zu. Er würde kurz mit ihr reden, ihr das Bild geben und gehen, er würde sie nie wieder sehen. Er tat es für Jo. Er hatte nie verstanden, wie so etwas passieren, wie eine Familie so zerbrechen, wie eine Mutter so handeln konnte, er wollte nicht urteilen, aber er hasste sie für das, was sie Jo angetan hatte. Eigentlich war es Verachtung.

Er drückte den Knopf dreimal, bevor sie öffnete.

Sie stand da, wie Jo sie beschrieben hatte.

Mosca spürte einen Augenblick lang Wut, als er sie sah, kurz hätte er ihr seine Verachtung ins Gesicht schreien wollen, doch er fing sich wieder und sprach langsam und sachlich.

Ich war der Lebensgefährte Ihres Sohnes, ich würde gerne kurz mit Ihnen sprechen.

Mosca schaute in ein ungerührtes Gesicht.

Diesen Weg hätten Sie sich sparen können, verschwinden Sie.

Zuerst hatte sie nichts gesagt, ihn nur angestarrt, diesen perversen alten Bock, der ihren Sohn in die Abartigkeit getrieben hatte, dieses Schwein.

Verschwinden Sie, sagte sie wieder und warf die Tür zu.

Mosca stemmte sich dagegen, bevor sie ins Schloss fiel.

Warten Sie, sagte er, ich habe etwas von Ihrem Sohn. Er wollte, dass Sie es bekommen.

Der Druck von innen auf die Tür ließ nach. Sie öffnete sie einen Spalt weit. Langsam kam ihr Gesicht wieder zum Vorschein.

Ich will nichts von ihm.

Sie starrte auf das in Packpapier eingewickelte Bild.

Er wollte, dass Sie sehen, wofür er gelebt hat, es ist sehr wertvoll, ich schiebe es durch den Spalt zu Ihnen hinein, dann gehe ich. Auf der Rückseite des Bildes klebt meine Karte, Sie können mich anrufen, falls Sie doch mit mir reden wollen.

Er schob das Bild durch den Spalt und ging. Er ekelte sich.

Was für ein Mensch, dachte Mosca, als er wieder auf der Straße war. Er hatte es für Jo getan, aber er war sich plötzlich nicht mehr sicher, ob es die richtige Entscheidung gewesen war, zu ihr zu fahren, ihr das Bild zu geben, sie würde es nicht verstehen, sie würde nichts begreifen.

Er stand lange vor dem Haus, schaute in alle Richtungen und erinnerte sich an das, was Jo erzählt hatte. Eine traurige Welt hatte er seine Straße genannt, und Mosca wußte jetzt, was damit gemeint war. Alles hier war traurig. Eine traurige Straße und traurige Häuser, in denen traurige Menschen wohnten. Und Arschlöcher.

Wütend ging er die Straße hinunter auf der Suche nach einem Taxi. Nur langsam kam seine Fassung zurück.

Jo war seit einem Jahr tot. Er hatte sein Leben wiedergefunden, er hatte aufgehört zu weinen, er hatte ihn losgelassen. Jo tauchte irgendwo im Blau. Mosca war neben ihm hergeschwommen und wieder aufgetaucht. Die Begegnung mit Jos Mutter riss ihn kurz wieder nach unten, sie erinnerte ihn an Jos Schmerz und an seinen eigenen. Er hasste diese Frau. Er würde sie nie wieder sehen.

Sie stand hinter der Tür und atmete schwer.

Lange stand sie da und rührte sich nicht. Das Bild stand am Boden gegen die Wand gelehnt. Sie überlegte. Sie wollte das alles nicht, sie wollte nichts mehr wissen, sie wollte es hinter sich lassen, alles vergessen, ohne Erinnerung leben, in Ruhe sterben, langsam mit den Jahren. Sie erwartete nichts mehr, sie wollte ihre Ruhe, keine Störung der vertrauten Traurigkeit, nichts, was sie nach oben schleudern würde ins Licht. Sie würde es nicht ertragen, in ihrer Welt war es dunkel, seit ihr Mann gestorben war. Sie war hart geworden in all den Jahren. Keine Berührung, kein Lachen, keine Nähe. Sie wartete nur noch auf das Sterben.

Sie verließ kaum ihre Wohnung, sie begnügte sich damit, einfach dazusitzen und zu warten, bis endlich alles vorbei war. Sie schaute nach unten auf das verpackte

Bild, wie es dastand und wartete, dass sie es hochhob, dass sie es in ihr Leben ließ, dass sie es aus dem Papier hob und anstarrte. Sie wollte es nicht. Es war wie eine Hand, die sich ihr entgegenstreckte, die gehalten werden wollte, die sie berühren sollte, eine Hand, die auf ihr kleben, die sie nicht mehr loslassen, die brennen würde auf ihrer alten, faltigen Haut. Sie wollte diese Hand nicht. Und trotzdem kniete sie sich hin und begann, das Bild aus dem Papier zu schälen, es freizulegen, langsam und ängstlich. Als sie sah, dass es blau war, nur blau, stoppte sie. Wut stieg in ihr auf. Ein blaues Bild, ohne etwas sonst, gar nichts. Nur blau.

Nicht einmal eine Linie hatte er zu Stande gebracht.

Die vertrauten Gedanken kamen wieder, die Enttäuschung über ihren Sohn.

Sein Leben war nicht mehr als ein blaues Bild. Das war es also, was ihm wichtig gewesen ist. Zorn stieg in ihr auf. Sie hatte diesen Taugenichts auf die Welt gebracht, sie hatte ihn getötet in sich. Sie würde ihn nicht wieder auferstehen lassen.

Sie wickelte das Papier wieder um das Bild und stand auf.

Mosca hatte die Beerdigung organisiert, mit dem Bestatter gesprochen und den Sarg ausgesucht, sie hatte nichts mit alledem zu tun haben wollen. Mosca hatte sie angerufen, ihr gesagt, was passiert war. Das Gespräch war kurz. Er war nicht fähig zu reden, alles hat ihm weh getan. Eine Stunde später rief sie zurück und kündigte an, sie werde eine Vollmacht nach Frankfurt schicken, und sie sagte es noch einmal.

Ich möchte nichts damit zu tun haben. Dann legte sie auf.

Mosca warf das Telefon an die Wand. Dann die Vase, die auf dem Couchtisch stand, dann den Couchtisch. Nur knapp verfehlte er ein Monochrom.

Jos Mutter stand auf und schlüpfte in ihre Pantoffeln. Sie nahm den Schlüssel, das Bild unter den Arm und ging ins Treppenhaus, von dort in den Innenhof. Sie ging auf die Mülltonnen zu, hob einen Deckel und warf das Bild hinein. Dann ging sie zurück in ihre Wohnung.

Mosca saß in einem Taxi zum Flughafen. Er wollte zurück nach Frankfurt. Er würde sich auf die weiße Couch setzen und unter den Bildern sitzen, Jos Bildern. Er würde mit Jos Blau alleine sein, nur er und das Blau. Er würde eine Flasche Wein öffnen und das Leuchten der Bilder genießen. Dann würde er in seinem Bett liegen und schlafen bis zum Morgen. Dann würde er den nächsten Schritt tun. Eigentlich war er glücklich. Er empfand eine tiefe Ruhe, die sich in ihm ausgebreitet hatte. Er war Jo jetzt näher als jemals zuvor, er hatte verstanden, was er meinte, was er in den Bildern gesucht, was er dort gefunden hatte. So viele Tage war er auf dem weißen Sofa gesessen und hatte sie angeschaut, hatte gegessen vor ihnen, geschlafen, ist aufgewacht mit ihnen, sie hatten ihn durch den Tag begleitet. Nach Jos Tod hat er die Wohnung kaum verlassen, er hat sich nicht wegbewegt von den Bildern, er ist bei ihm geblieben, er war verbunden mit ihm, er hat ihn verstanden irgendwann und dann seine Entscheidung getroffen. Er war zufrieden jetzt. Er hatte begonnen zu tauchen und die Ruhe in der Leere zu spüren.

Jos Mutter hatte ihn kurz aus diesem Glück herausgerissen, hatte ihn an alte Gefühle erinnert, sie hatte ein Tor in die schmerzhafte Vergangenheit geöffnet, das verschlossen gewesen war.

Er hatte Jo über alles geliebt, aber jetzt wollte er ihn gehen lassen, er konnte ihn loslassen nach Monaten, er konnte sich erinnern, ohne dass es weh tat, er konnte akzeptieren, dass Jo nicht mehr da war.

Als er ihn auf dem weißen Marmorboden gefunden hatte, war alles zusammengebrochen, und er musste die einzelnen Teile, die verstreut herumlagen, erst wieder zusammenfügen. Er hatte seit einem Jahr nicht gearbeitet, kein Buch besprochen, Auftritte abgesagt und bereits Vereinbartes an Kollegen abgegeben. Er hatte keine Lust, sich auf andere Geschichten einzulassen, seine eigene war so groß geworden, dass sie jeden Platz für etwas anderes nahm. Finanziell musste er sich nicht sorgen. Langeweile kannte er nicht. Er trauerte. Dann verabschiedete er sich und suchte einen neuen Weg.

In der Wohnung hat er nichts verändert, hat alles so belassen wie es war, nicht, weil er in der Vergangenheit bleiben wollte, sondern weil er es schön fand. Sie hatten die Wohnung gemeinsam eingerichtet, den Marmor ausgesucht, die Möbel, das Licht, sie trafen sich in ihren Geschmäckern, obwohl sie unterschiedlicher nicht hätten sein können. Er war vierzehn Jahre älter als Jo, gesetzter vielleicht. Bestimmt. Er legte Wert auf Stil und Eleganz, er hatte Klasse. Jo war verrückt, er brannte, da war ein Feuer in ihm, seine Schuhe waren bunt, gedeckte Farben ertrug er nicht an sich. Sie erinnerten ihn an seine traurige Straße, an das traurige Grau des Asphalts, auf dem er so viele Jahre gegangen war. Das Weiß in der Wohnung ließ beiden den Raum, den sie brauchten, um nebeneinander sein zu können.

Weiß sperrt nichts ein, hatte Jo gesagt.

Das Taxi war am Flughafen angekommen.

Kurz dachte Mosca an den Fahrer, der ihn nach München gebracht hatte, dann stieg er aus und suchte sich ein Flugzeug.

Das blaue Monochrom lag irgendwo in Schwabing in einer Mülltonne.

Das war gestern am Nachmittag.

6.

Olivier nahm sich die Zeit, es auszupacken.

Er stand an der Tonne, den Deckel in der linken Hand, und sah etwas Rechteckiges, in Packpapier eingewickelt, das Packpapier eingerissen an einer Seite, es war nass geworden und dann wieder getrocknet. Aber es passte nicht in diese Tonne, es passte nicht zu dem anderen Müll, es war so sauber, mit Bedacht verpackt, jemand musste es erst kürzlich hineingeworfen haben, es lag kein Müll darauf, er konnte es mit seiner rechten Hand leicht zu sich drehen und das Packpapier an der gerissenen Stelle weiter öffnen. Es schimmerte blau. Olivier wusste nicht, was er erwartet hatte, er war nur neugierig, er war immer neugierig gewesen. Er beschloss, seine Arbeit für einen weiteren Augenblick zu unterbrechen, öffnete den Deckel ganz und legte das Bild frei, es lag vor ihm in der Tonne auf dem schützenden Papier und strahlte ihn an.

Nur blau, dachte Olivier, aber irgendwie gefiel es ihm.

Er wusste nur noch nicht wie sehr. Aber er würde es mit nach Hause nehmen, irgendetwas war mit diesem Bild, er wusste nicht, was es war, es kam ihm bekannt vor, er hatte es schon gesehen irgendwann, eine Abbildung vielleicht, ein blaues Bild, und es leuchtete, es war kein gewöhnliches Blau. Er würde sich am Abend damit beschäftigen. Dann packte er es wieder in das Papier und hob es aus der Tonne, er legte es auf den Beifahrersitz und kümmerte sich um den Müll. Atze nahm es neugierig in die Hand und schaute unter das Papier. Was willst du mit dem Scheiß, sagte er, als Olivier wieder neben ihm saß. Das ist doch nur blau. Dem ist nicht besonders viel eingefallen. Er lachte laut. Der hatte kein Geld für die anderen Farben im Farbkasten, den haben sie im Abendkurs strafmalen lassen.

Atze amüsierte sich köstlich, ihm fielen noch andere Gründe ein, warum das Bild nur blau war, aber Olivier gefiel es. Es ist hübsch, dachte er, es ist irgendwie anders, und diese Farbe, irgendetwas ist mit dieser Farbe, wie sie leuchtet.

Nach Dienstschluss fuhr er mit dem Bild am Beifahrersitz in seine Wohnung, er stellte es auf den Fernseher und warf sich, ohne sich zu duschen und umzuziehen, aufs Bett, er legte die Hände in seinen Nacken und schaute das Bild an.

Ich kenne dieses Bild, sagte er sich, aber es fällt mir nicht ein, es lag in einer Mülltonne, warum sollte er dieses Bild kennen, irgendeine Hausfrau hatte es gemalt und dann unzufrieden zum Müll gebracht, wahrscheinlich wollte sie nicht, dass es jemand sieht, und hatte es deshalb verpackt. Wie konnte er es schon einmal gesehen haben, und wo. Das war unmöglich. Olivier spielte mit seinen Gedanken, aber er war sich sicher, er kannte dieses Bild, zumindest eines, das so ähnlich war.

Er stand auf und suchte nach seinem Kunstgeschichte-Lexikon, er würde dort mit der Suche beginnen. Wenn er es gesehen hatte, dann wahrscheinlich dort. Er ging seine Regale ab, aber er fand das Buch nicht. Hatte er es Herta geliehen, er wusste es nicht mehr. Oder hatte er das Bild in einer Zeitschrift gesehen. Oder im Fernsehen.

Es gefällt mir, dachte Olivier wieder und ging in die Küche, um sich ein Brot zu richten. Er kam mit einem Teller und einer Tasse Tee zurück und schaute auf das Bild. Er saß jetzt ganz nah davor auf einem Stuhl, den Teller auf seinem Schoß, die Tasse in der Hand.

Er beugte sich vor und sah die Farbteilchen, wie sie dicht aneinander gedrängt auf der Leinwand lagen, wie sie strahlten. Er strich mit den Fingern darüber und spürte die Farben, er biss in sein Brot und streifte über die abgerundeten Kanten. Er überlegte, aber es fiel ihm nicht ein. Dann rief er Herta an.

Ich habe heute ein schönes Bild im Müll gefunden.

Du Glückspilz, sagte sie.

Es ist wirklich schön, sagte er. Und es kommt mir so bekannt vor. Ich wollte dich fragen, ob du meine Kunstgeschichte hast.

Ja, sagte sie, sie sei aber erst bei der Gotik, und dass ihr die Rippengewölbe ganz besonders gefallen, und dass sie bald darüber reden könnten, über die einzelnen Epochen, und dass es faszinierend sei, wie viele schöne Dinge es gibt auf dieser Welt.

Olivier sagte, er freue sich schon auf den Abend, aber sie solle doch in der Gegenwart schauen, ob ihr nicht ein blaues Bild in die Augen fiele, sie solle es doch gleich durchblättern, ein blaues Bild, nur blau, ein intensives Blau, ultramarin, würde er sagen.

Du hast ein blaues Bild gefunden, fragte Herta, und du meinst, ich finde es in diesem Buch. Hast du getrunken, Olivier, hier finden sich nur die Meister und nicht die kleinen Hobbymaler, die ihre Bilder aus Frust auf den Müll werfen.

Olivier bat sie, es trotzdem zu tun, er sei sicher, dass er es schon irgendwo gesehen habe, aber mehr fiele ihm nicht ein, und es müsse die Gegenwart sein, weil vor zweihundert Jahren wäre der Maler noch gesteinigt worden für die Frechheit, nur blau zu malen. Das ist moderne Kunst, Herta, es ist nur blau, keine Linie, kein Fleck, keine andere Farbe sonst, und das Blau leuchtet intensiv, bitte hol jetzt das Buch und fang an zu blättern, ich bin neugierig, Herta, bitte tu es einfach.

Herta holte das Lexikon und kam zurück zum Hörer. Neben ihr am Boden stand ebenfalls ein Teller mit Broten. Sie begann zu blättern.

Ich würde sagen ab neunzehnhundertzwanzig, sagte Olivier. Davor wäre das nicht möglich gewesen.

Er war sich sicher. Er hatte über alle Maler gelesen, aber bei den Mengen, die er las, vergaß er vieles, konnte es nicht mehr finden in seinem Kopf.

Es gibt hier einen Kandinsky, sagte Herta, es ist blau und seltsame Tierchen schwimmen da herum, es heißt Himmelblau. Herta lachte.

Olivier drängte, nur blau, Herta. Nur blau.

Beide bissen von einem Brot ab.

Ich habe eine neue Pastete entworfen, sagte sie, köstlich, die musst du versuchen.

Olivier schaute auf seine Extrawurst und sagte, er freue sich darauf, und ob sie schon etwas gefunden hätte.

Da gibt es ein Bild von einem Dalí, der malt halbe Pferde und eine nackte Frau ohne Kopf und so etwas wie einen Trichter, auf dem eine Hand steckt, und rundherum ist nur blau. Olivier, ich sage dir, die haben Sachen gemalt, unglaublich. Da gibt es ein Bild, das heißt folgendermaßen: Traum, verursacht durch den Flug einer Biene um einen Granatapfel, eine Sekunde vor dem Aufwachen. Wahnsinn, oder.

Olivier drängte. Bitte, Herta. Nur Blau allein. Kein Motiv sonst, keine Linie, einfach ein blaues Bild.

Olivier bat sie, weiterzublättern, er spürte, dass es irgendwo war. Es war ein Holländer oder ein Franzose oder vielleicht ein Amerikaner.

Hast du es, Herta, überflieg die Seiten einfach, such nur nach einem blauen Bild, nur blau.

Und da war es dann. Herta hatte den Mund voller Pastete. Olivier verstand sie kaum.

Da ist es, sagte sie, Monochrom blau, Yves Klein heißt der Maler.

Da war es wieder.

Olivier erinnerte sich, es war ein Franzose.

Du musst sofort kommen, sagte Olivier, und bitte bring die Pastete mit.

Ich fliege, Liebster, flüsterte Herta.

Olivier legte irritiert den Hörer auf. Herta machte ihm Angst manchmal.

Yves Klein hieß der Mann, er hat blaue Bilder gemalt. Olivier nahm es in die Hand und befühlte noch einmal die Farbe, betrachtete es von allen Seiten, dann drehte er es um. Er sah eine Markierung auf der Rückseite und eine Visitenkarte mit einer Adresse in Frankfurt.

Warum habe ich es nicht gleich umgedreht, dachte er und löste die Karte vom Holz. Der, dem das Bild gehört, sitzt also in Frankfurt, aber wie kam es in die Tonne, jemand hat es ihm abgekauft oder geschenkt bekommen, aber es kann auf keinen Fall von Yves Klein sein, das ist unmöglich, wie soll ein Klein-Bild in diese Tonne kommen, kein Mensch auf der Welt würde es wegwerfen. Olivier wusste, dass es nicht echt sein konnte, jemand hatte es Klein nachgemacht, es war eine dieser Kopien, die du billig auf der Straße kaufen kannst, aber warum die Visitenkarte, ein Literaturkritiker, das stand da. Warum sollte er billige Kopien verkaufen, warum lag das Bild in der Tonne. Er wartete auf Herta, er wollte die Abbildung sehen, er war ungeduldig und etwas in ihm hoffte auf ein Wunder. Vielleicht war das sein Haupttreffer, er hatte mehr als hunderttausend Deckel gehoben, er hatte jahrelang im Müll gegraben, vielleicht konnte er jetzt damit aufhören. Er träumte vor sich hin, schaute das Bild an und überlegte, was es wert sein könnte, er malte sich seine Zukunft aus, was er machen würde mit dem Geld, er stellte sich ein neues Leben vor, doch immer wieder kam ihm die Wirklichkeit dazwischen, die Millionen lagen nicht einfach im Müll, das Glück kommt nicht einfach so in sein Wohnzimmer, man findet es nicht in einer Mülltonne. Und trotzdem ließ er sich hinreißen.

Es war ein schöner Abend, er war beschäftigt, er genoss dieses Spiel mit seinen Gedanken, und Herta würde kommen, er mochte sie, mit ihr konnte er reden, sie verstand ihn und er verstand sie, sie trafen sich in ihren Gesprächen, sie aßen und tranken miteinander und lachten viel. Hertas Unförmigkeit störte ihn kaum mehr.

Dann läutete sie.

Olivier sprang auf und erwartete sie an der Tür.

Schön, dass du da bist, sagte er, sie keuchte und lachte ihn an. Zeig mir das Buch, drängte er.

Zuerst die Pastete, sagte sie und schob Olivier vor sich her in die Küche. Olivier kostete hastig.

Die Pastete war herrlich. Eigentlich wäre Herta lieber Köchin geworden, aber ihr Vater hatte auf etwas Medizinischem bestanden. Er war Arzt, am liebsten wäre ihm gewesen, Herta hätte studiert wie er. Er wollte stolz auf seine Kinder sein, aber sie machten es ihm schwer. Atze hatte früh mit der Sauferei begonnen und nie wieder damit aufgehört. Er war früh von der Schule abgegangen und ausgezogen. Als ihr Vater erfahren hatte, dass er zur Müllabfuhr gegangen war, hatte er einen Herzinfarkt. Er konzentrierte sich dann auf Herta, dass aus ihr etwas werde, dass sie zumindest annähernd etwas täte, auf das er stolz sein könnte. Und Herta war unglücklich während ihrer Ausbildung, sie wollte Köchin sein, sie wollte ihr eigenes Restaurant irgendwann.

Du bist begnadet, sagte Olivier, die Pastete ist ein Gedicht, aber bitte zeig mir jetzt das Buch.

Er ging mit Herta ins Wohnzimmer und setzte sich auf den Stuhl. Es schaut genau so aus, sagte sie.

Olivier spürte sein Herz schlagen und blätterte in dem Lexikon, das vor ihm lag. Sein Blick ging vom Bild auf das Buch und wieder zurück. Er empfand etwas Großartiges, er hatte es gewusst, und vielleicht war es gar kein Traum, vielleicht war es tatsächlich ein Bild von Yves Klein, es war alles möglich, und das war aufregend.

Herta saß neben ihm auf der Bettkante. Sie starrten auf das Bild.

Was, wenn es wirklich echt ist, sagte Olivier.

Du spinnst, antwortete Herta. Lange gingen sie alle Möglichkeiten durch, sie lasen den Eintrag zu Yves Klein mehrere Male und beschlossen dann, bei dem Kritiker anzurufen. Sie würden ihren Namen nicht nennen, sie würden nur nach einem blauen Bild fragen, dass sie es im Müll gesehen haben in München. Was es mit diesem Bild auf sich habe, wollten sie fragen, dass es da diesen französischen Maler gebe und dass das Bild so ähnlich sei, und er solle ihnen doch sagen, dass es eine billige Kopie sei, weil sie es im Müll liegen gelassen hätten, und weil sie es sich im Leben nicht verzeihen würden, wäre es ein Original und sie hätten es nicht mitgenommen. Olivier wählte.

Herta hatte ihr Ohr ganz in der Nähe des Hörers.

Olivier spürte ihren Atem, ein Hauch von Pastete kam in seine Nase. Sie hörten das Freizeichen, achtunddreißig Mal, dann legte Olivier den Hörer zurück auf das Telefon. Das war gestern Abend.

Mosca saß in einem Flughafen-Café.

Er hatte noch Zeit. Er trank billigen Weißwein und ekelte sich. Dann bestellte er Bier und beobachtete den hageren Mann ihm gegenüber. Mosca war vierhundert Kilometer entfernt von seinem Telefon. Er hatte sich vorgestellt, wie Jos Mutter vor dem Bild saß, wie sie es verkaufen würde am nächsten Tag, wie sie auf Jo scheißen würde.

Wie widerwärtig sie war.

Noch einmal läutete das Telefon in Frankfurt.

Herta hatte Olivier gedrängt, es ein zweites Mal zu versuchen, aber wieder hob niemand den Hörer ab. Sie versuchten es den ganzen Abend und noch länger.

Wo ist dieser Mensch, sagte Herta, und warum steht da keine Mobilnummer auf der Karte, warum hebt er nicht ab, das darf nicht wahr sein, ich will das jetzt wissen, Olivier, wir fahren hin.

Olivier schaute sie verwundert an, doch Herta hatte es bereits beschlossen.

Eine Stunde später verließen sie die Wohnung und stiegen in Hertas Alfa.

Ich liebe dieses Auto, sagte sie immer. Und dass Olivier sich anschnallen solle.

Wir haben es eilig, sagte sie und gab Gas.

Olivier hielt sich fest und presste seine Augen fest zusammen. Erst langsam gingen sie wieder auf. Herta fuhr gleichmäßig dahin, Olivier entspannte sich. Hertas Fahrstil war beunruhigend für ihn, seine Bitten, sie solle doch Rücksicht auf ihn nehmen, er sei ein schlechter Beifahrer, er habe Angst, ignorierte sie. Er war ängstlich in Autos. Immer schon.

Gewöhn dich daran, sagte Herta immer. Du brauchst keine Angst zu haben, Respekt soll man haben, aber keine Angst, ich passe auf dich auf, Lieber.

Schon oft hatte Olivier das Gefühl, sie wären nur knapp mit dem Leben davongekommen, aber Herta sagte nur, er solle sich nicht lächerlich machen.

Respekt, Olivier, keine Angst.

Er entspannte sich, zurückgelehnt dachte er nach, das Bild lag am Rücksitz. Sie fuhren nach Frankfurt. Sie würden den Besitzer des Bildes aufsuchen, sie würden wahrscheinlich einen Fehler machen. Olivier war sich nicht sicher.

Wir können da nicht einfach hineinmarschieren, Herta, was sollen wir sagen, und das Bild, wenn wir es ihm zeigen, wenn es echt ist, dann will er es zurück.

Herta überlegte.

Uns fällt schon was ein, sagte sie, wir haben noch die ganze Nacht, versuch zu schlafen, Olivier, ich pass schon auf dich auf.

Olivier stöhnte und machte vorsichtig seine Augen wieder zu.

Das war gestern um neun Uhr abends.

7.

Onni steckte sich eine Pomme frite in den Mund.

Er saß in dem Flughafen-Café und wartete auf seinen Aufruf. Sein rechter Fuß zappelte unter dem Tisch. Der Absatz machte das vertraute Geräusch. Das Bein wippte auf und nieder, der Schuh traf den Boden immer im selben Rhythmus. Ein zartes Klappern ununterbrochen. Onni fiel das nervöse Zucken seines rechten Beines nicht mehr auf, es zuckte immer. Das Zucken gehörte zu ihm. Es war eine vertraute Angewohnheit seit Jahren. Sein Hirn hatte das für sein Bein so vorgesehen, er musste nichts dazu tun. Es war wie eine Laune.

Es klapperte unter dem Tisch.

Mosca saß da und trank sein Bier. Kurz schaute er finster, dann öffnete sich sein Blick wieder, er wirkte gelassen und ausgeglichen. Onni gefielen der Anzug und das Hemd, eine elegante Erscheinung, dachte er, aber nicht arrogant, interessant vielleicht, auf alle Fälle etwas Besonderes. Auffallend zwischen all dem anderen Getier. Onni mochte die Menschen nicht besonders, er war Einzelgänger, er hatte sich daran gewöhnt.

So kann mir niemand weh tun, dachte er, so macht mich keiner kaputt.

Er liebte Anzüge, aber die Windeln machten es ihm unmöglich. Sie lagen dick und flauschig auf seinem

Hintern, befestigt mit Klebestreifen umgaben sie seine Haut.

Seit sieben Jahren rann sein Harn einfach aus ihm heraus, wann immer sein Körper es wollte, ohne Vorwarnung kam er in seine Hose, über seine Oberschenkel nach unten.

Er trug Windeln und deshalb immer weite Hosen.

Onni war inkontinent.

Sein Fuß zuckte, er spürte, wie die Windel nass wurde, ein klein wenig nur, aber es kam etwas heraus aus ihm, er hatte keinen Einfluss darauf, es passierte einfach. Wie das mit seinem Bein.

Es gibt keine Lösung, hatten die Ärzte gesagt, nur Windeln. Sie arbeiten daran, aber noch gibt es keine Lösung. Sie arbeiten daran, hatte ihm der Arzt immer wieder gesagt, nachdem er begonnen hatte zu weinen im Untersuchungszimmer. Es war kein guter Tag damals. Seine Windel war voll, es roch nach kaltem, abgestandenem Urin, als er sich auszog, und er sah die Schwester, wie sie die Lippen verzog und die Nase zusammendrückte, kurz nur, einen Augenblick lang.

Er hatte gesehen, dass sie sich ekelte vor ihm, vor der nassen Windel und seiner urinverschmierten Haut. Er hatte schnell zu den Feuchttüchern gegriffen, die er immer bei sich hatte, und sich abgewischt, die Windel zusammengerollt und mit den Klebestreifen fest verschlossen. Noch einmal konnte er sie kurz sehen, das Gesicht dieser Frau. Wie irritiert es war, wie angewidert und verständnislos. Dann kamen die ersten Tränen. Langsam tropften sie aus den Augen, er wehrte sich dagegen, aber sie kamen heraus.

Ihm fiel plötzlich alles wieder ein, alle Demütigungen der letzten Jahre, alle Beleidigungen, alle Kränkungen und die unendliche Sehnsucht nach einer Frau. Mit ihr zusammen sein, sie lieben vielleicht, aber das ging nicht.

So weit durfte es nicht kommen. Sie würden ihn wieder und wieder verletzen, ihn auslachen, sich ekeln vor ihm und ihn zurückweisen. Sich von ihm entfernen, ihm den Rücken zukehren und sich lustig machen.

Sie würden es nicht verstehen.

Er schob eine Pomme frite nach der anderen in seinen Mund und beobachtete den Mann im grünen Anzug, wie er alles hatte. Ihn liebten die Frauen sicher, er wirkte selbstbewusst, er war schön auf seine Art, und er war dicht. Die Hose seines Anzugs saß perfekt auf seinen Beinen. Nichts drängte sich zwischen Stoff und Haut. Nichts war im Weg.

Mosca war das zappelnde Bein aufgefallen, wie es immer gleich unter dem Tisch wippte. Er schaute dem Bein entlang nach oben, bis zu den Fingern, die kurz in dem schmalen Mund verschwanden. Er zog sie heraus und leckte sie ab. Die Hose ist zu weit, dachte Mosca, und das Tweed-Sakko passt nicht zu ihm. Mosca beobachtete ihn, er ließ seinen Blick lange liegen auf ihm, und dann kreuzten sie sich. Onnis Augen und die von Mosca, sie schauten sich an. Lange. Beide hörten nicht auf, sich anzuschauen. Sie wichen sich nicht aus, sie musterten einander, nicht feindselig waren die Augen, neugierig vielleicht. Mosca trank sein Bier.

Onnis Bein wackelte. Zaghaft schob er die fetten, kleinen Stangen in sich hinein, er musste etwas essen, er zwang sich dazu, er hatte keinen Appetit, aber er wusste, dass er jetzt essen musste, und diese Art von Essen war unkompliziert, es ging schnell und mit den Fingern. Es war schnell vorbei. Dann würde er ein Bier trinken wie der Mann im grünen Anzug und rauchen, vielleicht würde er sich zu ihm setzen, ihn ansprechen, sich mit ihm unterhalten. Doch der Teller war noch nicht leer. Er musste essen, einen Tag lang hatte er es nicht getan. Er würde seinen Körper versorgen, dann würde er hinübergehen. Er wollte diesen Mann kennen lernen, vor ihm hatte er keine Angst. Er hatte ewas Stilles an sich, etwas Friedliches. Dieser Mann würde ihm nicht weh tun, ihm konnte er vertrauen, das sah er in seinen Augen. Aber da waren immer noch achtzehn Pommes frites auf dem Teller. Mosca hatte begonnen mitzuzählen. Er merkte, wie mühsam es für diesen Mann war, seine Mahlzeit zu beenden. Er beobachtete, wie er sie mit zwei Fingern vom Teller hob, wie er sie kurz anschaute und dann in sich versenkte. Er kaute fast nicht, nur ein, zwei Mal, kurz nur, er zerquetschte die Kartoffeln in seinem Mund und schlang sie hinunter.

Sein Blick ging nicht von ihm weg. Und der von Onni auch nicht. Als das letzte Stück im Mund verschwand und er den Teller weit von sich schob, lächelte Mosca.

Onni lächelte zurück.

Er stand auf und kam zu Moscas Tisch.

Ohne zu fragen setzte er sich und begann wieder mit seinem Bein zu zappeln. Mosca spürte, wie der Tisch leicht zitterte. Kurz berührten sich ihre Beine.

Mosca bewegte sich nicht, er ließ seine Beine dort, wo sie waren. Moscas Hand hielt das Glas, seine Augen lagen auf dem hageren Mann neben ihm.

Schön, dass Sie sich zu mir setzen, mein Name ist Mosca. Er schaute freundlich, er war offen.

Onni, mein Deutsch ist langsam, ich bin Däne, Sie haben einen schönen Anzug.

Onni bestellte Bier und sie begannen sich zu unterhalten, über Dänemark zuerst, dann über Onnis Arbeit. Er vermietete Menschen. Das Geschäft mit den Leiharbeitern funktioniert in Dänemark, es ist alles organisiert, aber ich darf nicht mehr zurück. Onni holte weit aus.

Ich komme aus Århus, das ist mitten in Dänemark, aber sie haben mir einen finnischen Namen gegeben. Meine Mutter war Finnin. Onni heißt Glück auf Finnisch. Ein absurder Irrtum, mich damit in Verbindung zu bringen. Glück hatte ich nie, fast nie, in vierundvierzig Jahren zwei Mal. Das ist zu wenig mit so einem Namen. Und bei dem, was mir sonst passiert ist, ist es wie ein Witz, wie eine Hand, die in mein Gesicht kommt, wie eine Ohrfeige jeden Morgen, wenn ich aufwache.

Århus, ich habe dort eines dieser Koloniehäuser. Das war das erste Mal, dass ich Glück hatte. Ich hatte mich auf die Liste setzen lassen und irgendwann haben sie angerufen, Sie können ein Haus kaufen, haben sie gesagt. Spottbillig. Das machen sie, damit sie glücklich sind, die Dänen, ein Haus für den Sommer, mit einem Garten für das Gemüse. Und wegen der Ruhe.

Sie machen die Dänen glücklich mit Sommerhäuschen. Ich habe es gekauft, aber ich darf dort im Winter nicht wohnen, nicht schlafen, ich darf am Tag dort sein, aber ich darf dort nicht schlafen. Deshalb bin ich hier in Deutschland. Ich bin gerne in Deutschland, ich muss gerne hier sein. Ich darf nicht mehr zurück, sie würden mich einsperren, ich habe Steuerschulden, ich habe nichts einbezahlt, ich habe alles behalten, jede Krone für jede Stunde von jedem meiner Arbeiter. Ich hatte fünfzig, die für mich arbeiten gingen. Ich habe sie rekrutiert, alles Arbeitslose, Freunde, Bekannte, Freunde von Bekannten, sie nahmen das Arbeitslosengeld und das Geld von mir, alles ohne Rechnung. Ich habe sie vermittelt und der Leihfirma Rechnungen geschrieben jedes Monat. Offiziell habe ich sieben Mal so viele Stunden gearbeitet wie ein Monat Stunden hat, ich habe das Geld genommen und behalten, ich habe die Leute bezahlt und mein Koloniehäuschen renoviert. Onni trank und redete.

Ich habe den Boden um einen halben Meter gesenkt, die Raumhöhe lässt jetzt eine kleine Galerie zu, dort ist mein Bett, und ich habe einen Lift eingebaut, für später, wenn die Beine nicht mehr funktionieren, es ist schön geworden. Doch irgendwann kam der Brief. Dass sie kommen und ich alles offenlegen muss. Da bin ich weg. Ich habe das Nötigste mitgenommen und bin weg.

Zuerst Hamburg, dann München, jetzt Frankfurt.

Ich habe nur etwas abgeholt hier. Geschäftlich.

Jetzt geht es zurück nach Frankfurt, wo musst du hin.

Auch Frankfurt, sagte Mosca.

Onni wackelte mit seinem Bein und erzählte.

Es schoss heraus aus ihm, er redete schnell und mit Freude, seine Augen strahlten. Sie waren groß und weit. Mosca hörte einfach nur zu. Er war angezogen von diesem Mann, seine sorglose Art, wie er über intimste Dinge sprach, über Dinge, von denen ein anderer schweigen würde, er breitete sein Leben vor ihm aus, ohne Zögern. Ich vertraue dir, hat er gesagt und Mosca das mit der Inkontinenz erzählt, dass er sich wickeln muss, dass er den Harn nicht halten kann, dass man nichts dagegen machen kann, dass er nicht versteht, warum ihm das passiert, dass er sich danach sehnt, Anzüge zu tragen und nicht diese ausgebeulten Hosen, dass er gehört hat, dass sie mit Stammzellen experimentieren. Sie schießen sie mit einem Gerät unter die Haut, dorthin, wo das Muskelgewebe ist, wo der neue Muskel wachsen soll. Er erzählte, dass bereits erste Versuche gelungen sind, aber dass keine Krankenkasse der Welt das bezahlt, dass er weiter in seine Windeln pissen werde, weil da kein Geld mehr ist, dass alles weg ist, dass es in seinem Haus, im Fußboden, in dem Lift für das Alter ist. Onni stand auf und ging zur Toilette.

Er griff sich auf den Hintern und sagte etwas Dänisches. Mosca bestellte noch zwei Bier.

Die Vorstellung, harninkontinent zu sein, war beängstigend für ihn. Die Vorstellung, Harn klebt auf seiner Haut, und es riecht, egal wo er ist, sie machte ihm Angst. Dieser ungepflegte Geruch, gegen den man nichts tun kann. Mosca war verwundert, dass er sich nicht ekelte.

Normalerweise hätte allein die Vorstellung, dass der Mann neben ihm im eigenen Urin saß, ausgereicht, um das Café auf dem schnellsten Weg zu verlassen oder zumindest einen anderen Tisch zu wählen. Er blieb aber sitzen. Dieser Däne hatte es ihm angetan, er gefiel ihm. Er mochte es, wie er war, diese Direktheit, wie er sie auch bei Jo geliebt hatte, dieses Vertrauen, ausgelöst nur durch Blicke. Er fühlte sich auf unerklärliche Weise verbunden mit Onni, mit dieser hageren, unglücklichen Gestalt. Er würde mit ihm in diesem Café sitzen bleiben und dann mit ihm nach Frankfurt fliegen.

Kurz stellte er sich vor, wie es wäre, mit ihm nackt zu sein. Er fragte sich, wie sein Körper aussah, wie seine Zunge schmeckte, wie sein Schwanz war, ob er zärtlich war. Dann fiel ihm Jo ein, wie er ihn stundenlang massiert hatte mit seinen blauen Fingern. Dann fiel ihm das mit der Inkontinenz wieder ein. Dann ekelte er sich kurz. Dann kam Onni von der Toilette zurück.

Was machst du, fragte er.

Mosca erzählte von seinen Büchern, von seinen Kritiken, und er zeigte ihm das kleine Foto in seiner Geldtasche.

Eine zusammengefaltete Postkarte aus der Klein-Ausstellung. Der Sprung in die Leere.

Sie hatten bereits vier Biere zusammen getrunken, die Stewardess brachte ihnen noch zwei weitere. Sie würden vierzig Minuten in der Luft sein, draußen war es bereits dunkel. Dieses Bild liebe ich, sagte Mosca.

Sie waren siebentausend Meter über Ingolstadt, sie lehnten nebeneinander in ihren Sitzen.

Onni hatte die Postkarte in seiner Hand.

Selbstmord ist keine Lösung, sagte er.

Mosca drehte sich zu ihm, sein Gesicht war erstaunt.

Das hat doch mit Selbstmord nichts zu tun, wie kommst du auf diesen Gedanken, er springt nach oben, in den Himmel hinein, ins Blau, er bringt sich doch nicht um.

Was für ein Unsinn, lachte Onni. Der Mann hier platzt gleich auf dem Asphalt auf, er wird tot sein und der Radfahrer wird stehen bleiben, sich umdrehen und entsetzt auf einen Körper im schwarzen Anzug schauen. Das ist glatter Selbstmord. Er will sterben, das ist sicher. Vielleicht überlebt er, bricht sich nur Knochen, hat dann Schmerzen, aber er will sterben. Das ist zu hoch für einen Hilfeschrei. Und wie er springt, er breitet die Arme aus, er will weg, Mosca, er will nicht mehr, er springt nirgendwohin.

Nein, nein, du siehst das nicht richtig, sagte Mosca, er war aufgeregt, wie konnte dieser Däne denken, Klein wollte sich umbringen, trivial und billig Selbstmord begehen, was für ein unglaublicher Gedanke.

Er will nicht sterben, Onni, er will fliegen, schweben, er will alles Begrenzende verlassen, er will frei sein, er will eintauchen, unabhängig sein, dorthin, wo nichts mehr ist außer Leere, dort schweben, sich umhüllen mit Nichts.

Er will nur frei sein.

Du gefällst mir, sagte Onni. Fliegen, schweben, eintauchen, glaubst du wirklich, das funktioniert. Das ist in jedem Fall der falsche Weg, mein Lieber, das geht so nicht, nicht indem du aus einem Haus springt, das kann nicht gut enden, das führt nirgendwohin. Nur nach unten. Wenn du fliegen willst, schweben, eintauchen, dann komm mit mir. Onni schaute Mosca mit großen Augen an, löste seinen Gurt und nahm Moscas Hand.

Komm mit, ich zeig es dir.

Mosca spürte die Haut auf seiner Hand, knochige, warme Finger, die ihn nach oben zogen. Er schnallte sich ab und stand auf. Onni ging voraus, den Gang entlang nach hinten. Das Flugzeug war voll besetzt, eine kleine Maschine, viele neugierige Augen begleiteten sie. Onni hielt immer noch Moscas Hand. Mosca wusste nicht, was jetzt passieren würde, er war neugierig, aufgeregt ein wenig, er hielt die dänische Hand fest und ließ sie nicht los, es war ein schönes Gefühl, es war die erste Hand seit einem Jahr, die ersten Finger, die ihn berührten. Onni blieb stehen, er öffnete die Waschraumtür, schlüpfte in die enge Kabine und zog Mosca mit sich. Die Stewardess stand vor ihnen und lächelte, zuerst freundlich, dann gequält und angewidert. Sie hatte keine Zeit zu reagieren, etwas zu sagen, die Tür ging zu und der Riegel nach oben.

Es war eng, sie berührten sich. Onni hatte seine Hand aus Moscas genommen, Mosca lehnte mit dem Rücken gegen die Tür und schaute Onni zu, wie er seine Hose aufknöpfte und nach unten schob. Unter einer schwarzen Unterhose sah man weiß eine Windel, wie sie unter dem Stoff herausschaute. Er zog die Unterhose hinunter. Mosca überlegte, ob er jetzt gehen sollte oder nicht, ob er sich ekeln sollte oder nicht, ob da Urin war irgendwo in dem flauschigen Plastikteil, das um Onni geschlungen war. Er entschied sich zu bleiben.

Onni löste die Klebestreifen der Windel und klappte sie nach unten. Mosca tat nichts, er lehnte nur an der Tür und sah zu. Onni war beschäftigt, er hatte den Riegel nach oben geschoben und begonnen sich auszuziehen. Er hatte seine Hose nach unten geschoben, die Unterhose, die Windel ein wenig, dann stoppte er.

Da war ein Plastiksäckchen mit einem Klebeband befestigt, dort, wo seine Hoden lagen. Er klappte die Windel nach vorne, löste das Säckchen und klappte die Windel wieder nach oben, klebte sie zu und setzte sich auf die Schüssel. Seine Hose heruntergelassen saß er da mit einem Säckchen Kokain in der Hand.

Da sucht niemand, sagte er. Vor allem nicht, wenn sie voll ist. Mosca lehnte an der Tür und spürte das Bier in seinem Kopf, er war mit einem Dänen auf eine Flugzeugtoilette gegangen, lehnte an der Tür und würde jetzt Kokain schnupfen. Es gab nichts zu überlegen.

Onni öffnete das Säckchen und schöpfte mit einem sehr kleinen Löffel weißes Pulver auf die Ablage neben dem Waschbecken. Wir werden gleich schweben, sagte er. Mosca machte es so wie Onni. Zwei lange Striche hinauf in seinen Kopf. Weit hinauf.

Die Stewardess hatte sich entschlossen zu klopfen, sie stand vor der Tür und bat die beiden Männer höflich, den Waschraum zu verlassen, andere Fluggäste würden die Toilette benötigen und es sei nicht gestattet, sich zu zweit im Waschraum aufzuhalten. Sie hatte ihr Ohr an die Tür gepresst und sprach sehr leise.

Wir sind gleich fertig, hörte sie die Männer sagen.

Mosca spürte das Brennen in seiner Nase. Onni lächelte. Er begann zu stöhnen und lachte.

Ja, wir kommen gleich, schrie er.

Die Stewardess klopfte jetzt heftiger.

Kommen Sie bitte umgehend heraus.

Mosca spürte, wie es in seinen Kopf kam, immer weiter hinauf, schnell, er sah Onni lachen und spürte die Stewardess klopfen in seinem Rücken, er hörte Onni stöhnen und lachen, dann legte er ihm seine Hand auf den Mund und drückte sie fest gegen seine Lippen.

Onni wurde still. Er hörte auf zu stöhnen und zu lachen und spürte die Finger um seinen Mund.

Er schaute Mosca an, in sein Gesicht, in seine Augen, die groß und klar zu ihm hinunterschauten. Dann spürte er Moscas Zeigefinger in seinem Mund. Er schob ihn zwischen den Lippen hinein und ließ ihn auf Onnis Zunge liegen. Onni schaute Mosca an. Mosca Onni.

Sie schwiegen beide und schauten sich an, lange, ohne eine Bewegung, ohne ein Wort, nur die Augen, wie sie miteinander sprachen und das Klopfen der Stewardess. Dann zog Mosca seinen Finger aus Onni.

Ich bin nicht schwul, hatten Onnis Augen gesagt.

Schade die von Mosca.

Lautlos haben sie sich angelacht. Lautlos hat Onni seine Hose nach oben gezogen. Lautlos haben sie sich umarmt und dann den Riegel nach unten gedrückt. Die Stewardess stolperte erschrocken nach hinten, als die Tür aufging, sie schaute auf zwei Männer, die sie freundlich anlächelten und danke sagten.

Wann landen wir, fragte Mosca noch, dann gingen sie zurück auf ihre Plätze. Die Stewardess hatte nicht geantwortet, sie hatte gar nichts gesagt, sie waren über Frankfurt.

Das war gestern um halb neun.

8.

Anna stand vor dem Spiegel in Frankfurt.

Sie würde diesen Taxifahrer am Abend in der Clubbing-Kirche treffen. Er hatte sie angerufen, er würde sie gerne treffen, er hätte Sehnsucht nach ihr, er sei den ganzen Tag mit dem Taxi unterwegs und es wäre herrlich, wenn sie Zeit hätte.

Sie hatte ihn im Taxi kennen gelernt.

Ein schöner Mensch, hatte sie gedacht, aber ungepflegt. Bevor sie ausstieg, sagte sie zu ihm, dass, wenn er sich waschen würde, sie ihn treffen würde. Sie hatte bezahlt, ihn angeschaut und gesagt, sie würde gerne bumsen mit ihm, aber er müsse sich zuerst die Haare waschen und auch sonst alles, er solle sie anrufen, wenn er Lust dazu hätte.

Dann stieg sie aus.

Er war überrascht, hat ihr die Visitenkarte aus der Hand genommen und ihr nachgeschaut, wie sie schön im Hauseingang verschwand. Am selben Abend hat er sich gemeldet bei ihr, er sei jetzt sauber, hat er gesagt, wann er kommen soll. Er hat unsicher gelacht dabei, er war es nicht gewöhnt, dass eine Frau ihm sagte, was er tun soll, aber er wollte diese Gelegenheit um keinen Preis auslassen. Sie gefiel ihm. Er ist zu ihr und sie haben es die ganze Nacht getan. In Annas Wohnung.

Eigentlich war es nur ein Zimmer und ein kleines Bad. Sie hatte lange keinen Sex gehabt, sie wollte keine Beziehung mehr, nur ab und zu das Gefühl von Haut und Zunge und Schwanz. Als sie genug hatte, sagte sie, er solle gehen. Es war früher Morgen, er wollte noch bleiben, aber Anna ließ ihn nicht. Unzufrieden ging er zurück in sein Taxi. Anna streckte sich aus in ihrem Bett, streichelte sich zärtlich und schlief ein.

Er hat sie immer wieder angerufen, aber nur manchmal hat sie ja gesagt. Er kam, sie hatten Sex, und er ging wieder. Anna wollte keinen Mann mehr, mit keinem leben, nichts mit einem teilen.

Sie stand vor dem Spiegel und überlegte, ob sie hingehen sollte, sie wollte ihn außerhalb ihres Zimmers nicht treffen, sie wollte nur mit ihm schlafen, sie wollte nicht reden mit ihm, nicht lachen mit ihm, sie wollte gar nichts mit ihm. Ihr Kopf war voller Locken, ihre Lippen groß und ihre Zähne weiß. Anna war schön. Anna war Malerin. Wie alle Malerinnen arbeitete sie als Kellnerin. Wegen der Motivsuche, sagte sie. Ich sammle dort Ideen. Es ist erstaunlich, wie fruchtbringend das ist.

Dann lachte sie.

Anna beschloss hinzugehen.

Wasch dich, hat sie gesagt, dann hat sie aufgelegt.

Sie schaute in den Spiegel und musste lachen über Ben, den Taxifahrer. Sie war sich nicht sicher, wie dieser Mann funktionierte, ob er dämlich war oder nur ungebildet oder einfach nur geil und deshalb bereit zu ertragen, wie sie mit ihm umging. Es machte ihr Spaß. Als er nach dem ersten Mal zu reden begonnen hatte, hat sie ihm nach einer Weile die Hand auf den Mund gelegt und gesagt, sie will nicht, dass er spricht, er soll nur schön sein und sie ficken. Sobald er den Mund aufmacht, steht sie auf und es ist vorbei. Ben hat sich daran gehalten. Nur am Telefon hat er geredet, sonst kein Wort, er kam zur Tür herein, zog sich aus und fing an. Anna dirigierte ihn mit ihren Händen, von oben nach unten und in sich hinein.

Ich will nicht mit dir reden, hatte sie am Telefon gesagt, was soll ich mit dir auf einem Clubbing.

Die Musik ist sehr laut, hatte er gesagt, wir müssen nicht reden. Komm doch.

Ich sollte das nicht tun, dachte Anna, aber sie machte ihre Lippen rot und band ihre Locken nach hinten.

Nackt stand sie vor dem Spiegel in Frankfurt.

Unterhalb ihrer Brüste waren kleine, kreisrunde Narben, sie berührte sie und spuckte ins Waschbecken.

Wenn er den Mund aufmacht, bin ich weg.

Sie drehte sich um und zog sich an. Im Spiegel sah man ihren Rücken. Da waren weitere Narben, auch auf den Beinen, an der Innenseite ihrer Schenkel. Überall waren sie, viele kleine Löcher in der Haut. Nur im Gesicht nicht. Sie machte das Licht aus und ging in den Wohnraum. Achtzehn Quadratmeter. Hier malte sie, hier hingen ihre Bilder. Die Wände waren voll, dicht aneinander hingen sie, mit Klebestreifen befestigt, hunderte Bilder.

Bevor Ben das erste Mal zu ihr gekommen war, hatte sie sie alle abgenommen, bis die Wände leer waren. Nur noch ein Bett stand im Raum, ein kleiner Tisch mit einem Teekocher und einer Herdplatte und ein kleiner Kasten. Wie eine Zelle in einem Kloster war der Raum, schlicht und ohne Störung. Sie wollte nicht, dass er ihre Bilder sah.

Als er gegangen war, hatte sie sie wieder aufgehängt, bis die Wände voll waren. Der Raum war wieder warm und voller Bewegung, voll von Leben, jedes Möbelstück mehr im Raum hätte sie erschlagen, so dicht kam es von den Wänden auf sie herab, so viel passierte da vor ihr, wenn sie im Bett lag und sah, was sie gemalt hatte.

Acht Mal ist er gekommen, acht Mal hat sie die Wände leer und wieder voll gemacht. Sie hat hunderte Klebestreifen abgezogen mit Vorsicht, damit das Papier nicht reißt, die Bilder wie Schätze in eine Mappe gelegt, sie hat es gerne getan. Beim Abnehmen und Aufhängen hat sie jedes Bild lange angeschaut, sich für jedes Zeit genommen. Sie würde diesen Taxifahrer an diesem Abend zum letzten Mal treffen, sie würde die Bilder jetzt hängen lassen, sie hatte genug von Haut und Zunge und Schwanz. Sie wollte keinen Mann mehr.

Einer hatte ihr die Narben gemacht vor Jahren, danach wollte sie keinen mehr, sie wollte alleine sein, mit sich, mit ihren Bildern, mit dem, was weh tat außen und innen. Ben hatte die Narben gesehen, er wollte sie fragen, aber er durfte nicht reden, er hat sie mit den Fingern berührt, aber sie hat die Finger beiseite geschoben und ihn mit strengen Augen angeschaut. Lass das, haben die Augen gesagt, das geht dich nichts an.

Anna genoss es, dass Ben sie schön fand, wie er ihren Körper gierig besuchte, wie er ihre Haut in seinen Mund nahm. Bis sie nicht mehr wollte, dann stand sie vor ihm, drückte ihm seine Kleider in die Hand und machte ihm die Tür auf. Enttäuscht ging er, er verstand es nicht, er wollte bleiben, er wollte bei ihr bleiben, sie berühren, in ihr sein, aber sie wollte allein sein, alleine in ihrem Bett, in ihrem Zimmer, die Bilder wieder an die Wände kleben und sie vom Bett aus sehen, sie lange anschauen, bis sie nicht mehr konnte.

Sie klebte die Bilder an die Wand, duschte sich Bens Speichel von der Haut und legte sich hin.

Kerzen brannten.

Es waren Bleistiftzeichnungen.

Körper, Gesichter und Bewegungen, handwerklich gekonnt gemacht, Schraffuren, die Anatomie detailgetreu festgehalten. Immer eine Frau und ein Mann. Eine

Serie von über dreihundert Bildern, eine Geschichte, Einblicke in zwei Leben, Alltagssituationen, Banales, ein Mann und eine Frau, wie sie an einem Tisch sitzen und essen, wie sie Wein trinken, wie sie am Boden liegen und Dominosteine stapeln, wie sie ihm die Haare schneidet, wie sie die Schere in der Hand hält und sich im Spiegel anschaut, während er in einer Zeitschrift blättert, wie sie vor ihm kniet und seinen Schwanz in ihren Mund steckt, wie er auf ihr sitzt, wie er in der Küche steht und einen Topf in der Hand hält, während sie ein Buch liest, wie er sie festhält, wie er seine Beine auf ihre Arme drückt und sie festhält, wie sie auf dem Bett liegt und er über ihr ist, wie er sie nach unten drückt mit seinem Gewicht und seiner Kraft, wie sie ihren Mund offen hat, wie sie schreit, wie er die Zigarette in der Hand hält, wie er sie nach unten führt, hin zu ihrer Haut, wie er sie in sie hineindrückt und sie nach unten presst. Bleistiftzeichnungen.

Anna lag im Bett. Kerzen brannten. Ihre Augen gingen von Bild zu Bild, sie blieben liegen auf einem und gingen zum nächsten, sie genoss es zu sehen, was sie gezeichnet hatte. Ein Mann und eine Frau, wie sie nebeneinander im Bett liegen, wie die Frau zur Decke schaut, wie er schläft neben ihr, wie sie nackt vor dem Spiegel steht mit ihren Wunden und er sich rasiert, wie er angezogen neben ihr steht und sie ins Gesicht schlägt, wie sie weint, wie sie wieder im Bett liegen, wie er neben ihr liegt und schläft, wie sie sich bemüht, ihn nicht zu berühren, wie sie daliegt und hört, wie er atmet, wie er aufwacht und sich im Schritt kratzt, wie sie Salbe in ihre Wunden reibt, wie er ihre Hand hält, wie er sie an die Wand presst und die Zigarette in ihren Rücken drückt, wie sie in die weiße Wand weint. Bleistiftzeichnungen, unzählige nebeneinander, mit Klebestreifen an die Wand geklebt. Annas Augen wanderten.

Immer dieselbe Frau, wie sie ihn anschaut, wie er sie anschaut, wie sie sich küssen, wie sie am Bett sitzen und essen, wie sie das Essen aus gelieferten Kartons nehmen, wie er lacht, wie er seinen Arm um sie legt, wie sie ihn anschaut, wie sie neben ihm liegt und er schläft, wie sie den Hammer in der Hand hat und auf seinen Kopf einschlägt, wie sie das Messer in seinen Bauch sticht, wie sie es immer wieder tut, wie er ruhig daliegt, weil er längst tot ist, wie sein Mund offen ist und starr, und dann, wie sie mit dem Brotmesser seine Hände abschneidet, wie sie am Handgelenk sägt, wie er daliegt und tot ist, wie sie Stück für Stück heruntersägt und ihn in kleine Säcke packt, wie er in der Badewanne liegt ohne Arme und Füße, wie sie vor dem Spiegel steht und er hinter ihr immer kleiner wird, weil sie ihn in Säcke stopft, weil er sich auflöst und sie nur dasteht und zufrieden ist in ihrem Overall, die Ärmel hochgekrempelt. Und dann wie sie die Wanne putzt. Wie sie vor dem Spiegel steht allein, wie die Wanne leer und sauber ist. Wie sie sich wäscht. Wie sie nackt vor dem Spiegel steht. Immer wieder dieses Bild. Wie sie nackt vor dem Spiegel steht.

Die leere Wanne im Hintergrund. Annas Augen blieben liegen auf diesem Bild. Sie rührte sich nicht, sie lag im Bett, die Kerzen brannten.

Sie war in Gedanken.

Früher wollte sie Comics zeichnen, immer schon. Sie wollte Geschichten erzählen mit ihren Bildern. Sie besuchte Kurse an der Volkshochschule, sie malte Fotografien ab, Gesichter, Bewegungen, nackte und angezogene Menschen, mit Bleistift, ohne Farbe.

Es geht um das, was passiert, sagte sie, nicht um die Farben, ich male Handlungen, ich schreibe Geschichten mit meinen Bildern.

Anna hatte ihre Technik perfektioniert mit den Jahren, sie wollte perfekte Arbeiten vorlegen, wenn sie zu einem

Verlag ging, sie wollte ihre eigenen Figuren, ihre eigenen Geschichten erzählen, sie wollte keine Sprechblasen, sie wollte nur die Bilder.

Sie müssen nicht reden, sagte sie, zumindest muss man sie nicht hören. Man versteht auch so, was passiert ist, was sie bewegt, warum sie da sind.

Anna dachte an einen Kunstband mit großformatigen Bildern, sie würde diese Geschichte veröffentlichen, sie würde einen Galeristen finden. Stundenlang lag sie in ihrem Bett und studierte Bild für Bild, wo eines fehlte, malte sie eines hin, bis die Geschichte zu Ende war.

Zufrieden stand sie vor dem Spiegel.

In fünf Stunden würde sie Ben treffen.

Er hatte sie vom Auto aus angerufen.

Ich habe jemanden nach München gebracht, ich mache mich jetzt auf den Rückweg.

Lass dir Zeit, sagte sie, wir sehen uns dort, ich komme. Wasch dich.

Dann legte sie auf.

Ben fuhr auf die Autobahn und stoppte bei der ersten Raststation, er kurbelte den Sitz nach hinten und schlief ein. Er war müde, er hatte nicht geschlafen seit sehr langer Zeit, er hatte Angst vor seinen Träumen, er war die ganze Nacht durchgefahren, er wollte nicht in sein Bett, nicht ruhig liegen, nicht einschlafen.

Und doch wurden seine Augen schwer immer wieder.

Vor dem Museum war er dann doch eingeschlafen. Bestimmt zwei Stunden lang, er war unter einer Glasplatte gelegen und hatte gesehen, wie das Schaf auf ihn zukam. Seine Augen waren schwer, diese zwei Kugeln in seinem Kopf, wie sie weh taten, als er aus München hinausfuhr.

Sie wartet auf mich, sie wird da sein, sie will mich, ich muss eine Stunde schlafen.

Dann machte er seine Augen zu. Er parkte zwischen zwei LKWs abseits der Tankstelle und lag in seinem Cabrio. Anna zog sich an. In fünf Stunden würde sie Ben treffen. Sie hatte noch Zeit für ein Bild. Noch ein Mal die Frau vor dem Spiegel. Ganz nah. Nur ihr Gesicht.

Annas Gesicht.

Das war gestern Nachmittag.

9.

Jo hatte Moscas Finger im Mund.

Der Finger bewegte sich langsam um seine Zunge herum, ihr entlang nach hinten und wieder nach vorne. Er blieb liegen wie auf einem Polster, weich und warm lag er da. Jo schloss seine Lippen um den Finger und drückte sie fest zusammen, hielt den fremden Knochen fest in seinem Mund und die Haut und den Nagel, den er spürte unter seiner Zunge in der Grube in seinem Mund.

Sie waren lange in der Bar gesessen, hatten gelacht und gespielt mit ihren Augen und Worten und den Plastikanhängern am Tisch. Sie hatten getrunken zusammen und erzählt voneinander, dann sind sie hinaus aus der Bar und Mosca hat ihm den Finger in den Mund geschoben, ein wenig abseits im Dunkeln, ein paar Schritte nur von der Bar entfernt, in einer Nische.

Er hat Jo mit sich gezogen, ihn an der Hand genommen und mit sich gezogen, ihn an die Wand gepresst, ihn angeschaut und ihm den Finger langsam zwischen die Lippen hinein in seinen Mund geschoben.

Sie haben sich angeschaut. Dann haben sie sich geküsst. Mosca hat den Finger langsam aus Jo herausgezogen und ihm seine Zunge in den Mund gesteckt, sie noch langsamer als den Finger in ihn hineinkriechen lassen, sich langsam vorgebeugt, warm die jungen Lippen berührt mit offenem Mund, und langsam den Weg zwischen die fremden Lippen gesucht.

Jo ist dagestanden, an die Wand gelehnt, hat seinen Mund nicht verschlossen, die Zunge genommen und sie mit seiner berührt, sie umkreist und gespürt, wie sie fleischig auf seiner lag, wie sie nacheinander suchten die Zungen, wie sie die beiden Münder füllten, wie sie hin und her krochen, eindrangen und flüchteten, wie sie einander hinterherliefen, wie sie stehenblieben und auf einander liegenblieben zwischen Lippen und Haut und Zähnen.

Sie standen zwei Stunden da und küssten sich. Vielleicht auch drei. Mosca drückte Jo sanft mit seinem Gewicht an die Wand, die Hände waren nicht wichtig. Noch nicht. Nur manchmal kamen sie nach oben und berührten Wangen und Haare, sie streiften die Haut, lagen auf den fremden Schultern, mehr nicht. Die Zungen waren wichtig, die Lippen, Jos Mund, die Augen, wenn sich ihre Münder lösten und sie sich anschauten, kurz. Moscas Mund war wichtig, Jos Mund, dass sie sich küssten wie Jugendliche im Park, dass das genügte. Sie waren vorsichtig, sie waren zufrieden mit dem Neuen in ihrem Mund. Sie blieben stehen. Keiner von beiden wollte gehen, einen Schritt machen, das Fremde im Mund loslassen, beide wollten einander schmecken, einander spüren. Jo sagte später, es sei ihm passiert, er wollte eigentlich gar nicht, er wollte wieder zu seinen Bildern, aber er konnte sich nicht bewegen, er wollte bei der fremden Zunge bleiben. Da hat alles angefangen.

Jo hatte Mosca in seinen Mund gelassen und Mosca Jo in sein Leben. Alles wurde anders, Moscas Leben veränderte sich nach diesem Kuss. Jo drang in seine ordentliche Welt ein, er machte Flecken in Moscas saubere Tage, er berührte ihn mit seinen blauen Fingern und Mosca ließ es zu, verwirrt, aber glücklich.

Nach dem Kuss fuhren sie in Moscas Wohnung, mit dem Lift nach oben in Moscas Bett. Jo war beeindruckt von der Aussicht, er stand nackt am Fenster und schaute hinunter auf Frankfurt, hinüber zu den anderen Türmen, zurück in den großen Wohnraum, auf Mosca, wie er da lag und schlief. Er ging zu ihm hin und schaute ihn lange an. Sie hatten sich stundenlang kennen gelernt, jeden Teil von einander, jedes Stück Haut.

Mosca wohnte noch nicht lange hier, Umzugskisten standen in einem leeren Raum, schön aufeinander gestapelt. Jo ging nackt durch die Wohnung.

Er erkundete Moscas Welt und sie gefiel ihm.

Darf ich bei dir wohnen, flüsterte er Mosca ins Ohr.

Er hatte sich wieder zu ihm gelegt und ihn sanft berührt. Mosca sagte lange nichts. Noch nie hatte er einen Mann mit zu sich genommen, er wollte seine Ruhe nicht teilen, er wollte nicht, dass sein Leben in Unordnung kam, er wollte weit oben wohnen, er wollte mit dem Lift hinauffahren, weg von der dreckigen Straße, in Sicherheit, in seine elegante Wohnung, zu seinen Büchern, an seinen Schreibtisch aus Glas, er wollte weit weg sein von allem, das seinen Alltag stören könnte, er wollte ihn nicht gefährden, er wollte nichts in seinem Leben ändern, es war gut so. Er hatte es organisiert und es gefiel ihm, wie es war. Er hatte nicht überlegt, er hatte Jo mit nach oben gezogen, ihn mit sich genommen, er war mit ihm im Taxi zu seiner Wohnung gefahren, mit ihm im Lift nach oben, er hatte sich mit ihm in seiner Bettwäsche gewälzt, er war neben ihm eingeschlafen, ohne Angst.

Als er aufwachte, schaute ihn Jo an und fragte ihn, ob er hier wohnen könne. Er war verwirrt, er spürte Jos Hand auf seinem Bauch, er spürte die Wärme um sich, er war nicht mehr allein. Ich werde es mir überlegen, sagte er.

Nackt machte Jo Frühstück. Mosca zog sich an. Zärtlichkeit war für beide neu.

Ohne es zu sagen, fühlten beide, dass sie angekommen waren, dass sie etwas gefunden hatten, dass etwas anders war als sonst.

Zwei Wochen später bekam Jo den Schlüssel. Fünf Jahre später fiel er von der Leiter.

Jetzt hatte Mosca es wieder getan, das mit dem Finger. Er hatte nicht nachgedacht, er hatte zum ersten Mal wieder etwas gefühlt, etwas wie Lust, das Bedürfnis nach Nähe, nach Haut, nach einer anderen Hand. Er wollte zurück nach Frankfurt in seine Wohnung, zu Jos Bildern, er wollte schlafen, er hatte alles geplant, er hatte das Bild abgegeben, er hatte Jos Wunsch erfüllt, er würde zurück nach Frankfurt fliegen. An einen anderen Mann dachte er nicht. Onni war einfach da. Er saß ihm plötzlich gegenüber und die Nähe, die er spürte, war schön.

Seit Jos Tod war er wieder allein in seiner Welt, da war niemand sonst, nur Yves Klein und die Erinnerung an Jo. Das wieder zu finden, was er verloren hatte, daran glaubte er nicht. Und doch, in diesem Moment, im Flugzeug, auf der Toilette, spürte er kurz etwas, das sich glücklich anfühlte, etwas Vertrautes. Mosca wusste nicht, ob er enttäuscht, ob es ihm egal war, dass dieses Gefühl so schnell zu Ende war. Er hatte kurz die Hauptstraße verlassen, hatte kurz seinen Plan zur Seite geschoben, hatte sich kurz hinreißen, hatte sich treiben lassen, hatte vielleicht gehofft, etwas zu spüren, das er vermisste irgendwo unter seiner Haut.

Das Flugzeug wackelte. Mosca saß neben Onni, das Abschnallzeichen leuchtete auf, er atmete tief ein und aus. Er war glücklich. Seine Welt funktionierte, er hatte nichts zu verlieren.

Onni stand neben ihm im Bus, der sie zum Flughafengebäude brachte, er redete auf Mosca ein, erzählte von seinem Hund, dem er im Stammlokal immer dänischen Pfannkuchen bestellte. Er überredete Mosca, noch etwas zu trinken, noch etwas Zeit miteinander zu verbringen. Er schob ihn den langen Gang entlang hinein in eine türkische Bar. Lass uns reden, Mosca, lass uns noch etwas trinken, erzähl mir von diesem Klein.

Moscas Kopf war groß und weit, er fühlte sich klar und seine Gedanken tanzten wild herum, er schaute ihnen zu, er beobachtete sie, wie sie aus ihm herauskamen, neue und lange nicht gedachte. Er ging mit Onni in die Bar und ließ alles geschehen.

Onni bestellte Bier und redete, er beugte sich weit in den Tisch hinein, hinüber zu Mosca, sein Gesicht war dicht vor Moscas, er sprach eindringlich, er wiederholte sich immer wieder. Er erzählte davon, dass er in diesem Labor war, in dem Labor mit den Stammzellen, dass er sich vor Ort informieren wollte, dass es fantastisch sei, was diese jungen Forscher entwickelt haben, dass es bereits an vierzig Personen getestet worden ist, dass es funktionierte, dass sie alle wieder dicht waren, dass man ihnen einen neuen Muskel hat wachsen lassen, dass sie jetzt wieder normal leben, dass er sich auf eine Liste hat setzen lassen, dass er mit all seinen Attesten dort war, dass sie ihn behandeln würden, dass es möglich sei, dass die Chance bestünde, dass er Anzüge tragen könnte irgendwann, aber dass er zehntausend Euro dafür bräuchte. Onni zeigte Mosca die Stelle, an der sie die Stammzellen entnehmen und wo sie sie wieder einsetzen. Mosca nickte nur.

Er dachte an Jo, wie er in den Wohnraum kam, auf ihn zuging, seine Hände zu Klauen formte, seine blauen Finger verkrümmte und versuchte, die frische Farbe in Mosca loszuwerden. Er warf sich auf ihn, befleckte das weiße Hemd. Dann seinen Nacken und dann sein

Gesicht. Mosca wehrte sich, zuckte unter Jos Gewicht am Boden, versuchte die blauen Hände abzuwehren, er hielt Jos Arme fest, konnte es aber nicht und spürte, wie die Farbe in sein Gesicht kam.

Ich werde dich blau malen, lachte Jo. Ich werde dich tränken. Mosca lag da und ließ Jos Hände über sich. Onni winkte der Kellnerin.

Willst du auch Kaffee. Mosca nickte und lachte der Chinesin ins Gesicht, die zum Tisch kam.

Onni bestellte und erzählte weiter. Wie er in dem Büro des Institutsleiters zusammengebrochen ist, wie er den Mann angefleht, wie er zu weinen begonnen hat, wie er auf die Knie gegangen und zu ihm hingekrochen ist. Wie er zu ihm hinaufgeschaut und gesagt hat, bitte helfen Sie mir, wie der Stammzellenforscher ihn hochgezogen und zu beruhigen versucht hat. Wie er rot geworden ist und versucht hat, Onni zu beruhigen, wie er ihn dazu gebracht hat, sich wieder in seinen Stuhl zu setzen und zu akzeptieren, dass sie die Behandlung ohne Finanzierung nicht durchführen konnten. Und wie Onni erneut zu weinen und zu betteln begonnen hat. Wie er sich wieder auf den Boden geworfen hat und zu seinem Retter hinrobben wollte. Wie ihn aber zwei andere aufgehoben und aus dem Raum und dann aus dem Gebäude gebracht haben. Onni nahm der Chinesin den Kaffee aus der Hand.

Mosca dachte immer noch an Jo. Er überwältigte ihn, er warf ihn zur Seite, beugte sich über ihn und küsste ihn. Er erinnerte sich an diese Küsse. Und wie sie aufhörten vor einem Jahr. Wie sie nicht mehr da waren von heute auf morgen. Wie die vertraute Zunge tot am Boden lag neben der Leiter unter dem blauen Bild.

Onni schob Mosca den Zucker hin.

Mosca spürte die blaue Farbe in seinem Gesicht.

Die Kellnerin hieß Ming.

Das war gestern kurz nach halb zehn.

10.

Ben ging zur Tür.

Es hatte lange geklopft. Laut kam es in den Wohnraum. Jemand klopfte mit der Faust an die Tür, kraftvoll. Es war laut, fast unerträglich, Ben wollte, dass es aufhört. Er lag auf seinem Sofa und starrte in den Fernseher, er konnte nicht schlafen, er war aufgestanden, hatte sich vor den Fernseher gesetzt und war von Kanal zu Kanal gesprungen. Er verfolgte den Wetterbericht, als es zum ersten Mal klopfte. Wer ist das mitten in der Nacht, warum läutet er nicht, warum muss er klopfen. Er sprang vom Sofa auf und drehte sich um zur Tür. Wieder klopfte es. Eine aufdringliche Hand schlug an die Holztür. Immer wieder. Ben fluchte. Er konnte sich nicht vorstellen, wer zu dieser Zeit zu ihm kommen sollte. Er ging zur Tür. Er konnte öffnen oder das Klopfen weiterhin ertragen. Es hörte nicht auf.

Mit jedem Klopfen wurde er unsicherer. Die Wut ging langsam weg und machte der Angst Platz. Das Klopfen klang bedrohlich, es kam immer im selben Rhythmus, es war fordernd, es war durchdringend, es passte nicht in Bens Nacht. Er wollte, dass es aufhört.

Er stand an der Tür und versuchte, ein anderes Geräusch als das Klopfen auszumachen, aber da war nichts sonst.

Nur das Klopfen, nur diese Hand, die immer wieder gegen das Holz schlug. Er überlegte, wer etwas wollen könnte von ihm, wem er Geld schuldete, wer ihm etwas antun wollen könnte, aber es fiel ihm keiner ein. Er hatte keine Feinde. Keiner, den er kannte, wäre in der Nacht vor seine Türe gekommen, um lange und laut zu klopfen. Ben beschloss anzugreifen. Er war fünf Minuten an der Tür gestanden und hatte das Klopfen ertragen, dann war er so weit. Er würde die Tür aufreißen und dieses Arschloch fertigmachen, er würde ihn anschreien, er würde die Tür öffnen und ihn in die Flucht schreien. Sein Herz war laut. Er riss die Tür auf.

Was er sah, erschütterte ihn.

Er konnte nichts sagen, nicht schreien, sich nicht bewegen, sich nicht wehren. Mit einem kräftigen Schwung riss er die Tür auf. Er machte einen Schritt nach vorn und schaute in die Mündung eines Maschinengewehrs. Es war der kleine Chinese in Uniform aus seinem Traum. Breitbeinig stand er da mit der Waffe in der Hand. Sein Gesicht war kalt und unbewegt. Er zielte auf den erstarrten Ben, eine Zigarette klemmte zwischen den Lippen, der Rauch kroch an seiner Nase vorbei nach oben, an den kleinen Schlitzen entlang über seine Stirn in das dunkle Stiegenhaus hinauf. Bens Mund war offen.

Mir haut keiner ab, mir läuft keiner weg. Du warst noch nicht fertig, jetzt bezahlst du dafür.

Ben schloss seine Augen und öffnete sie wieder, er schüttelte kurz seinen Kopf. Das konnte nicht sein, es war doch nur ein Traum, diesen Chinesen gab es doch nur in seiner Fantasie. Er hasste diesen Traum, diesen Elefanten, der ihn beinahe erschlagen hätte, dieses Grinsen in dem chinesischen Gesicht.

Das konnte nicht sein, und trotzdem stand er da vor seiner Tür mit dem Gewehr in der Hand. Der Lauf berührte seine Brust. Der Chinese drängte ihn nach hinten, durch den kleinen Gang in den Wohnraum. Ben stolperte rückwärts. Seine Augen auf das bedrohliche Metall gerichtet. Er konnte sich nicht fassen, er fühlte sich wie erstarrt, seine Hände hingen tatenlos an seinen Seiten hinunter. Seine Beine bewegten den geschockten Körper zurück. Ben spürte die Tischplatte und einen Stuhl hinter sich, der Chinese blieb stehen.

Setz dich, kam es aus seinem Mund.

Ben schaute kurz zurück, spürte den Sessel und ließ sich sprachlos nieder. Der Chinese bohrte sein Augen tief in Ben hinein. Ben spürte sie. Diese kleinen chinesischen Augen. Er konnte nichts dagegen tun.

Wenn du dich bewegst, bist du tot, sagte der Chinese. Seine Stimme war hoch und kantig, fast schrill. Er sagte nur das Nötigste, er kontrollierte das Geschehen mit seinen Blicken, mit ihnen flößte er Ben Angst ein. Sie rann in Ben hinunter, kroch durch seinen Körper, machte sich dort breit. Der Chinese nahm ein Seil aus seiner Tasche. Er legte das Gewehr auf den Boden und fesselte ihn an den Stuhl. Ben rührte sich nicht.

Der kleine Augenblick, in dem der Chinese unbewaffnet war, in dem Ben versuchen hätte können, ihn zu überwältigen, war vorbei. Er saß unbewegt auf dem Sessel und ließ sich das Seil um den Körper legen, um seine Hände und Beine. Er roch den Rauch in dem hässlichen Gesicht, die gegerbte chinesische Haut. Er spürte den Atem auf sich, er spürte, dass etwas Furchtbares mit ihm passieren würde, dass er machtlos war, dass er sich nicht mehr bewegen konnte, dass er festgebunden war, dass das Seil hart in seine Haut schnitt an einigen Stellen, dass es sinnlos war zu versuchen, sich zu befreien. Er war gefangen. Etwas Furchtbares würde passieren. Jetzt.

Der Chinese nahm einen Stuhl, stellte ihn direkt vor Ben hin und setzte sich. Er wirkte zufrieden, ein zartes Grinsen kam auf seine Lippen. Er nahm eine neue Zigarette aus der Packung und rauchte, die Augen auf Ben gerichtet, auf sein entsetztes Gesicht. In seine bestürzten Augen hinein. Eine Zeit lang passierte nichts. Keiner sagte etwas. Ben sollte seine Angst spüren, er sollte sie überall spüren, sie sollte ihn kaputt machen, sie sollte ihn auffressen von innen heraus, von innen an ihm nagen. Spürst du es, sagte die schrille Stimme.

Spürst du, wie sie dich kaputt macht, wie sie dich zersetzt, wie sie in deinem Kopf ist. Es ist gut, dass du Angst hast. Ich werde dich jetzt bestrafen. Wenn du etwas sagst, bist du tot.

Wie versteinert saß Ben auf seinem Sessel, nichts an ihm bewegte sich, nichts rührte sich, seine Glieder waren steif. Er konnte nichts tun, nicht einmal seine Finger, die ungesehen in seinem Rücken von den starren Händen hingen, bewegten sich. Er wird mich töten, wenn ich mich bewege, er wird mich töten.

Ben hatte einen Artikel gelesen über die Todesstrafe in China, über Folterungen, über unmenschliche Grausamkeiten. Jetzt war das alles hier in seiner Wohnung. Er würde diese Nacht nicht überleben. Und doch war da ein Rest von Hoffnung. Wenn er sich ruhig verhielt, wenn er alles tat, was der Mann von ihm verlangte, dann würde er vielleicht überleben, vielleicht würde er sich mit Folterung begnügen, ihn einfach nur bestrafen, ihn schwer verletzen, aber am Leben lassen.

Es war unerträglich. Der Chinese saß da und rauchte.

Er genoss es, Ben so zu sehen, er überlegte vielleicht, was er mit ihm machen würde, was er ihm antun könnte. Er spielte mit dem Rauch, der aus seinem Mund kam. Er blies ihn in Bens Gesicht. Er kam ganz nah an Ben heran und blies ihm den Rauch in die Augen. Ben konnte die gelben, verfaulten Zähne sehen.

Er machte die Augen zu. Als er sie wieder aufmachte, zog der Chinese gerade einen Kaffeelöffel aus seiner

Tasche. Einen kleinen silbernen Löffel, in den chinesische Schriftzeichen graviert waren. Er drückte seine Zigarette aus, dann schob er den Stuhl nach vorne, ganz dicht an Ben heran. Er hauchte auf den silbernen Löffel, er polierte ihn mit einem Tuch und hob ihn stolz in die Luft. Es ist wie Musik, sagte er. Ben schaute irritiert, dann spürte er den ersten Schlag. Er war leicht, kaum spürbar, eine sanfte Berührung fast mit dem kalten Metall.

Der Chinese hielt den Löffel zwischen Daumen und Zeigefinger, wie ein exotisches Instrument. Die Finger berührten den Stiel kaum, er pendelte, er schwang auf und nieder, aber folgte den Befehlen des kleinen Mannes. Der Löffel schlug mit der runden Seite auf Bens Stirn auf. Der Chinese hatte seine Ellbogen auf seinen Knien aufgestützt. Er führte den Löffel zu Bens Stirn und schlug sanft gegen den Knochen. Es war ein kaum hörbares Geräusch. Es war die Haut, die man hörte, wie sie gegen den Knochen darunter gepresst wurde. Es war ein sanftes Klopfen, ein kurzes, stilles Aufschlagen.

Ben spürte den zweiten Schlag. Er kam unmittelbar nach dem ersten. Dann den dritten. Das Gesicht des Chinesen war ganz nah. Es war seitlich gedreht, sein rechtes Ohr berührte fast Bens Stirn. Daneben waren die Finger mit dem Löffel. Ohne hinzusehen schlug er ihn auf Ben, immer im selben Abstand, er wippte mit seinem linken Bein, es gab den Rhythmus vor. Nach jedem Schlag vergingen zwei Sekunden, es war wie eine Melodie, der der Chinese folgte, er lauschte dem Geräusch auf Bens Haut, er schlug den Löffel geübt aus dem Handgelenk, er führte eine leichte Kreisbewegung aus, bevor er Ben traf. Ben konnte das alles nicht fassen.

Ein Chinese war mit Waffengewalt in seine Wohnung eingedrungen, hatte ihn gefesselt und spielte Löffel auf seinem Kopf. Er spürte den vierzehnten Schlag.

Er zählte sie, er hörte genau so gespannt hin wie der Chinese, er verstand nicht, was mit ihm passierte.

Er spürte den zweiundachzigsten Schlag. Fast drei Minuten waren vergangen seit dem ersten. Sie waren jetzt härter, zumindest kam es Ben so vor.

Er spürte die Stelle, an der der Löffel auftraf, er spürte, wie sie begann zu schmerzen mit jedem weiteren Schlag. Der Chinese hatte seine Augen geschlossen, er schien eine Melodie in seinem Kopf zu hören, er bewegte sich langsam hin und her, er ging mit der Musik mit, die er hörte, und seine Hand führte den Löffel wie einen Taktstock, wie einen Bogen über Saiten eines schönen Instruments. Er trommelte sanft den Rhythmus zu seiner Melodie, immer mit derselben Kraft, immer mit demselben Schwung. Seine Hand war wie ein Metronom, das den Takt exakt vorgab, Schlag für Schlag.

Ben spürte die Stelle auf seiner Stirn, sie schmerzte immer mehr, der Rücken des Löffels wurde immer schwerer, immer härter, er hatte aufgehört zu zählen, er konzentrierte sich auf den Schmerz, auf die harte Stelle an seiner Stirn, auf den Knochen unter der Haut, den er immer besser hörte. Das Geräusch wurde lauter von Schlag zu Schlag, der Schmerz größer. Es war wie das Geräusch, das ein Löffel macht, wenn er auf ein Ei schlägt, wenn die Schale bricht. Es war ihm, als würde seine Schale brechen. Immer wieder. Alle zwei Sekunden neu. Es war ihm, als wäre sein Kopf offen, als würde er aufweichen, als würde an dieser Stelle ein Loch im Knochen entstehen. Mit jedem Schlag wurde es tiefer. Mit jedem Schlag wurde der Knochen weicher.

Mit jedem Schlag starb er ein Stück.

Die Stelle auf seiner Stirn wurde heiß, sie brannte, er wollte sich bewegen, sich losreißen, er wollte seine Stirn berühren, sehen, ob die Haut noch da war, fühlen, wie tief das Loch war, das dieser Mann geschlagen hatte.

Aber er rührte sich nicht, die Angst war immer noch da, die Angst, dass er stirbt, wenn er sich bewegt, wenn er den Chinesen aus seiner Musik reißt, die Angst, dass eine Kugel in seinen Kopf kommt.

Er rührte sich nicht.

Es waren inzwischen sieben Minuten vergangen. Über zweihundert Schläge. Eine unendlich lange Zeit. Und wieder der Löffel, wie er nach vorne schwang und einschlug in der Grube über seinen Augen.

Ben versuchte, an etwas anderes zu denken. Irgendwann würde dieses Arschloch damit aufhören. Er versuchte sich abzulenken, er würde sich nicht fertigmachen lassen von diesem Soldatenschwein, er würde das überleben, er würde irgendwie aus diesem Albtraum herauskommen. Er dachte an Anna.

Er würde Anna in der Clubbing-Kirche treffen, sie umarmen und nicht mehr loslassen, er würde seine Prinzipien brechen und sie weiterhin treffen, er würde sie umarmen und weinen, er würde ihr von dem Chinesen erzählen und sie würde sagen, er soll damit aufhören, aber er würde trotzdem reden, er würde ihr alles erzählen, jeden Löffelschlag, jedes Stück Angst. Und sie würde ihm zuhören und ihn halten, und er würde weinen. Lange und geborgen in ihre Arme hinein. Sie hatte gesagt, sie will nicht, dass er spricht, sie hatte ihm den Mund zugehalten und sich auf seinen Schwanz gesetzt. Er würde reden, lange und laut, und sie würde zuhören, sie würde ihn trösten und seine Stirn küssen.

Anna war schön. Der Löffel war hart. Es brannte.

Das Geräusch, das er machte, hallte in seinem Kopf, es übertönte die Gedanken, es erstickte sie, es überschwemmte sie, ihm wurde schwindlig. Der Löffel nahm ihm seine Gedanken. Anna würde ihn nicht halten. Anna wollte ihn nicht haben. Anna wollte nichts wissen von ihm. Anna wollte nur seinen Schwanz. Anna würde ihm den Mund zuhalten. Anna würde ihm nicht glauben. Der Löffel kam immer wieder.

Anna hatte Locken.

Der Chinese summte jetzt eine Melodie, er bewegte seinen Kopf vor und zurück, die Hand mit dem Löffel kreiste vor Bens Augen. Der Löffel schlug ein.

Seit dreizehn Minuten. Ben dachte an den Mann im Anzug, an das blaue Bild, er dachte daran, wie er ihn gewürgt, wie er ihn nach München gefahren hatte. Ben versuchte, seine Gedanken zu ordnen. Der Löffel schlug wieder ein. Er war mit dem Taxi unterwegs. Er hatte den Kerl vor dem Museum in sein Taxi genommen und ihn nach München gebracht. Er hatte mit Anna telefoniert und sich mit ihr für den Abend verabredet, er hatte sich auf den Weg zurück nach Frankfurt gemacht. Er war an der Raststation stehen geblieben, zwischen den zwei LKWs. Er wollte schlafen. Er hatte den Sitz nach hinten gekippt und die Augen zugemacht, er musste endlich schlafen. Er war an dieser Raststation, er war gar nicht in seiner Wohnung, das konnte alles nicht sein. Das war nicht möglich. In seinem Kopf war das Geräusch.

Es war jetzt unendlich laut, es tat weh. Er hörte es im ganzen Körper, er spürte seine Stirn nicht mehr. Alles war taub. Die Einschläge nahm er kaum noch wahr. Aber der Ton, der zu ihm nach innen kam, war unerträglich laut. Dumpfer war jetzt der Klang, aber er füllte jeden Winkel in ihm, die zwei Sekunden, in denen der Löffel in der Luft kreiste, waren jetzt gefüllt mit dem Nachhall des Geräuschs, es verdoppelte sich, wie ein Echo schoss es durch seinen Leib, kam zurück und prallte auf das Geräusch, das der neue Einschlag machte. Er wollte sich losreißen. Es war ihm egal, was passieren würde. Alles war ihm jetzt egal.

Lieber sterbe ich. Ich kann nicht mehr. Das soll jetzt aufhören. Das kann nicht sein. Das kann alles nicht sein.

Ich war in meinem Taxi, ich habe an der Raststation die Augen zugemacht, ich will jetzt sterben.

Ich kann nicht mehr. Ich reiße mich jetzt los. Ich ertrage es nicht mehr. Plötzlich hörte er seine Stimme nicht mehr. Sie war weg. Da war nur noch der Ton.

Der Löffel. Der Chinese vor ihm. Er machte die Augen zu.

Alles war nur noch dieser Ton. Ein durchgehender, stechender Ton. Und er hörte nicht auf.

Er würde sich jetzt losreißen. Jetzt.

Er würde jetzt sterben.

Der LKW-Fahrer hinter ihm hupte.

Lange schon. Ben wurde wach.

Er hatte über vier Stunden geschlafen.

Das war gestern zehn Minuten nach acht.

11.

Herta hielt an derselben Stelle.

Das war knapp drei Stunden, nachdem Ben vom Parkplatz gefahren war. Olivier wollte etwas essen. Wir haben genügend Zeit, sagte er, was wollen wir mitten in der Nacht in Frankfurt. Herta suchte die nächste Raststation und parkte den Wagen.

Du hast Recht. Sie drehte sich um zu dem Bild. Wir müssen es in den Kofferraum legen, Olivier.

Stell dir vor, jemand bricht das Auto auf.

Dann findet er es auch im Kofferraum, sagte Olivier.

Er nahm das Bild unter den Arm und ging an Hertas Seite zum Restaurant. Kurz schauten sie sich an.

In beiden Gesichtern war etwas Diebisches, eine kleine, spannende Freude über das Verborgene. Beide dachten daran, wie es sein würde, wenn das Bild echt wäre, was sie dann tun würden, was sie da vielleicht mit sich hatten, dass es vielleicht eine Tür war zu etwas Neuem, dass es vielleicht schon begonnen hatte.

Olivier hielt es fest unter seinem rechten Arm, Herta ging die Treppen hinauf und öffnete ihm die Tür.

Olivier stolperte. Er fiel nach vorn. Herta hörte, wie er aufschrie. Sie drehte sich um und sah Olivier auf den Stiegen liegen. Seine rechte Hand hielt das Bild nach oben, es klemmte unversehrt in Oliviers Hand. Seine Lippe war aufgeschlagen. Blut kam heraus.

Es ist nichts, sagte er, es ist nichts passiert, es hat den Boden nicht berührt.

Er hatte das Bild in dem Moment noch nach oben reißen können, als sein Mund leicht auf den Steinfliesen aufschlug.

Was ist mit deinen Zähnen, sagte Herta.

Sie kniete neben Olivier, nahm ihm das Bild aus der Hand, half ihm auf und zog seine Lippen sanft auseinander. Es ist nichts, sagte Olivier und presste die Lippen wieder aufeinander.

Mit seinem Taschentuch wischte er das Blut und Hertas Finger weg.

Was machst du denn, Olivier, du hättest dich ernsthaft verletzen können.

Ich wollte nicht, dass dem Bild etwas passiert.

Olivier flüsterte. Er war erschrocken, seine Hand zitterte. Wie du aussiehst, sagte Herta, sie nahm ihm das Taschentuch aus der Hand, nahm es in ihren Mund, machte es nass an einer Stelle und wischte ihm das verschmierte Blut vom Kinn. Olivier hielt still. Seine Mutter hatte das immer gemacht. Er hatte es gehasst. Sie leckte sich ihre Finger und wischte ihm Tomatensauce aus dem Gesicht. Er musste still halten, durfte sich nicht bewegen, er spürte die Spucke seiner Mutter um die Mundwinkel. Er war bereits zehn Jahre alt. Herta hat wenigstens ein Taschentuch genommen.

Er wollte sich nicht wehren. Er schaute sie an. Er spürte das nasse Taschentuch, er spürte ihre weichen Finger, wie sie an die offene Stelle kamen, wie sie das Taschentuch auf die kaputte Haut drückten, ohne dass es weh tat. Er schaute in ihr Gesicht, wie zärtlich es war und voller Sorge. Er spürte, dass sie es gut mit ihm meinte. Es ist nichts, sagte er.

Du hattest Glück, sagte sie.

Wir hatten Glück, sagte er.

Nicht, wenn es wertlos ist, sagte sie.

Ich habe noch alle Zähne, sagte er.

Du hast Recht.

Und wieder war da dieses diebische Lächeln.

Herta schob Olivier vor sich her in das Restaurant, das Bild fest in ihrer großen Hand. Sie hasste Autobahnrestaurants.

Das hat nichts mit Kochen zu tun, sagte sie, hier geht es ums Warmhalten und nicht einmal das gelingt ihnen. Nimm nichts Warmes, höchstens eine Suppe, sonst nur Salat und Brote, du würdest es bereuen.

Olivier nickte und entschied sich für die Leberknödelsuppe. Herta schimpfte über welke Salatblätter und das fast kaputte Weißbrot.

Es wird schon gehen, meinte sie.

In der einen Hand das Tablett, in der anderen das Bild, suchte sie einen Platz. Das Restaurant war beinahe leer, nur vier Tische waren besetzt. Herta steuerte einen davon an. Nicht schon wieder, murrte Olivier, lass uns alleine sitzen, Herta, die Leute wollen ihre Ruhe, hier gibt es so viele leere Tische, Herta, bitte.

Aber sie hörte ihn nicht mehr, sie stand vor einem Tisch, an dem eine alte, braungebrannte Dame saß.

Ihr Haar war weiß und Goldschmuck war an ihren Händen, vier Ringe, ein Armband und eine Uhr. Sie schaute freundlich zu Herta hinauf.

Dürfen wir uns zu Ihnen setzen.

Die Dame schaute im Lokal herum auf all die leeren Tische, auf Hertas Bauch, auf das Tablett in ihrer Hand, auf das verpackte Bild und dann wieder auf Hertas Gesicht.

In gebrochenem Deutsch sagte sie, Ja, gerne, wenn Sie wollen.

Herta lächelte und setzte sich. Das Bild lehnte sie neben sich gegen den Tisch.

Olivier seufzte.

Sie sind verletzt, sagte die Dame.

Es ist nichts, sagte Olivier.

Er ist gestolpert, sagte Herta, draußen vor der Tür. Er hatte Glück.

Vielleicht hatte er auch Pech, sagte die Frau.

Ich hatte Glück, entschied Olivier.

Dann sagte er nichts mehr. Er zerteilte seinen Knödel und hob ihn zärtlich in seinen Mund, an der frischen Wunde vorbei, langsam. Löffel für Löffel. Herta begann sich zu unterhalten. Olivier konnte nicht verstehen, warum sich Herta immer zu fremden Menschen setzen musste, er mochte das nicht. Es war ihm peinlich. Immer wieder war es passiert, dass sie sich trafen und dann mit irgendwelchen Menschen zusammensaßen. Herta hatte geredet und er hatte zugehört, nur ab und zu auf eine Frage geantwortet. Er wollte das nicht.

Die Frau hieß Mirella.

Ich wusste, dass diese Frau interessant ist, hat sie später gesagt, es hat mich zu ihr hingezogen, ich konnte nicht anders.

Sie war Italienerin und wollte nach Frankfurt, wie sie. Herta fragte und sie antwortete. Geduldig und freundlich. Zuerst nur das Nötigste, dann mit jeder neuen Frage länger und offener. Olivier hörte zu, aß seine Suppe. Er ärgerte sich. Gerne hätte er mit Herta über das Bild geredet, gerne hätte er mit ihr geträumt, mit ihr besprochen, wie sie vorgehen sollten am nächsten Morgen, was sie sagen sollten, ob sie das Bild im Auto lassen sollten, wenn sie zu dem Kritiker gingen. Er wollte keine Geschichten einer alten Frau hören, er wollte sich in seiner eigenen zurechtfinden. Er wollte an einem anderen Tisch sitzen, er wollte, dass Herta damit aufhörte. Er teilte den Knödel in winzig kleine Stücke, spielte mit ihnen herum und schob sie in seinen Mund. Er wühlte mit dem Löffel in der Suppentasse, wirbelte die Knödelstücke in der kalt gewordenen Suppe herum. Er langweilte sich.

Dann hörte er den Namen des Malers.

Er kam aus dem Mund der Italienerin. Sie sprach von Yves Klein. Sie war die Schwester eines Galeristen aus Mailand. Sie wollte nach Frankfurt, dort gebe es eine große Klein-Ausstellung, sie wollte noch einmal diese Bilder sehen. Alles, was dieser verrückte Franzose gemalt hat. Olivier hörte auf, an seiner Suppe herumzuessen, er sah zu Herta hinüber, die die ganze Zeit schon versuchte, seine Aufmerksamkeit zu wecken. Sie lächelte, sie blinzelte ihm zu mit diesen diebischen Augen.

Erzählen Sie uns davon, bat sie.

Dann hörte sie zu. Olivier auch.

Ihr Bruder hatte den Franzosen nach Italien geholt.

Es war die erste Ausstellung mit Kleins monochromen Bildern überhaupt. So etwas hatte man noch nicht gesehen in Mailand, sie waren begeistert und entsetzt zugleich.

Sie müssen sich das vorstellen. Dieser Mann hat elf Bilder in unsere Galerie gehängt und alle Bilder waren gleich. Nur blau. Elf fast idente Bilder, ohne Muster, ohne Linien, ohne etwas, das geholfen hätte, die Bilder zu verstehen. Es war nur Farbe, blaue Farbe. Pigmente auf Leinwand.

Das hatte es noch nicht gegeben.

Herta und Olivier unterbrachen sie nicht. Mirella erzählte, ihre Augen waren voller Freude, sie genoss es, darüber zu sprechen. Olivier schob die Suppentasse zur Tischmitte und lehnte sich weit nach vorn, hinüber zu Herta, ganz nah zu dem italienischen Mund. Er konnte nicht glauben, dass diese Frau von dem französischen Maler sprach, dass sie ihn gekannt hatte, dass sie von diesen blauen Bildern sprach, dass vielleicht eines davon unter dem Tisch stand. Dass sie ihnen vielleicht sagen könnte, ob es echt war. Er hing an ihren Lippen und seine linke Hand berührte Hertas Schenkel unter dem Tisch. Hertas Hand legte sich auf seine und drückte sie.

Sie haben ihn kennen gelernt, fragte sie. Erzählen Sie.

Die Italienerin erzählte.

Er war arrogant. Ein Franzose. Aber er war liebenswürdig und er war elegant. Alles, was man ihnen nachsagt, den Franzosen. Er war anders als die italienischen Männer. Er war verrückt irgendwie, er wollte elf verschiedene Preise für elf idente Bilder. Er sagte, jedes Bild ist anders. Da hingen elf Bilder, die sich kaum voneinander unterschieden, und eines war teurer als das andere. Er war ein Spieler. Er hat sie schockiert. Er hat mit ihnen gespielt. Aber er wollte, dass sie ihn verstehen. Er hat daran geglaubt, an sein Blau. Und er war schön.

Und seine Bilder. Sie waren schöner als alles, was ich vorher gesehen hatte. Bis heute. Ich bin Stunden in der Galerie gestanden, vor den Bildern. Einen Monat lang. Ich habe in die entsetzten und in die begeisterten Gesichter geschaut, die vor den Bildern waren. Ich bin von Bild zu Bild gegangen jeden Tag, und jedes war anders. Es war wirklich so. Es war ein Raum voll von diesem Blau. Und er hatte Erfolg damit. Zum ersten Mal. In Italien hat es angefangen. Und er war überglücklich. Sie haben die Bilder gekauft zu seinen Preisen. Er ist dagestanden und hat den Käufern gratuliert.

Eigentlich gratulierte er sich selbst. Er war stolz, er hatte begonnen, die Welt blau zu färben. Sie hatten ihn ernst genommen. Sie hatten ihm geglaubt, dem verrückten Franzosen. Wie er dastand, den Rotwein in der Hand, wie er nippte und von den französischen Weinen schwärmte, wie er das Glas abstellte und eines seiner Bilder berührte, wie er versuchte, die Farbe zu erklären, wie er strahlte und es ihm vollkommen egal war, welcher Wein im Glas war.

Herta und Olivier schauten sich an.

Die italienische Dame leerte sich den Rest des Rotweins aus der kleinen Flasche in ihr Glas.

Ich will auch Wein, Olivier. Jetzt. Wir können im Auto schlafen und dann morgen weiterfahren.

Möchten Sie auch noch Wein, Signora. Herta lächelte verschwörerisch.

Ja, meine Liebe, ich habe mein Bett mitgebracht, ich habe einen großen Campingbus draußen auf dem Parkplatz, ich fahre keinen Meter mehr in dieser Nacht. Sie nahm ihr Glas und trank einen langen Schluck Rotwein. Dann lächelte sie, direkt in Hertas Gesicht hinein. Eine Zeitlang blieb ihr Blick so. Und Herta genoss ihn. Sie berührte mit ihrer rechten Hand das Bild. Sie würden ihre Gläser voll machen, dann würden sie von dem Bild erzählen, das unter dem Tisch stand. Olivier dachte dasselbe. Er stand auf, um den Wein zu holen, und sah Hertas Hand auf dem Bild. Der elegante Franzose hatte das Bild gemalt und keine Hausfrau aus Schwabing. Irgendwie war es in den Müll gekommen, und er sollte es finden. Es gab keine andere Möglichkeit.

Er kaufte eine Flasche Wein und ging zurück zum Tisch. An diesem Abend hörte er auf, an den Zufall zu glauben. Sie füllten die Gläser und tranken. Zum ersten Mal war Olivier froh, dass Herta sich immer zu fremden Menschen setzte. In Gedanken küsste er sie jetzt dafür.

Wenn ihr dieses Blau schon gesehen hättet, könntet ihr verstehen, warum ich so davon schwärme. Es verfolgt mich seit vierzig Jahren, es lässt mich nicht mehr los, ich fahre mit meinem Bus quer durch Europa, nur um diese Bilder zu sehen. Ich hatte eines, aber ich habe es verkaufen müssen. Klein hat es uns geschenkt, eigentlich meinem Bruder, aber der ist gestorben. Dann ging das mit der Galerie nicht mehr und ich hatte Schulden. Das Bild hat mich gerettet. Ich habe mir den Camper gekauft. Da wohne ich jetzt.

Mirella war vierundsechzig Jahre alt. Die Vorstellung, in diesem Alter in einem Bus zu leben, machte Herta und Olivier Angst. Aber Mirella war zufrieden.

Ich habe alles, sagte sie, ich wohne an den schönsten Plätzen, ich kann es mir aussuchen, wo ich lebe.

Sie bemerkte den erstaunten Ausdruck in den beiden Gesichtern vor sich.

Ich bin tatsächlich zufrieden, sagte sie. Das war immer mein Traum. Reisen. Und schöne Dinge sehen. Ich muss Ihnen nicht Leid tun. Ich habe alles.

Herta lächelte, sie spürte Oliviers Drängen auf ihrem Schenkel. Er wollte endlich von dem Bild erzählen, er war ungeduldig, aber er wollte die Italienerin nicht unterbrechen. Sie fühlte sich jetzt wohl, sie erzählte ihr Leben und freute sich, dass sie Zuhörer gefunden hatte, sie sprühte. Der Wein ist widerlich, sagte sie.

Dann begann Olivier.

Er lehnte sich weiter nach vorn, wartete die kleine Pause ab, die Mirella machte, und begann, von dem Bild zu erzählen. Wie es im Müll gelegen ist, wie er es mitnahm, wie ihm dieser Maler einfiel, von dem sie die ganze Zeit sprach, wie ähnlich dieses Bild der Abbildung in seinem Buch war, und dass es unglaublich ist, dass sie jetzt hier sitzen, dass sie diesen Maler kannte, und ob sie nicht einen Blick auf dieses Bild werfen wolle, sie hätten es hier unter dem Tisch, weil sie nicht sicher seien, ob es echt war oder nur eine billige Nachahmung.

Olivier war aufgeregt. Mirella hörte zu, mit großen Ohren, sie konnte nicht glauben, was der Mann mit der aufgeschlagenen Lippe vor ihr sagte. Ein Monochrom unter dem Tisch. Zeigen Sie es mir, sagte sie schnell. Olivier atmete auf. Endlich konnte er ihr das Bild zeigen, sie würde wissen, ob es echt war oder nicht. Er bat Herta, es hochzuheben, aber sie hatte es bereits in der Hand und löste das Packpapier.

Alle anderen Gäste waren gegangen, nur an der Bar tranken einige Fernfahrer etwas, sie saßen alleine im Restaurant. Das Packpapier raschelte. Sie schoben die Gläser zur Seite und machten Platz für das Bild. Herta hielt es in den Händen. Mirella sagte lange nichts.

Keiner sagte irgendetwas.

Das kann nicht sein, sagte sie nach einer Weile. Das kann nicht sein. Ihr stand der Mund offen. Ihre Augen waren gierig. Das ist genau dasselbe Format. Die Bilder in Mailand hatten dieselbe Größe, und dieses Blau. Mein Bild sah genau so aus, alle Bilder sahen so aus. Und Sie haben es im Müll gefunden, das kann nicht sein. Es sieht so echt aus, es ist genau dieselbe Farbe, ich habe sie so oft gesehen, ich war in so vielen Museen, ich habe so viele Bilder besucht, wie kann das sein, dass ihr zu mir an den Tisch kommt, dass ihr dieses Bild bei euch habt, dass es vielleicht ein Original ist.

Sie überschlug sich mit ihren Worten, es sprudelte heraus aus ihr, sie strich mit ihrer Hand sanft über die Oberfläche, berührte die Farbe, sie nahm das Bild und drehte es um. Die Bilder waren mit einer Halterung an der Wand befestigt, sie standen von der Wand ab, damit das Blau noch mehr Wirkung hatte, die Bilder schwebten im Raum. Sie waren an Eisenstangen befestigt. Mirella sprach, ohne den Blick abzuwenden von dem Bild in ihrer Hand.

Das konnte nicht sein. Da waren zwei Löcher in der Mitte des Rahmens, am oberen und am unteren Rand. Sie berührte mit einem Finger die Ausbuchtungen im Holz und verstummte. Einen Augenblick schwieg sie.

Ich habe die Bilder zwar nicht aufgehängt, aber ich weiß, dass die Stangen in der Mitte des Rahmens befestigt waren. Wozu sollten sonst diese Löcher sein. Es muss eines dieser Bilder sein. Es kann nur eines dieser Bilder sein. Olivier zitterte.

Herta hatte wieder ihre Hand auf der von Olivier, sie drückte sie fest, so fest, dass es Olivier weh tat, aber er sagte nichts, er hing an den Lippen der Italienerin, er beobachtete ihr Gesicht, ihre Hände, er hörte, was sie sagte, und konnte nicht glauben, was passierte.

Eine Fremde an einer Autobahnraststation sagte ihnen, dass das Bild, das er Stunden zuvor aus dem Müll geholt hatte, echt sein musste, ein Original eines berühmten französischen Malers, dessen Werke in weltberühmten Museen hingen und wahrscheinlich unbezahlbar waren.

Sind Sie sicher, fragte er, sind Sie sich ganz sicher.

Er schaute sie eindringlich an, er wollte, dass sie ja sagte, er wollte, dass sie sich sicher war, dass sie keinen Zweifel hatte, dass sie ihm sagte, dass es hundertprozentig echt war.

Sind Sie sich sicher.

Er nahm Hertas Hand fest in seine und fragte wieder.

Das kann nicht sein, hörte er die Italienerin wieder sagen, das kann nicht sein, aber lasst uns bezahlen und kommt mit hinaus in meinen Bus. Ich muss euch etwas zeigen. Dann stand sie auf und schrie nach der Kellnerin.

Das war gestern eine halbe Stunde vor Mitternacht.

12.

Ming brachte Milch an den Tisch.

Onni schwieg jetzt. Er hatte Tränen in den Augen. Einen kurzen Moment lang. Mosca bedankte sich für die Milch und betrachtete Ming, wie sie begann, Stühle auf die Nachbartische zu stellen. Wir schließen in zehn Minuten, hörte er sie sagen. Er schaute in Onnis Gesicht und sah, wie er sich Tränen wegwischte, er sah, wie der alte Türke hinter der Bar die Kellnerin beobachtete, er hörte, wie er brüllte, sie solle nicht einschlafen. Er sah, wie sich Onni den Rest vom Weinen in seine Hose wischte. Er sah, wie die Milch in seiner Kaffeetasse kaputt war, wie sie sich zu Klumpen formte. Er sah, wie sich die Klumpen strudelförmig drehten, wie der Kaffeelöffel auf der Untertasse lag. Er spürte Onnis Bein neben sich, wie es auf und ab wippte. Er sah, wie der Türke Geld zählte an der Kasse. Er schob die Kaffeetasse von sich und legte seine linke Hand auf Onnis Schulter.

Ich helfe dir, sagte er.

Ming begann, den Fußboden zu wischen.

Sie war seit acht Monaten in Frankfurt.

Als sie zwölf gewesen war, hatte sie zugeschaut, wie ihre neugeborene Schwester mit großen Steinen in einen

Sack gekommen und im Bach hinter der Hütte, wo sie aufgewachsen war, ersäuft worden war. Sie hatten den Sack mit dem schreienden Kind ins Wasser geworfen. Der Sack hatte das Wasser berührt, ist untergegangen und still gewesen. Da, wo sie herkam, waren Mädchen nichts wert. Der Sack war plötzlich still gewesen.

Ming ist mit den anderen zurück zur Hütte und hatte sich gewünscht zu sterben oder einfach nur weit weg zu leben von diesem Bach, von der Hütte und dem Mann, der den Strick um den Sack gebunden hatte. Von der Frau, die blutig in der Hütte gelegen war und nichts gesagt hatte. Ming war jetzt in Deutschland.

Im Westen, wo jeder alles hat. Angekommen vor acht Monaten. Hier waren Frauen etwas wert. Sie kamen nicht in einen Sack und wurden nicht ersäuft. Vielleicht wurden sie geschlagen oder vergewaltigt, aber keine kam in einen Sack. Hier wollte sie leben.

Egal, ob der Türke ein Arschloch war.

Er kam zu ihr hin und schob sein Gesicht ganz nah an ihr Ohr. Seine Stimme war eine Drohung.

Wenn du mich noch einmal bestiehlst, schneide ich dir einen Finger ab.

Er hielt sie fest am Handgelenk. Mit der einen Hand die Stielbürste, mit der anderen die kleine chinesische Hand. Verstehst du das, fauchte er.

Natürlich, sagte sie. Dann ließ er sie wieder los.

Mosca legte Onni die Hand auf die Schulter.

Ming wischte weiter den Boden. Ihre Eltern waren Reisbauern. Sie waren arm in der Provinz Sichuan. Dort wurde sie verprügelt, verhungerte fast. Aber sie war klug, das hat sie gerettet. Sie bekam ein Stipendium von fünftausend Yuan im Jahr und die Universität erließ ihr die Hälfte der Studiengebühren. Sie ging nach Peking. Zurück in die Hütte wollte sie nie wieder. Sie war achtzehn in einem zwölf Quadratmeter großen Zimmer mit vier anderen Mädchen und studierte Germanistik. Sie bekam Punkte für Reinlichkeit. Im Gang hing die Wäsche zum Trocknen von der Decke.

Ming wischte den Boden. Mosca zog etwas aus seiner Jackentasche und beugte sich zu Onni hinüber. Sie konnte nicht sehen, was es war, aber wie sich der elegante Deutsche bewegte war merkwürdig, er tat geheimnisvoll. Ming wischte in Richtung des Tisches.

Sie sah das Scheckheft, sie sah, wie der Deutsche unterschrieb und wie der Dünne mit dem Akzent die Hände vor sein Gesicht schlug, so, als könnte er nicht glauben, was er hörte, was der Deutsche ihm sagte.

Ming schlug ihre Hände auch vors Gesicht, als sie die Nachricht bekommen hatte, dass sie nach dem Examen weiterstudieren und den Magister machen, dass sie ein Jahr nach Deutschland gehen dürfe. Sie konnte es zuerst nicht glauben. Sie wollte immer schon weg von dem Land, weg von dem Reis, weit weg von dem Reis. Sie bekam dieses Auslandsstipendium und sie schlug die Hände vors Gesicht wie dieser Dünne an dem Tisch.

Sie wollte nach Deutschland und sie wollte nie wieder zurück. Sie konnte diese fremde Sprache fast fließend, sie hatte Hesse gelesen und Mann, tausende Seiten Deutschland. Sie würde in diesem Land leben, im Westen, nichts sollte sie daran erinnern, wo sie herkam. Sie wollte auf China scheißen. Und das hat sie getan.

Onni nahm den Scheck in die Hand, hob ihn hoch und sagte nichts. Nur Tränen kamen aus seinen Augen. Mosca hatte seine Hand auf Onnis Schulter.

Ming wischte um den Tisch herum. Sie sah den eingesetzten Betrag auf dem Scheck, sie sah die Tränen von dem Dünnen und wie er sie einfach rinnen ließ, ohne etwas dagegen zu tun.

Sie hat nicht geweint. Ihren Eltern hat sie nur einen Brief geschrieben, dass sie weggehe nach Europa, und dass sie in diesem Leben nicht wieder zurückkommen würde. Sie stand in der Flughafenhalle und starrte auf die Anzeigetafel, auf die Namen der Städte, die da aufleuchteten. Einer klang schöner als der andere. Frankfurt war nur der Anfang. Es gab noch so viele andere. Sie starrte auf die Tafel und lachte. Sie war allein, aber sie war glücklich. Sie würde aus ihrem Land fliegen, sie würde fortfliegen und nicht zurückkommen, sie würde von oben hinunterspucken, sie würde spucken auf diese verschissene Großmacht, sie würde hinunterscheißen auf die schöne Volksrepublik. Zwanzig Minuten nach dem Start hat sie es dann getan. Sie drückte die Spülung und flog glücklich nach Deutschland.

Onni nahm Moscas Hand und drückte sie fest.

Er hob sie hoch und zog sie zu seinem Gesicht. Er drückte seine Lippen auf Moscas Haut.

Danke, sagte er leise. Zweiundzwanzigtausendvierhundertfünfzig Euro, stand auf dem Scheck.

Ist das dein Ernst, sagte Onni.

Ja, antwortete Mosca, wir müssen nicht darüber reden.

Onnis und Moscas Augen lagen ineinander. Still und ohne Fragen. Dann fragte Onni die Kellnerin, ob sie noch zwei Biere haben könnten. Sie wischte unmittelbar neben ihrem Tisch den Boden, sie hatte zugehört, sie überlegte, was sie jetzt tun sollte.

Sie lächelte freundlich und sagte, dass das Lokal jetzt leider schließe, dass ihr Chef die Kasse bereits gemacht hatte, dass es ihr Leid tue, dass sie aber einen guten Tipp hätte für die beiden Herren, dass sie heute Abend Doppelschicht hätte, hier und in der Würstchenbude vor der alten Kirche, dass dort ein Wahnsinnsclubbing stattfinde in dieser Nacht, und dass es keinen Ort in ganz Frankfurt gäbe, der so magisch wäre wie dieser.

Das Wort magisch hatte ihr immer schon gefallen.

Onni gefiel es auch. Lass uns dorthin gehen, Mosca, schlafen kannst du auch morgen noch. Flieg mit mir, mein Retter. Ich bezahle, Geld habe ich ja jetzt.

Mosca lächelte. Seine Gedanken waren immer noch unruhig, er wollte nach Hause zu Jos Bildern, er wollte hier sitzen bleiben, sich nicht bewegen, er wollte weitertrinken, er wollte vor Jos Bildern sitzen, er wollte wissen, warum die Chinesin so kurze Haare hatte, warum sie sie abgeschnitten, ihren Kopf fast kahl rasiert hatte, er wollte weiter mit Onni zusammen sein, er mochte diesen Dänen, er mochte zurück unter Jos Haut kriechen, er wollte mit ihm frühstücken, mit ihm nackt am Frühstückstisch sitzen und über etwas lachen, das nicht wichtig war, er wollte, dass Onnis Muskeln wieder funktionierten, er wollte fliegen, er wollte schweben, er wollte in die Leere eintauchen, er wollte nicht mehr denken, er wollte keine Gedanken mehr haben, er wollte das Blau spüren, so wie Jo es gespürt hatte.

Er wollte es endlich spüren.

Er schaute Ming an.

Ihr kurzgeschorenes Haar, ihr schönes Gesicht, ihre vorborgenen Augen.

Können Sie uns hinbringen, sagte er. Wir nehmen ein Taxi, falls Sie kein Auto haben.

Gerne, sagte sie. Ich wische den Boden zu Ende, dann können wir los.

Onni hielt den Scheck fest in seiner Hand. Mosca schaute Ming zu, wie sie zu Ende wischte, wie sie kurz mit dem alten Türken redete und in einem roten Mantel auf sie zukam.

Ich habe ein Auto, sagte sie. Kommen Sie.

Mosca und Onni gingen neben Ming durch das Flughafengebäude zu einem kleinen, kaputten Auto. Keiner sagte etwas. Ming dachte daran, wie sie hier angekommen war vor acht Monaten, wie sie sich in diese türkische

Bar gesetzt hatte und dort geblieben war. Nur viermal war sie auf der Universität gewesen, und das Zimmer in dem Studentenheim, in dem sie angemeldet war, hatte sie nie bezogen. Sie hatte genug gelernt.

Jetzt hatte sie ein Auto und ein Zimmer, sie konnte tun, was sie wollte.

Da ist es, sagte sie.

Mosca und Onni setzten sich nach hinten. Ming fuhr auf die Autobahn.

Es war kurz vor zehn.

13.

Jos Mutter saß lange am Küchentisch.

Ihre Hände lagen gefaltet auf der Plastiktischdecke. Sie bewegte sich kaum, saß nur da und schaute geradeaus in die Wand über dem Herd. Sie war zurück in ihre Wohnung gekommen, nachdem sie das Bild in den Müll getan hatte, hatte abgesperrt und sich an den Küchentisch gesetzt, ihre Finger ineinander geflochten und sie auf den Tisch gelegt. Dort sind sie lange gelegen. Die Tischdecke war kariert, ihre Bluse dunkelblau und die Wollweste darüber grau. Sie rührte sich kaum, atmete leise, bewegte sich nicht. Sie saß einfach nur da. Und bewegte sich nicht. An der Wand hinter ihr tickte eine Uhr. Ihr Mann hatte sie heimgebracht, einen Nagel in die Wand geschlagen und sie aufgehängt.

Vor dreizehn Jahren. Seitdem hörte sie das Ticken, dieses immer gleiche Geräusch. Es war hinter ihr an der Wand. Es sagte ihr, dass sie noch am Leben war, dass sie nicht tot war, dass sie weiteratmen musste, dass es noch nicht vorbei war, dass wieder ein Tag begonnen hatte am Morgen nach dem Aufstehen im Schlafrock. Mit einer Tasse in der Hand. Das Geräusch der Uhr in den Ohren. Der Blick in die Wand. Nie zum Fenster hin. Immer nur in die Wand.

Zuerst kochte sie, dann aß sie, dann spülte sie ab. Dann saß sie da und schaute. Alles war ordentlich. Nichts stand am Tisch, alles war an seinem Platz. Sie kam in ihre ordentliche Küche zurück und setzte sich an den Tisch. Das Bild lag draußen in der Tonne. Ihr Sohn lag irgendwo in der Erde. Ihr Mann auch. Sie war allein mit den Karos am Tisch. Die Uhr tickte.

Mehr als drei Stunden saß sie so da.

Sie rührte sich nicht. Es gab nichts zu tun. Niemand klopfte an ihre Tür, sie war mit dem Ticken allein. Mosca hatte sie erschreckt, sein Läuten. Nur selten bekam sie Besuch, nur selten wollte jemand durch ihre Tür, nur selten war da ein anderes Geräusch als das der Uhr. Das von Tellern und Tassen, das der Töpfe und das Wasser, wie es aus dem Hahn kam. Sonst nichts. Sie war erschrocken, von ihrem Tisch aufgestanden und zur Tür geschlichen, sie hatte durch den Spion nach außen geschaut und den eleganten Mann gesehen, wie er von einem Fuß auf den anderen stieg, wie er wieder und wieder die Klingel drückte und seine Kiefer ungeduldig aufeinander presste. Wie er fast wütend gehen wollte, bevor sie die Tür aufmachte. Sie wollte, dass er ging, dass er wegging, sie wollte nichts wissen, sie wollte nichts hören, nichts wissen, sie wollte gar nichts. Sie hat die Tür zugemacht. Sie hat das Bild in die Tonne geworfen. Sie hat sich zurück an ihren Tisch gesetzt und ihre Hände gefaltet. Drei Stunden lang.

Dann stand sie plötzlich auf. Ruckartig hob sie ihren Körper. Sie löste ihre Finger und presste die Handflächen auf den Tisch. Dann stand sie, drehte sich zur Tür und sperrte sie auf. Sie lief beinahe. Die Stiegen hinunter, den Gang entlang, hinaus in den Hof zu den Tonnen. Die alten Beine wild durcheinander. Die Hände, wie sie nach der Tonne griffen, weil sie schon draußen auf der Straße stand, weil sie nicht mehr an ihrem Platz war, die Tonne, weil sie jemand hinausgeschoben hatte, weil heute Mülltag war, weil sie vielleicht schon dagewesen waren, weil die Tonne vielleicht schon leer war. Sie hob den Deckel hoch. Da war nichts mehr.

Sie stand vor der leeren Tonne. Sie atmete schwer.

Sie machte leise den Deckel wieder zu. Sie ging leise wieder zurück in ihre Wohnung. Versperrte die Eingangstüre und setzte sich an den Küchentisch.

Ihr Atem war immer noch schnell. Sie hörte ihn neben dem Ticken der Uhr. Sie faltete die Hände und legte sie auf den Tisch. So wie sie es immer tat. Ihr Atmen wurde langsamer. Sie atmete durch die Nase, ihr Mund war geschlossen, ihre Brust wölbte sich unter der grauen Jacke, sie schaute geradeaus in ihre Wand. Sie hörte das Ticken der Uhr, sie hörte dieses Atmen, wie es aus ihrer Nase kam. Es war ein störendes Geräusch in ihrer Küche, es passte nicht an ihren Tisch, sie wollte es nicht. Sie hörte zu, wie es langsam weniger,wie das Ticken der Uhr wieder lauter wurde, wie es langsam wieder begann, den Raum zu füllen. Ihre Hände lagen still auf dem Plastiktischtuch, ihre Brust beruhigte sich wieder. Bis sie ganz still war. Man sah nichts unter der grauen Jacke. Dass da ein Atmen war. Ein Herz. Nur die Uhr bewegte sich. Bis zum späten Abend war es so.

Dann stand sie langsam auf und holte das Seil aus der Abstellkammer. Sie wollte das schon lange tun. Es aus der Abstellkammer holen, es an den Haken binden über dem Tisch und sich aufhängen.

Ihr Mann hatte das Loch gebohrt und den Haken für die Lampe in die Decke gedreht. Da kannst du eine Kuh aufhängen, hatte er gesagt, das hält für immer.

Sie zog die Schuhe aus und stieg auf den Tisch. Sie hatte keine Socken an, ihre nackten Füße bewegten sich vorsichtig zwischen den Karos. Sie hob die Lampe von dem Haken und riss an dem Kabel, das aus der Decke kam, sie zerrte daran, die Drähte lösten sich voneinander und sie hielt das Kabel in der Hand. Vorsichtig legte sie die Lampe auf die Eckbank. Sie bückte sich, legte sie geräuschlos auf die braune Polsterung und stand wieder auf, dann nahm sie das Seil und band es fest um den Haken, sie zog daran, um zu sehen, ob ihr Mann Recht gehabt hatte. Sie nahm es in beide Hände und zog, sie legte ihr ganzes Gewicht in das Seil, sie hüpfte nach oben und fiel in das Seil. Es hielt. Sie strich sich ihre Bluse glatt und streifte die Falte in der Tischdecke, die sie gemacht hatte, mit ihrem linken Fuß wieder gerade. Rechts neben ihr tickte die Uhr. Links neben ihr war die weiße Wand. Alles war ihr vertraut. Dann band sie das Seil um ihren Hals. Bestimmt, als hätte sie es schon oft getan, als würde sie ein Marmeladenglas verschließen oder den Tisch wischen. Das Seil zog sie fest um ihre Haut und machte einen Knoten. Es lag gespannt um ihren Hals, sie schluckte, ihr Kehlkopf zuckte kurz. Alles war still, bis auf die Uhr an der Wand. Sie tickte. Sie stand da. Sie bewegte sich nicht. Sie schaute nirgendwohin. Sie überlegte nicht. Sie stand einfach nur da auf ihrem Tisch in ihrer Küche, in ihrem Leben, sie rührte sich nicht. Sie spürte das Seil auf ihrer Haut, sie schloss die Augen. Sie stand einfach nur da, bewegte sich nicht. Sie stand einfach nur da. Sie bewegte sich nicht.

Die Uhr tickte. Es war kurz nach zehn.

Gestern.

14.

Mirella öffnete die Tür.

Der Bus war groß, geräumig, nichts erinnerte an etwas, das fuhr. Mirella hatte ihren ganz privaten Wohnraum draußen am Parkplatz vor der Raststation.

So etwas habe ich noch nicht gesehen, hat Herta gesagt. Sogar mit der Küche war sie zufrieden. Hier kannst du ein Menü für zwanzig Personen zubereiten. Das ist unglaublich.

Ja, das auch, hat Olivier gesagt.

Mirella öffnete einen Schrank mit Wein und Gläsern und füllte sie.

Das ist richtiger Wein, sagte sie, und ließ sich auf das orange Sofa nieder. Setzt euch bitte. Und bitte stellt das Bild hier auf die Kommode, damit ich es sehen kann.

Sie nahm es Herta aus der Hand und stellte es vorsichtig hin. Sie war ungeduldig. Herta stand noch vor dem Herd und wollte fragen, wie lang sie mit einer Kartusche Gas kochen könnte, wie das mit dem Backrohr sei, wieviel Wasser in den Tank ging. Mirella sprang auf und nahm ihr das Bild aus der Hand. Herta wollte es kurz festhalten, ließ dann aber los. Olivier zuckte zusammen, als die italienische Hand das Bild berührte, er wollte zu ihr hin und es ihr aus der Hand schlagen, er wollte nicht, dass sie es berührte, er wollte es für sich, er wollte es nicht teilen, er wollte nicht, dass sie es berührte. Doch er blieb sitzen, auf der Bettkante. Sie hatte es an die Kommode gelehnt und war zurück in ihr Sofa gesunken. Herta setzte sich zu Olivier.

Trinkt, sagte Mirella, das ist Wein aus der Toskana. Guter Wein. Herta und Olivier tranken schnell.

Sie saßen nebeneinander auf der Bettkante in einem fremden Wohnmobil. Die Bettwäsche war rosarot. Zwischen ihnen war Abstand. Das Bett war ihnen unangenehm. Es war kurz nach Mitternacht.

Ist es echt, fragte Olivier.

Er schaute eindringlich zu Mirella hin, das Glas in der Hand. Er wollte es jetzt wissen, er wollte nicht länger warten, er wollte die Bestätigung, er wollte nicht weiter nach Frankfurt, er wollte sich sicher sein und mit Herta zurückfahren, irgendwohin fahren. Mit dem Bild. Und mit Herta. Wohin wusste er nicht, aber er wollte mit ihr zusammen sein. Warum wusste er auch nicht.

Er war gern in ihrer Nähe, er mochte die Ruhe, die von ihr zu ihm ging, er mochte, wie sie auf der Welt war, wie fest sie dastand in ihrem Leben. Er wollte, dass sie bei ihm war. Sie würden das Bild verkaufen und weggehen. Sie würden zusammen weggehen. Er würde keine Tonnen mehr ausleeren, keinen Deckel mehr anheben, er würde nicht mehr nach Müll stinken. Nie mehr.

Er trank das Glas leer, weil die Italienerin nichts sagte. Sie schaute nur, sie sagte nichts, deutete nur mit der Hand, bat um Geduld, bitte wartet noch einen Augenblick, gleich.

Olivier leerte sich mehr Wein in das Glas und trank.

Herta auch. Kurz schaute sie Olivier an. Kurz berührte sie ihn, als sie die Flasche aus seiner Hand holte. Sie mochte seine Haut, sie hatte sie oft berührt, als sie ihn massierte, sie war weich unter ihren Fingern. Sie berührte sie gerne und immer, wenn sie konnte. Sie leerte Wein in ihren Mund. Sie genoss es.

Das Monochrom stand auf der Kommode. Ein brauner, hässlicher Einbauschrank. Olivier fragte wieder, und wieder bat sie ihn um Geduld.

Ich zeige euch etwas, sagte Mirella.

Sie stand auf, holte einen Schuhkarton aus dem Schrank und setzte sich zu ihren Füßen auf den Boden.

Er hat mich geküsst, sagte sie. Klein.

Sie öffnete den Deckel und nahm einen Stapel Fotografien in die Hand.

Das ist er, und da sind die Bilder. Es waren Schwarzweißfotografien, aber als Olivier die Bilder an den Wänden sah, loderte seine Begeisterung wieder auf.

Sie sind tatsächlich genau so groß und die Halterungen sind ungefähr da, wo die Löcher sind in unserem Bild.

Es kam ruckartig aus ihm heraus.

Und welcher ist Klein. Wer von denen ist dieser Maler.

Der in der Mitte, sagte Mirella, das daneben ist mein Bruder, ich habe das Foto gemacht. An diesem Abend haben wir uns geküsst.

Olivier nahm Mirella die Fotos aus der Hand und schaute sie durch. Auf jeder Fotografie suchte er nach den blauen Bildern an den Wänden, die Menschen auf den Fotos waren ihm nicht wichtig. Er suchte sein Bild, er suchte etwas, das gleich war, eine Schattierung, eine Unebenheit, irgendetwas, das ihm sagte, dass das Bild vor ihnen auf der Kommode eines von denen war, die da in dieser Galerie gehängt sind.

Es war die Eröffnung der Ausstellung, sagte Mirella. Klein war so nervös. Er war selbstsicher und trotzdem war er nervös. Er war begeistert von seinen Bildern, aber er wusste nicht, wie sie ankommen würden, was Mailand dazu sagen würde, er war so angespannt. Als alles vorbei war, hat er mich geküsst, in der Teeküche. Er hat mich zu sich gezogen und mir einen Kuss auf meine Stirn gedrückt. Er hat sich im selben Moment entschuldigt dafür, er sei so glücklich, hat er gesagt, Sie verstehen mich, hat er gesagt. Dann ist er wieder hinaus und hat sich in der Begeisterung gebadet. Ich habe ihn beobachtet, wie arrogant er war, wie überzeugt von sich, wie unbescheiden. Wie schön er war. Sie sind gekommen und haben sich langsam verzaubern lassen von dem Blau. Elf blaue Bilder. Sonst nichts. Zuerst waren sie still, dann haben sie ihn gefeiert. Ich war so überrascht, ich habe nichts gesagt, nur seine Lippen gespürt auf mir. Mirella wurde still.

Später hat er dann geweint. Als alle weg waren.

Er war allein vor einem Bild. Er ist lange dagestanden und hat geweint. Er stand vor dem Bild und bewegte sich nicht. Mirella holte noch mehr Wein aus dem Schrank. Ich weiß nicht, warum er geweint hat, aber über eine halbe Stunde stand er einfach da, unbewegt, und hat das Bild angeschaut. Und er hat geweint.

Olivier ist mit einer Fotografie in der Hand vor seinem Bild gekniet, in einer Hand das Foto, in der anderen den Wein. Er hat sich ganz nah zu dem Monochrom hingebeugt, um etwas anderes zu sehen als nur Blau. Aber da war nichts. Es war ohne Schattierung, es war durchgehend blau, die Farbe gleichmäßig aufgetragen, nichts, das ihm geholfen hätte.

Wissen Sie, was so ein Bild kostet, fragte er, ohne Mirella anzuschauen. Er trank und verschluckte sich, als sie es ihm sagte. Ist es echt, fragte er wieder. Ich weiß es nicht, sagte sie. Ich weiß nur, dass es wunderschön ist.

Sie beugte sich nach vorn und berührte das Blau. Ihre Finger strichen zart über die Leinwand, der Farbe entlang nach unten. Olivier war enttäuscht, durcheinander, es war nicht das, was er hören wollte, er wollte hören, dass es echt war. Nocheinmal füllte er sein Glas. Auch das von Herta. Sie schauten sich an.

Lass dir Zeit, sagte sie mit ihren Augen. Morgen werden wir es wissen. Lass uns trinken.

Auf die Kunst und die Liebe, sagte sie zu Mirella hin und hielt das Glas in ihre Richtung, um mit ihr anzustoßen. Sie haben sich in ihn verliebt, sagte Herta. Er hat Sie verzaubert.

Bis heute, sagte Mirella. Es sind diese Bilder. Und es ist dieser Mann. Als ich von seinem Tod hörte, habe ich lange geweint. Herzinfarkt. Er war noch so jung, so voller Energie. Und er war verheiratet. Rotraud. Eine Deutsche. Sie war auch in Mailand. Ich denke, er hat sie geliebt. Ich habe nie wieder mit ihm gesprochen, ihn nur aus der Ferne gesehen. Ich hatte nur seine Bilder. Wann immer ich konnte. Morgen in Frankfurt. Sie zeigen sein ganzes Leben. Von Anfang an. Die Monochrome in den anderen Farben, die Arbeiten in Gold, seine Anthropometrien. Er hat Frauen mit seinem Blau bemalt und sie über die Leinwand gezogen. Er hat sie dirigiert und ihre blauen Abdrücke auf das Weiß gezaubert, er hat Naturschwämme blau getränkt, er hat mit Feuer experimentiert, er hat Architekturen entworfen, er hat sich fotografieren lassen, wie er in die Leere springt.

Ich habe ihn begleitet, alles verfolgt, was er geschaffen hat. Ich war oft in Frankreich. Ich war oft in seiner Nähe, habe ihn beobachtet, wie er im Café saß und mit Rotraud lachte. Ich habe in seiner Nähe Urlaub gemacht. Ihre Finger gingen immer wieder von oben nach unten. Sie berührte das Blau, als wäre es Haut, weiche, französische Haut.

Er hat mich nicht wiedererkannt. Wir waren in derselben Bar. Er war allein. Ich wollte zu ihm, ich wollte mit ihm reden, ich wollte ihn in meiner Nähe, ich wollte ihn berühren. Vielleicht wollte ich wieder seine Lippen auf mir. Ich saß neben ihm an der Bar. Ich sagte nichts. Er trank Weißwein. Dann bezahlte er und ging.

Ich blieb sitzen und hasste mich. Ich konnte nicht anders. Sie weinte jetzt leise. Tränen kamen über ihre Wangen nach unten. Sie nahm die Hand von dem Bild und stand auf. Ich gehe spazieren, sagte sie. Trinkt Wein, macht es euch gemütlich, ich muss an die Luft.

Dann ging die Tür zu. Sie waren allein.

Was für eine Geschichte, sagte Herta.

Sie drehte sich zu Olivier, nahm ihm das Glas aus der Hand und küsste ihn. Olivier hatte zugehört. Nicht mit ganzer Kraft, aber er hatte zugehört. Seine Gedanken waren bei dem Bild auf der Kommode, bei Herta, bei dem Literaturkritiker in Frankfurt. Er war unruhig. Er sah die Tränen in Mirellas Gesicht, dann spürte er Hertas Lippen auf seinen. Er hatte keine Zeit nachzudenken, so schnell hatte sie das Glas aus seiner Hand genommen und sich zu ihm gebeugt. Ihr Gesicht war plötzlich ganz nah und ihre großen Lippen weich auf seinen. Er rührte sich nicht. Er saß nur da und ließ es geschehen. Er war überrascht, er war erschrocken, er konnte dieses neue Gefühl nicht einordnen, es war feucht, es war warm, er mochte es. Langsam bewegten sich Hertas Lippen auf seinen, langsam begannen sich auch seine zu bewegen. Als Hertas Zunge in seinen Mund kam, fiel er nach hinten. Sie drückte mit ihrer rechten Hand gegen seine Brust und fing ihn mit ihrer linken wieder auf. Er lag seitlich unter ihr. Ihr Speichel war in seinem Mund. Ihr Körper drängte sich an seinen. Ihre Hände begannen die Haut zu suchen unter seinen Kleidern. Olivier schloss seine Augen. Überall spürte er plötzlich Hertas Haut, er spürte ihr warmes Fleisch, ihre weichen Rundungen, er spürte Haut auf Haut. Seine, ihre.

Sie lagen nackt in den rosaroten Laken und sie umarmten sich. Olivier kroch in Herta hinein. Zuerst langsam, dann gierig und tief. Bis er ganz in ihr war. Überall, mit jedem Finger, auf jedem Teil von ihr.

Was ist mit Mirella, sagte er, was, wenn sie zurückkommt. Aber sein Satz verstummte. Herta nahm ihn aus seinem Mund und schluckte ihn in sich hinein.

Über eine Stunde ging das so. Dann sind sie eingeschlafen. Zuerst Olivier, dann Herta. Nackt, ineinander verschlungen, der kleine, schmächtige Körper von Olivier und der große, weiche von Herta.

Haut an Haut.

Das war vor sieben Stunden.

15.

Anna legte den Bleistift aus der Hand.

Mit tausend Strichen hatte sie ihr Gesicht gezeichnet, ihren Hals, ihre Brust, die Hände. Auf dem Bild stand sie nackt vor dem Spiegel, über ihre Schultern hinweg ihr Spiegelbild. Ihr Körper nach vorne gebeugt, nur wenige Zentimeter trennten die Nase von dem Spiegel, sie schaute mit großen Augen. Fast aggressiv wirkte ihr Gesicht, herausfordernd die Augen. Ihre Stirn leicht in Falten gelegt, ihr Mund etwas zugespitzt, als würde sie gleich bellen, oder beißen. So war ihr Gesicht auf dem Bild. Gleich würde sie loskläffen, ihre Arme nach oben werfen und auf ihn einschlagen. Doch sie blieb still, sie stand nur da und schaute. Das Bild zeigte sie schön. Sie war wunderschön. Ihre Haare, die ganze Haut auf ihr. Aber innen brannte sie. Etwas tat weh. Sie wollte schreien und konnte nicht. Sie wollte einschlagen auf ihn und konnte nicht. Sie wollte weinen und konnte nicht.

Sie nahm das Bild und hielt es vor sich hoch. Der Bleistift lag am Boden. Vor ihr das Bild, das Gesicht, das sie so gut kannte. Überall war es. Überall waren diese traurigen Augen, diese wütenden Blicke. Auch ein bisschen Hass. Auf jedem Bild. Sie nahm es und drückte es an die

Wand. Mit Klebestreifen machte sie es fest. Dann zog sie ihre Schuhe an und ging aus dem Haus.

Es war ein hässliches Haus. Sie war hier eingezogen nach ihrer Flucht. Es war die billigste Wohnung in Frankfurt. Geld hatte sie nicht. Sie wollte weg, weit weg von diesem Mann, aus der Stadt, in der er war, aus dem Bett, in dem er war, weg aus seiner Umarmung. Weg von ihm. Weit weg. Eine neue Stadt, in der er sie nicht finden konnte, in der sie ohne ihn war, ohne seinen Schluckauf. Und alles, was der Schluckauf mit ihm machte.

Er hieß Ludwig. Er war Radiosprecher und sie Zuckerbäckerin. Er moderierte die Morgensendung und sie machte Kuchen. Manchmal hörte sie seine Sendung. Mehl war auf ihren Händen und aus dem Radio kam seine Stimme. Um fünf Uhr morgens. Nur manchmal hörte sie ihn. Beide hatten ihr Leben und nichts miteinander zu tun. Gar nichts. Das einzige, das sie beide taten, war früh aufstehen. Und sie wohnten in derselben Straße. Er stieg in sein Auto und fuhr zum Sender, sie stieg auf ihr Fahrrad und fuhr zur Konditorei. Sie hielt nichts vom Radiohören, sie duldete das Geschwätz am Morgen, weil ein Kollege das Radio anmachte. Sie war in Gedanken und knetete Marzipan. Er faselte irgendetwas Unwichtiges.

Über ein Jahr fuhren sie morgens aneinander vorbei. Ihr Wecker klingelte exakt zur selben Zeit wie seiner. Während er schon im Bad war, schälte sie sich erst aus dem Bett, während er frühstückte, stand sie vor dem Spiegel und putzte langsam ihre weißen Zähne. Sie frühstückte in der Konditorei. Die Minuten nach dem Läuten des Weckers waren ihr Gold wert. Sie drehte sich um im Bett, schlug auf den Alarmknopf und zog die Decke über den Kopf. Er sprang aus dem Bett direkt in die Dusche, unter kaltes Wasser. Sonst wache ich nicht auf, sagte er. Meistens war es vier Uhr neunundzwanzig, als er auf die

Straße kam. Der Nachbar, der jeden Tag um diese Zeit mit seinem Hund die Straße entlangging, sah zuerst ihn, wie er in sein Auto stieg, und kurze Zeit später sie, wie sie ihr Fahrrad von der Laterne kettete und an ihm vorbeifuhr. Manchmal bellte der Hund. Ludwig drehte sich um, Anna erschrak. Der Nachbar beruhigte den Hund. Ludwig fuhr davon. Anna winkte dem Nachbarn zu. Der Hund zerrte an der Leine, weil er hinter dem Fahrrad herwollte. Dann war es wieder still in der Straße. Nur der Hund und der Nachbar.

Ludwig war im Sender und Anna in der Konditorei. Danach noch der Rest vom Tag und schlafen am frühen Abend. Er hatte keine Frau und sie keinen Mann, ein paar Freunde ab und zu und ein wenig Sport für den Ausgleich. Ich muss morgen früh raus, haben sie beide gesagt, und dann war Nacht. Sieben Häuser waren zwischen ihnen.

Sie wohnte im Haus ihrer Großmutter. Er hatte sich verschuldet und einen Dachboden gekauft, ihn umgebaut und teuer eingerichtet. Eine herrliche Wohnung, hat sie immer gesagt. Später, als sie sich kannten und zusammen wohnten. Es ist schön, dass du Geld hast, hat sie gesagt. Und er hat nichts geantwortet.

Sie ist in der Badewanne gelegen und er hat ihr Sekt gebracht, mit ihr angestoßen und die Gläser mit der Haut und den Armen und den Beinen im Wasser versenkt. Stundenlang sind sie in der Wanne gelegen, haben kaltes Wasser abgelassen und warmes nachgefüllt. Sie haben sich geküsst und gewaschen. Sie haben sich tagelang berührt nach der Arbeit, in der Wanne, im Bett, im Park, überall und immer. Bis zum Abend.

Dann war die Vernunft da. Wir müssen schlafen, Ludwig.

Ist gut, Anna. Und sie haben sich gehalten und geschlafen, weil beide wussten, wie früh es an einem Tag sein konnte, wie müde der Tag sein konnte am Morgen, wie schwer die Haut war und die Stimme im Sender und die Hände unter dem Mehl.

Gute Nacht, Ludwig.

Gute Nacht, Anna.

Wenn der Nachbar nicht umgefallen wäre, hätten sie sich nicht kennen gelernt. Er ist mit dem Hund vor das Haus auf die Straße und hatte einen Herzinfarkt.

Er ist gestürzt und tot liegen geblieben, um vier Uhr siebenundzwanzig. Um vier Uhr neunundzwanzig hat der Hund so laut gebellt, dass Anna stehen blieb, sich umdrehte und den Nachbarn am Boden liegen sah. Der Hund um ihn herum, aufgeregt, laut bellend, hysterisch fast. Ludwig hatte es auch gehört, im Rückspiegel hat er den Körper auf der Straße gesehen und Anna mit dem Hund. Er hat überlegt und ist rückwärts gefahren. Er würde heute später in den Sender kommen. Ein Mann lag auf der Straße, er musste ihm helfen. Der Hund bellte, als Ludwig den Nachbarn berühren wollte, um zu sehen, ob er noch atmete. Beinahe hätte der Hund ihn gebissen. Wenn nicht Anna ihn beruhigt und ihn in den Arm genommen hätte. Sie hat auf ihn eingeredet, so lange mit ihm gesprochen, bis er ruhig war. Direkt in sein Ohr hinein. Sie spürte das Fell in ihrem Gesicht, sie fuhr mit ihren Fingern quer über seinen traurigen Körper. Daneben versuchte der fremde Mann mit den kurzen Haaren, dem Toten Mann auf der Straße zu helfen. Vergeblich. Ludwig zerrte an ihm, schrie auf ihn ein, schüttelte ihn. Aber er rührte sich nicht mehr.

Der Hund winselte nur noch. Anna hielt ihn fest unter ihrem Arm. Sein Kopf blieb irgendwann ruhig in ihrer Achsel liegen. Er rührte sich nicht mehr, spürte nur noch Annas Hand in seinem Fell. Zwischendurch winselte er, wollte sich losreißen, aber Anna hielt ihn fest, drückte sich an ihn, flüsterte in ihn hinein.

Bleib ruhig, ich bin jetzt für dich da, alles wird gut. Der Hund hieß Ron. Ron ist ein Jahr später unter einem Auto gestorben. Anna sagte, er wollte dorthin, wo sein Herrchen war. Öfters war er plötzlich auf die Straße gesprungen und nur knapp konnten erschrockene Autofahrer ihm ausweichen.

Er will sich umbringen, hat Anna immer gesagt, er will tatsächlich Selbstmord begehen, Ludwig, er will zu seinem Herrchen. Er ist nicht glücklich.

Unsinn, sagte Ludwig. Das ist ein Hund, Anna. Gib ihm zu fressen und er ist glücklich.

Doch Anna war überzeugt. Rons Unfall war kein Unfall. Er setzte sich an den Straßenrand, er wartete an der leeren Straße, bis der Müllwagen kam. Dann sprang er mitten auf die Fahrbahn. Dann war er auch tot.

Anna hatte alles aus der Ferne beobachtet. Sie konnte nichts mehr tun, ihre Beine waren zu langsam. Sie hat Ron zurück zum Haus getragen und ihn im Vorgarten begraben.

Das kannst du nicht machen, hat Ludwig gesagt.

Natürlich kann ich, hat Anna gesagt und die Schaufel traurig in die Erde gestochen.

Das war ein Jahr, nachdem sie sich kennen gelernt hatten. Nachdem der Krankenwagen den Nachbarn damals von der Straße gebracht hatte, ist sie mit Ludwig in ein Café. Lass uns frühstücken, hat sie gesagt, und er ist einfach mitgegangen, hat zum ersten Mal in seiner Radiokarriere die Morgensendung nicht moderiert. Er hat nicht einmal angerufen beim Sender. Das Bild des toten Mannes in seinem Arm blockierte ihn, sein Leben war durcheinander geraten an diesem Morgen. Auch Anna hat nicht angerufen in der Konditorei. Sie sind in ein Frühstückscafé, an dem Ludwig jeden Morgen vorbeifuhr. Anna kettete ihr Rad an eine Laterne und stieg in Ludwigs Auto. Vier Stunden sind sie in dem Café gesessen, dann sind sie zu Ludwig nach Hause. Es war alles sehr verrückt an diesem Morgen. Zuerst der tote Nachbar, die Arbeit, auf die sie beide verzichteten, und dann Ludwigs Bett, in das sie sich beide verkrochen.

Sie hatten sich sofort gemocht, nach einer Stunde schon hatten sie sich die Hände gehalten. Sie brauchten sich an diesem Morgen, sie brauchten die Nähe des anderen, sie wollten beide nicht allein sein an diesem Tag.

Und auch die nächsten zwei Jahre nicht. Sie haben sich berührt und nicht mehr losgelassen. Es war wie eine Sommerliebe, die nicht aufhört. Es gab keinen Herbst mehr und keinen Winter.

Bis das mit dem Schluckauf begann.

Ab da kam der Sommer nie wieder. Es hat einfach angefangen und nicht mehr aufgehört. Er bekam Schluckauf. Und wurde ihn nicht mehr los. Als Anna eines Tages von der Arbeit nach Hause kam, hatte er ihn. Er stand im Wohnzimmer, vornübergebeugt mit einem Glas Wasser in der Hand, das er von hinten zwischen seinen Beinen durchstreckte, es an seinen Mund führte und trank.

Anna musste lachen. Was machst du. Ich habe Schluckauf, sagte er und verrenkte sich weiter. Wenn man Wasser auf dem Kopf stehend zu sich nimmt, geht er weg, das habe ich in einer Zeitschrift gesehen.

Aber er ging nicht weg. Anna schaute ihm zu, wie er alles Mögliche versuchte, wie er sich auf den Kopf stellte, an die Wand gelehnt, sein Kopf auf einem Kissen, wie er versuchte, das Wasser in seinen Mund zu leeren, wie es seinen Lippen entlang hinunter über die Nase in seine Haare hineinrann.

Wie lange hast du ihn schon, fragte Anna.

Seit drei Stunden, sagte Ludwig. Es hat während der Sendung angefangen und es hört nicht auf. Das ist nicht normal, Anna, das ist absolut nicht normal, das war noch nie so. Anna stand in der Tür und beobachtete das Schauspiel. Ludwig kopfstehend mit einem Glas Wasser an seinen Lippen, und alle fünfzehn Sekunden dieser Ton aus seinem Mund. Wenn es beim Ausatmen passierte, war es fast lautlos, nur ein kleines Schütteln ging durch seinen Körper. Beim Einatmen aber war es wie ein Erdbeben, das durch ihn hindurchging. Ludwigs Schluckauf war immer schon Grund für großes Staunen gewesen.

Ludwig stand Kopf. Anna ging zu ihm hin und streichelte ihm über seine Beine. Das wird schon wieder, Ludwig. Konzentrier dich auf etwas anderes, denk einfach nicht mehr daran. Ludwig stöhnte.

Wie soll ich das machen, Anna, und während er Anna sagte, bebte sein Körper erneut. Das ist nicht normal, Anna, so lange hatte ich das noch nie, Anna.

Am Abend hatte er ihn immer noch. Am nächsten Morgen auch. Er fuhr zum Sender und betete, dass es aufhörte. Er probte seine Ansage und fluchte, weil es ihm nicht gelang, eine Moderation ohne Beben zu Ende zu sprechen. Er rief Anna an. Sie stand über ihrem Gebäck und hörte ihren verzweifelten Ludwig, sie spürte seine Angst und die Wut und die aufsteigende Verzweiflung. Wie soll ich arbeiten, Anna, wie soll ich diese Sendung moderieren, Anna, ich kann keine halbe Minute ohne Unterbrechung sprechen, es hört nicht auf, Anna. Es hört nicht auf.

Anna versuchte ihn zu beruhigen, sie redete auf ihn ein, machte ihm Mut, versuchte ihm die Angst zu nehmen. Aber vergeblich. Ludwig verließ den Sender nach einer Stunde und kam nicht mehr zurück. Er brach die Sendung nach vierzig Minuten ab, eine Kollegin übernahm die Moderation. Für immer.

Ludwigs Morgensendung wurde gestrichen. Nach dreimonatigem Wohlwollen seitens des Senders wurde Ludwig gekündigt. Es tut uns Leid, Ludwig.

Er saß da, es schüttelte ihn ununterbrochen, er war unrasiert, seine Haare waren fettig, er roch aus dem

Mund, er war jetzt arbeitslos, er konnte nicht mehr schlafen, er ertrug das Leben nicht mehr.

Er lag wach neben Anna und schaute sie an, wie schön sie war, wie makellos, wie wunderbar nackt sie schlief. Ludwig veränderte sich. Anna konnte nichts dagegen tun. Der Schluckauf machte einen anderen Menschen aus ihm. Er brachte den Winter, für immer.

Anna wollte bei ihm bleiben, Anna wollte ihm helfen, Anna tat alles, was sie konnte. Aber Ludwig wandte sich von ihr ab. Er begann, sie unerträglich zu finden, er begann, sie zu hassen, weil ihr Leben funktionierte, weil sie ihm zeigte, wie kaputt er war. Er redete nicht mehr mit ihr. Er ignorierte sie. Er begann sie mit kleinen Bosheiten zu verletzen. Er verkam neben ihr. Er war dreckig und ekelhaft, er kultivierte seine Krankheit, er tobte in Selbstmitleid. Er hörte auf, sich zu lieben.

Er lag nur noch herum und hörte zu, wie das widerliche Geräusch aus seinem Mund kam. Alle dreißig Sekunden. Er verließ das Haus nicht mehr, traf keine Freunde, sprach mit niemandem mehr. Das war vor zweieinhalb Jahren.

Und dann begann er, Anna zu schlagen.

Zuerst Schläge ins Gesicht, dann auf ihren Leib. Doch er war nicht zufrieden, er wollte sie entstellen, er wollte ihr perfektes Leben kaputt machen, er wollte, dass sie litt, damit sie sein Leiden verstand. Er begann sie zu verbrennen. Er drückte Zigaretten in ihre Haut und machte Löcher in sie hinein. Kleine Löcher für immer. Er quälte sie. Er misshandelte sie. Doch sie blieb. Er machte sie kaputt. Weil er kaputt war.

Es überraschte ihn, wie lange Anna es ertrug, wie geduldig sie alles hinnahm, wie liebevoll sie trotz allem noch war, wie lange es dauerte, bis ihre Wut Formen annahm und die Angst vor seinen Verletzungen verdrängte. Wie lange es dauerte. Bis sie die Kraft fand zu gehen. Sie hat Ludwig über eineinhalb Jahre ertragen. Seinen Schluckauf. Den Geruch in seinen Achseln.

Seinen Schwanz in sich, obwohl sie ihn nicht wollte.

Seine Hände um ihren Hals. Seine Zigaretten in ihrer Haut. Sie ist immer wieder zurück zu ihm, sie hat immer wieder gehofft, dass er aufhörte, dass der Sommer wieder kam. Aber er kam nicht.

Erst als sie kaum noch atmen konnte, als der Schmerz so groß war, als sie längst begonnen hatte, sich selbst zu hassen, ist sie weg. Unzählige Löcher später.

Sie ist von der Arbeit nicht mehr nach Hause gekommen, sie hat alles an seinem Platz gelassen, die Kleider, die wenigen Möbel, die sie besaß, alles. Nur ihren Reisepass nahm sie mit und eine kleine Tasche mit dem Nötigsten. Sie hatte sie am Vorabend gepackt und draußen in einem Busch versteckt. Sie ist zur Tür, hat sich nicht umgedreht, hat mit letzter Kraft den Türgriff nach unten gedrückt und ist gegangen. Sie wollte weg. Weit weg.

Sie zitterte, als sie die Stufen hinunterging, sie hörte hin, ob er ihr nachging, ob er gemerkt hatte, was sie plante, ob er die Tür aufriss und ihr nachrannte, sie niederschlug und zurück in die Wohnung zog. Sie hatte Angst.

Unendliche Angst in ihren zitternden Fingern, als sie das Radschloss aufsperrte und ihre Tasche aus dem Busch nahm. Er würde sie töten, wenn er sie sah, wenn er wüsste, was sie tat. Er würde sie kaputtmachen. Für immer. Die Angst tat weh. Sie brannte überall auf ihrer Haut. So oft schon war sie wieder zurück in die Wohnung. So oft schon hatte sie ihre Tasche wieder ausgepackt. So oft hatte sie sich wieder neben ihn gelegt und davon geträumt, ihn zu töten. Ihm seine Arme abzuschneiden, seine Beine. Und auch sonst alles.

Doch sie ging nicht zurück an diesem Tag. Sie ging aus der Stadt, aus seiner Wohnung, aus seinem Leben. Weit weg von ihm.

Das war vor einem Jahr.

Sie ging nach Frankfurt und nahm sich ein Zimmer.

Das billigste in Frankfurt. Geld hatte sie nicht.

Sie stand auf der Straße und erinnerte sich, wie sie hier angekommen war. Sie hat ihn nicht wiedergesehen, er hat sie nicht gefunden. Sie begann zu zeichnen und ihn Stück für Stück zu zerschneiden, ihn langsam aus sich herauszuschneiden. Die Angst vor ihm, die Liebe zu ihm. Sie hat sich freigezeichnet. Mit jedem Bild ein Stück weiter weg von ihm.

Es war kurz nach zehn. Gestern.

Sie hat das Bild an die Wand geklebt und ist nach draußen. Sie ging zur Busstation. Die Clubbingkirche war nur vier Stationen entfernt. Sie würde jetzt Ben treffen. Sie war sich immer noch nicht sicher. Aber sie ging hin. Irgendwie erinnerte sie Ben an Ludwig. Seine fettigen Haare vielleicht. Sie würde ihn kurz sehen und dann zurück in ihr Zimmer gehen, sie würde sich auf nichts einlassen, sie würde ihm sagen, dass es vorbei war, dass sie alleine sein wollte, dass sie keinen Mann brauchte, dass er sie nie wieder anrufen sollte.

Sie war sich plötzlich ganz sicher.

Dann stieg sie in den Bus.

Olivier und Herta verließen München. Mosca saß mit Onni in Mings Auto. Ben war auf der Autobahn.

Das war gestern kurz nach zehn.

16.

Ming beobachtete die Männer auf dem Rücksitz.

Die beiden waren so verschieden. Der eine eine Gazelle, der andere ein Frosch, eine hässliche, hagere Kröte. Aber sie saßen nebeneinander. Die Kröte hatte ihren Kopf an die Schulter der Gazelle gelehnt. Danke, Mosca, sagte sie. Wieder und wieder. Lass es gut sein, sagte die Gazelle.

Ming sah den Scheck in Onnis Hand. Er würde bald ihr gehören, sie würde sich dieses Geld holen, koste es, was es wolle. Sie würde aufhören, für den Türken zu arbeiten, sie würde sich Europa ansehen, sie würde verreisen.

In dieser Nacht noch. Ming wusste nicht, wie sie es anstellen sollte, aber ihr Plan war besiegelt. So etwas konnte kein Zufall sein. Sie hatten sie beinahe darum gebeten, bestohlen zu werden. Der eine trug das Geld wie eine goldene Laterne vor sich her und dem anderen schien es nicht zu fehlen.

Ming fuhr über die Autobahn. Sie redete nicht, schaute nur ab und zu in den Rückspiegel. In zwanzig Minuten würde sie hinter dem Tresen stehen und Würste verkaufen, wie jeden Abend. Sie würde in ihre weiße Schürze kriechen und fettige Würste auf Kartonteller legen. Ali würde ihr auf den Arsch starren und sie antreiben, wie jeden Abend.

Ali war der Sohn des alten Türken. Mit ihm war sie ins Bett gegangen, durch ihn hatte sie den Job bekommen. Such dir eine Türkin, sagte sein Vater, aber Ali wollte sich seine eigene Welt machen.

Wir leben in Deutschland, Vater, das ist nicht die Türkei, Vater, und mit Traditionen ist hier nichts, wenn es rundherum zu deutsch ist.

Ali eröffnete den Stand vor der Kirche, er wollte nicht mehr in der Nähe seines Vaters sein, er wollte sein eigenes Leben haben. Und das mit Ming.

Sie gefiel ihm. Sie war hart genug für sein türkisches Deutschland. Ming kam vier Mal in der Woche nach der Arbeit am Flughafen zu ihm. Du kannst auch wohnen bei mir, Ming. Aber das wollte sie nicht. Sie schlief mit ihm und ging wieder zurück in ihr Zimmer. Sie brauchte das Geld, nicht seinen Schwanz.

Ming verließ die Autobahn und schlängelte sich durchs Zentrum. Die beiden Männer hinter ihr sprachen nicht, sie starrten nur geradeaus, am Rückspiegel vorbei, in die Welt. Ihre Gesichter waren so, als würden sie ununterbrochen denken, als würden in diesem Auto noch ganz andere Pläne geschmiedet als ihr eigener.

Die Gazelle und die Kröte. Warum sind sie überhaupt bei mir mitgefahren, normalerweise nimmt sich eine Gazelle ein Taxi. Warum sitzen diese Männer in meinem Auto. Sie sind schwul, das war klar. Sie hatte keine Angst, vergewaltigt zu werden, aber plötzlich fragte sie sich, warum die beiden freiwillig in ihr schäbiges Auto gestiegen waren. Zwei Männer ohne Gepäck.

Mings und Moscas Blicke kreuzten sich.

Mosca war begeistert von dem harten Gesicht, das durch die fehlenden Haare noch härter war. Er ließ seine Augen auf ihr liegen, auf dem Rückspiegel, in den sie immer wieder schaute. Keiner sagte etwas. Das chinesische Gesicht war wie ein Gemälde. Mosca gefiel es.

Er hatte sich nur kurz gewundert über die seltsame Situation, in die er geraten war, dass er in diesem Auto saß mit einem Dänen und einer Chinesin. Er beschloss, nicht darüber nachzudenken. Er beschloss, sich nicht zu wundern und keine Fragen zu stellen in dieser Nacht.

Er genoss es, ohne Kontrolle zu sein, sich treiben zu lassen. Er nahm an, dass das Kokain daran schuld war. Keine Zeile mehr schreiben, sie nur ansehen, am Rande beobachten, spüren, was es machte in ihm, spüren, wie die Welt war in dieser Nacht. Die Welt mit dem chinesischen Gesicht im Rückspiegel.

Ming parkte. Dort ist die Kirche, da ist die Würstchenbude.

Dürfen wir noch sitzen bleiben, fragte Onni. Kurz noch. Ming drehte sich zu ihnen um und schaute verwirrt.

Sie wollen mein Auto, das kann nicht sein, was wollen sie mit meinem Auto.

Wir müssen noch etwas besprechen, in zehn Minuten sind wir bei Ihnen, sagte Onni.

Ming zog den Schlüssel ab und stieg aus.

Lassen Sie sich Zeit, sagte sie.

Mosca schaute Onni an, der wieder begann, die Hose nach unten zu ziehen und das Kokain aus seiner Windel zu holen. Sonst fliegen wir nicht, sagte er. Vertrau mir, Mosca.

Ming drehte sich noch einmal zu ihrem Auto um und überlegte, wie sie der Kröte den Scheck abnehmen konnte. Sie durfte die beiden nicht aus den Augen lassen. Wenn sie zu ihr an die Würstchenbude kommen würden, musste sie handeln. Irgendetwas würde ihr einfallen. Sie würde in dieser Nacht noch verreisen, sie würde auf dieses türkische Deutschland scheißen. Italien vielleicht, dann Deutschland, vielleicht Spanien. Sie steckte ihren Körper in die weiße Schürze,

Ali küsste sie in den Nacken und legte seine Hand auf ihren Hintern.

Schön, dass du da bist, Ming. Ich habe dich vermisst. Wenn ich daran denke, dass du den ganzen Tag mit meinem Vater zusammen bist, werde ich wütend. Er weiß nicht, dass du etwas Besonderes bist.

Ist gut, Ali. Ist genug Brot da.

Ming nahm seine Hand von ihrem Hintern und drehte sich zu einem Kunden. Sie hasste diese aufdringliche Art, sie hasste diese nach Knoblauch stinkende Haut, sie hasste Ali, sie hasste seinen Vater, sie hasste alles hier. Nur das Geld in ihrer Hand war wichtig, diese Münzen, die sie sich immer wieder heimlich in ihre Taschen schob. Am Tag und in der Nacht. Ich werde verreisen, sagte sie sich wieder, und legte eine Wurst neben ein Stück Brot auf einen Pappteller.

Mosca zögerte kurz. Dann kam das weiße Pulver wieder in seinen Kopf hinauf. Es war sofort da. Es kam an, noch bevor er daran denken konnte, was passieren würde. Siebzehn Kohlenstoffatome, einundzwanzig Wasserstoffatome, vier Sauerstoffatome, ein Stickstoffatom. Onni putzte sich die Nase.

Das ist alles ganz harmlos, Mosca. Es macht dich glücklich, das ist alles.

Lass uns gehen, sagte Mosca.

Sie kletterten aus dem Auto. Die Musik kam ihnen in Wellen entgegen. Ich muss etwas essen, sagte Onni.

Sie blieben an der Würstchenbude stehen. Mings Augen leuchteten. Danke fürs Mitnehmen, sagte Mosca, ich gehe schon hinein, lass dir Zeit, Onni.

Die Musik zog ihn durch die große Holztür in die Kirche hinein. Onni blieb stehen und bestellte Wurst. Ming war freundlich, freundlicher als sonst. Sie ignorierte die anderen Gäste und lehnte sich nach vorne. Sie begann sich zu unterhalten mit der Kröte, sie lächelte. Das Harte verschwand aus ihrem Gesicht. Ihre Zukunft hing ab von diesem Moment. Alis Blicke ignorierte sie, auch seine Aufforderung, wieder an die Arbeit zu gehen, sein Klopfen auf ihren Hintern, sein Drängen, seine aufsteigende Eifersucht in ihrem Rücken.

Ming beschloss, stehen zu bleiben, ganz nah bei ihrem Glück. Sie wartete auf ihre Gelegenheit. Sie lächelte, sie drückte dem Dänen Senf auf den Kartonteller, sie stellte ihm ein Bier hin. Sie wollte diesen Scheck in seiner Tasche, sie wollte ihn nehmen und verreisen, sie wollte endlich glücklich sein. Onni aß seine Wurst und genoss das Schwärmen der Chinesin, er gefiel sich und machte es ihr unendlich leicht, ohne dass er davon wusste.

Er suchte in seiner Hosentasche nach Geld. Er spürte Münzen und zwei Scheine und den Scheck, er nahm alles, was er in der Tasche fand, und legte es auf den Tresen. Der Scheck hatte Falten. Er war zerknittert, aber sie erkannte ihn sofort wieder. Sie konnte es nicht glauben. Sie wusste nicht, was passieren würde, sie hatte gedacht, sie müsste den Abend mit der Kröte verbringen, und jetzt lag der Scheck einfach vor ihr.

Es ging alles sehr schnell. Onni wollte nach dem Schein greifen und bezahlen. Seine Hand lag über dem Häufchen aus Geld. Seine Finger hatten den Schein bereits berührt, da kam Mings Hand auf seine.

Nein, lassen Sie, Sie sind eingeladen.

Sie nahm seine Hand, hob sie leicht nach oben, drückte sie und nahm mit der Linken das Häufchen, hob es hoch und drückte es zurück in seine rechte Hand. Den Scheck ließ sie hinter dem Tresen nach unten fallen.

Er blieb neben dem Senftopf liegen. Ming lächelte Onni an, sie presste die Münzen und die Scheine und ein Stück von sich selbst in die dänische Hand hinein. Eine Zeit lang blieben die Hände so. Sie schaute der Kröte während des ganzen Vorgangs in die Augen. Sie holte seine Aufmerksamkeit weg von dem Geld auf sich und sie merkte, wie er es genoss. Ihr Herz pochte. Sie hatte den Scheck unter sich in Griffweite, eine Handbewegung, und sie war reich. Sie ließ seine Hand los.

Stecken Sie das Geld weg. Es ist mir eine Freude, Sie einzuladen. Ihr Lächeln war bewundernswert.

Onni tat das Geld ohne hinzusehen wieder in seine Tasche. Das ist sehr freundlich, sagte er.

Bist du verrückt, sagte Ali. Du sollst das Zeug nicht verschenken. Er zischte es in ihre Schulter hinein.

Ming überlegte. Wenn die Kröte merkt, dass der Scheck fehlt, kommt er zurück. Ali dreht gleich durch, ich muss weg hier. Was soll ich tun. Sie lächelte.

Gern geschehen, sagte sie freundlich und beugte sich noch weiter nach vor, ihr Gesicht berührte den Dänen beinahe, ihr Oberkörper war seinem ganz nahe.

Dann schrie sie los.

Sie Schwein, Sie mieses Schwein, er hat mir auf die Brust gegriffen, Ali, diese Sau hat mir auf die Titten gegriffen, ich wollte doch nur freundlich sein, er hat mir am Flughafen geholfen und jetzt macht er mich an. Ali, hilf mir.

Ming war grandios. Das Lächeln war aus ihrem Gesicht verschwunden, sie atmete schnell, sprach aufgeregt, wütend, gestikulierte, spuckte in Richtung der Kröte. Onni schaute nur.

Es ging sehr schnell. Ali war über den Tresen gesprungen, hatte ihn gepackt und ihn vom Tresen weg nach hinten außer Sichtweite gezogen.

Dort hat er ihn verprügelt. Lange und wütend.

Als er wieder nach vorn kam, war Ming weg.

Ali hat sie gesucht, aber nicht mehr gefunden.

Onni lag hinter der Würstchenbude im Dreck.

Das war um vierzig Minuten nach zehn.

Gestern.

17.

Mosca war verstört.

Zum ersten Mal war er auf einem Clubbing.

Er hatte davon gehört. Er hatte diese Musik immer gehasst. Das hat mit Musik nichts zu tun, das ist Wahnsinn. Und so war es auch.

Er ging durch die große Holztür und war in einem Vorraum, der mit schwarzen Stoffen abgehängt war, er bezahlte, gab seine Jacke einer halbnackten Dame mit Metallringen in der Zunge und folgte der Musik. Der Vorhang ging zur Seite und das Kirchenschiff lag vor ihm. Seit einem Tag tanzten sie hier schon. Ununterbrochen. Achtundvierzig Stunden dauerte der Wahnsinn.

Mosca stand im Lounge-Bereich, überall lagen junge Menschen herum, küssten sich, schauten mit verliebten Augen. Seine Blicke folgten einem jungen Mann mit einer rosaroten Badehaube. Er startete neben ihm und begann zu laufen, er rannte in die tobende Menge hinein und verschwand in ihr. Mosca rührte sich nicht vom Fleck. Er fühlte sich stark und schön, aber er spürte sein Herz. Es hatte begonnen, laut zu pochen, es begann weh zu tun. Die Musik war grausam. Ganz vorne waren große Pulte, auf denen zwei Menschen mit Kopfhörern standen, zweitausend Menschen schauten in ihre Richtung und bewegten sich. Zuerst langsam, dann immer schneller, ein schraubendes Geräusch schoss durch den riesigen Raum und trieb die vielen Puppen wie Aufziehmännchen an. Schweiß. Lärm. Sie begannen, ihre Arme nach oben zu reißen und zu schreien, sie hüpften auf und nieder, ihre Münder waren weit aufgerissen. Sie tanzten. Sie gaben irgendwelche Laute von sich, die man nicht mehr hören konnte. Man sah nur die offenen Münder, Schweiß auf unendlich viel Haut, Puppen, die durch den Raum flogen. Leere Wasserflaschen überall auf dem Boden. Mosca stolperte beinahe. Er ging nach vorn, suchte den Weg zur Toilette, er schaute sich die Menschen an. Er spürte das Stechen in seiner Brust. Es wurde immer lauter. Er hatte diese Herzrhythmusstörungen. Immer schon. Er hatte vergessen, wie es sich anfühlte, aber jetzt war es wieder da neben den schreienden Puppen, den tausenden Händen, die durch die Luft flogen, neben der Musik, der er sich nicht entziehen konnte, weil sie bebte unter ihm. Er spürte das Hämmern in seinen Beinen. Überall in sich. Es war laut. Es ging durch ihn hindurch, es war im ganzen Raum verteilt, jeder Winkel voll von diesem Lärm, von elektronischen Geräuschen, die sich aufdringlich an ihn klebten. Unter seiner Haut pochte sein Herz. Mosca war verwirrt. Was er sah und hörte, was er spürte in seiner Brust, wie sein Tag gewesen war, was alles passiert war, wie er hierhergekommen war, wie das Stechen in seinem Brustkorb immer größer wurde.

Er ging der Wand entlang nach vorne.

Er schlängelte sich durch die tobenden Menschen, berührte unfreiwillig nackte Haut. Es war heiß. Er schwitzte, aber er wollte sich nicht ausziehen, er wollte sein Hemd nicht öffnen. Er wollte das nicht. Er wollte hinaus, zurück auf die Straße. Er wollte weg von dieser Musik, er wollte zurück in seine Wohnung, er wollte die Kontrolle wieder über sein Leben. Er spürte, wie es ihm entglitt, er spürte sein Herz. Er spürte die Wand neben sich, an der er sich entlang zog, er berührte sie, hielt sich fest an ihr. Er wollte umdrehen, zurück zum Ausgang, er wollte hinaus auf die Straße, aber überall diese Menschen, er kam kaum vorwärts. Er drängte sich an verzerrten Gesichtern vorbei, er wehrte die herumfliegenden Arme ab, die ihn beinahe erschlugen. Er konnte sich plötzlich nicht mehr bewegen. Sein Herz raste. Er stand still. Dann ging er in die Knie und blieb an die Wand gelehnt bewusstlos liegen.

Die Musik umspülte ihn. Sie war unter ihm am Boden, an der Wand, in der Luft, die er einatmete, an seiner Haut. Sie war laut. Moscas Kopf lag seitlich auf seinem Nacken, nach hinten an die Wand gelehnt. Sein Mund war offen, seine Beine gekrümmt, ineinander verwoben. Er rührte sich nicht mehr. Um ihn herum tanzten sie.

Eine leere Wasserflasche flog durch die Luft und blieb neben ihm liegen.

Das war um elf.

18.

Ben schaute auf die Uhr.

Er war an der Raststation abgefahren und hatte sich zwischen den LKWs versteckt. Er hatte diesen Traum gehabt, aus dem er hysterisch erwacht war. Das Hupen des LKWs hinter ihm hatte ihn gerettet. Er war dem Tod entronnen. Das zweite Mal an diesem Tag. Er hatte überlebt. Er war aus dem Auto gesprungen, hatte langsam begriffen, was passiert war, und war hinaufgeklettert auf den LKW, er hatte den Kopf durch die Scheibe gesteckt und dem Fahrer hysterisch die Hand geschüttelt. Er hielt sie mit seinen beiden Händen fest.

Ich danke Ihnen, Sie haben mir das Leben gerettet.

Dann ging er zurück in sein Auto und parkte aus.

Der LKW-Fahrer schüttelte ununterbrochen den Kopf und fluchte laut. Ben stieg wieder ein und schaute auf die Uhr. Es war acht Uhr zehn.

Es waren noch fast zwei Stunden bis Frankfurt.

Anna fiel ihm ein. Er würde zu spät kommen. Sie würde nicht warten auf ihn. Er war nass. Er musste sich beeilen. Seine Kleider klebten auf der Haut. Er schaute in den Rückspiegel und griff sich an die Stirn. Er suchte das Loch, das da noch vor wenigen Minuten gewesen war. Er strich sich mit den Fingern über die glatte Haut. Er atmete aus und wieder ein. Langsam. Er hatte nur geträumt. Es gab keine Chinesen in seinem Leben. Keine Elefanten und keine Silberlöffel, die ihn erschlugen. Er hatte nur geträumt. Einen dieser Pillenträume.

Wenn er jetzt losfuhr, würde er es rechtzeitig schaffen. Er wischte sich seine nassen Haare zurecht und fuhr los. Er steckte sich eine Pille in den Mund. Er trank Wasser dazu. Er war es so gewohnt. Es war jetzt notwendig.

Er musste zu Anna.

Mosca und Onni waren auf der Toilette im Flugzeug. Olivier verglich das Bild mit der Abbildung in dem Kunstband. Herta wählte die Nummer des Kritikers. Anna saß in ihrem Zimmer am Boden und zeichnete. Jos Mutter saß am Küchentisch. Ming nahm fünfzig Euro aus der Geldtasche des Türken. Ludwig saß in seiner Wohnung und biss sich auf seine Fingerkuppe. Der Schmerz sollte den Schluckauf vertreiben. Tat er aber nicht.

Ben gab Gas.

Das war kurz nach acht.

Gestern.

19.

Anna stand vor der Kirche.

Hunderte Menschen waren um sie herum.

Sie stand da und suchte Ben. Sie wartete. Er war nicht da. Sie war schön. Fast eine Stunde wartete sie schon. Bei der Würstchenbude schrie eine Frau. Ein Mann wurde verprügelt. Sie hörte ihn schreien. Die Musik kam laut nach draußen. Was wollte sie hier. Warum ging sie nicht einfach wieder zurück zu ihren Bildern. Warum wartete sie auf diesen Mann. Sie stand am Parkplatz, mit verschränkten Armen. Sie grub mit ihren Sandalen Löcher in den Kies. Wo war dieser Taxifahrer. Sie hatte nicht hierherkommen wollen, sie hasste Menschenmassen, sie mochte diese Musik nicht, sie nahm keine Drogen. Das Loch im Kies wurde immer größer. Ich gehe kurz hinein, drehe eine Runde, dann bin ich weg. Dann ging sie. Durch die Holztür.

Mit offenem Mund stand sie da. Es war wie ein riesiges Fitnessstudio. Gruppengymnastik. Der Trainer vorne steuerte die Massen, bewegte ihre Beine und Hände. Alle im selben Tempo. Sie hüpften von oben nach unten und wieder zurück. Anna schlich durch den Raum. Kurz genoss sie die Blicke auf sich, die Küsse, die ihr zuflogen. Dann fand sie sie widerlich. Sie ging der Wand entlang nach vorne. Sie würde Ben hier niemals finden. Sie würde wieder nach draußen gehen und dort kurz auf ihn warten. Nur kurz noch.

Gerade als sie umdrehen wollte, berührte sie Mosca.

Ihr rechtes Bein fand etwas am Boden. Ihre Augen gingen nach unten ins Dunkle. Ein Mann lehnte an der Wand, er bewegte sich nicht. Sie beugte sich zu ihm. Er trug einen Anzug. Der einzige hier, dachte sie.

Lass ihn liegen, er geht dich nichts an.

Sie stand wieder auf und wollte gehen.

Er passt nicht hierher, dachte sie, warum liegt er am Boden. Er ist voll mit Drogen. Das kommt davon.

Sie schaute nach unten. Bestimmt wollte er ein junges Mädchen ficken. Bestimmt ein Arschloch.

Lass ihn liegen, Anna.

Noch einmal beugte sie sich hinunter zu ihm, sie ging ganz nah an sein Gesicht heran. Sie war überrascht.

Es war ein gutes Gesicht. Sie hörte ihn atmen.

Es sind so viele Menschen hier, sollen sie ihm helfen. Vielleicht schläft er nur. Aber warum hier und nicht auf den Sofas. Er ist zusammengebrochen. Kein Wunder bei dieser Musik. Sie konnte sich nicht entscheiden.

Ihm helfen. Ihn berühren, ihn schütteln, auf ihn einreden. Ihm aufhelfen vielleicht. Oder aufstehen und gehen. Vielleicht Ben treffen und sonst nach Hause. Weg hier. Sie schaute in sein Gesicht. Sein Mund war leicht geöffnet, seine Zähne waren weiß wie ihre, seine Haut braun und gepflegt. Sein Anzug teuer. Seine Hände zart, geschnittene Nägel. Ungewöhnlich, dachte sie.

Neben ihr hüpften Beine herum, Wasserflaschen knackten, wurden zertreten, blieben liegen.

Eine Flasche lag zwischen seinen Beinen.

Ich bin doch keine Ärztin. Wie soll ich ihm helfen.

Mir hat auch keiner geholfen. Sie überlegte.

Sie ist nicht weggerannt. Sie hat sich vor ihn gekniet und lange überlegt, bevor sie ihn berührte.

Zuerst an den Schultern und dann mit der Hand im Gesicht. Sie schlug leicht auf seine Wange.

Hallo, hören Sie mich.

Zuerst etwas zaghaft, dann war sie bereit, ihn zu wecken. Egal, wie tief er schlief.

Sie schüttelte ihn. Sie schlug ihn. Dann machte er kurz die Augen auf.

Bringen Sie mich weg hier, bitte, hörte sie ihn sagen.

Sein Mund war ihrem Ohr ganz nah. Er griff nach ihr, hielt sie kurz fest, bevor er wieder nach hinten sank. Ganz leicht hielt er sich an ihrem Arm fest. Anna erschrak kurz, wollte ihn von sich stoßen, wollte ihn schlagen, auf ihn eintreten. Kurz nur. Im ersten Moment, als er sie festhielt. Dann verstand sie seine Berührung, dass er nur ihre Hilfe wollte und nichts sonst.

Trotzdem beobachtete sie seine Hände. Sie sollten sie nicht wieder berühren. Nicht so. Ohne dass sie es wollte. Sie hatte sich entschieden, ihm zu helfen.

Hören Sie mich. Können Sie mich hören. Haben Sie Schmerzen.

Mosca atmete schwer. Bringen Sie mich hier weg.

Er beugte sich nach vorn um aufzustehen, er fühlte einen Schwindel, es drehte sich in ihm.

Helfen Sie mir auf, bitte, alles dreht sich.

Anna nahm den Mann im Anzug und half ihm hoch. Sie legte seinen Arm um ihre Schulter und brachte ihn aus der Kirche. Moscas Herz pochte immer noch laut.

Da war grässliche Musik in ihm, unvertraute Klänge, durch ihn hindurch, dieses Hämmern, und diese Menschen. Und der Boden, der zitterte unter seinen Füßen. Und die Luft, die er fast nicht bekam, weil sie voll von diesem Pochen war.

Machen Sie schnell, bitte, ich muss an die Luft.

Schneller geht nicht.

Anna überlegte kurz, ob sie ihn wieder loslassen sollte.

Sie tat ihr Bestes, dieser Mann wog bestimmt achtzig Kilo und sie trug ihn.

Ich tue, was ich kann, schrie sie. Warum gehen Sie auch hierher, das ist kein guter Ort. Anna war sich jetzt sicher, es war ein Fehler gewesen, hierher zu kommen. Ein junges, hysterisches Paar versperrte ihnen den Weg. Mosca stöhnte.

Anna bereute, dass sie aus dem Haus gegangen war. Er war ihr schwer auf den Schultern. Sie schwitzte. Sein Arm rieb an ihrer Haut. Warum hilft mir keiner. Arschlöcher. Sie schrie es laut. So laut, dass das junge Paar den Weg freimachte. Anna war wütend.

Warum tue ich das. Sollen sie sich gegenseitig erschlagen, sollen sie sich kaputtsaufen und vergiften. Ich brauche keinen von ihnen. Keinen Mann mehr.

Sie zerrte Mosca durch den Vorraum ins Freie. Luft kam in Moscas Lungen. Die Musik wurde leiser.

Sie blieben stehen.

Setzen Sie sich, ich kann nicht mehr.

Mosca saß, an die Kirchenmauer gelehnt. Anna stand da, ihre Hände auf den Knien abgestützt, sie atmete heftig. Ihre Locken fielen nach vorne und verdeckten ihr Gesicht.

Was haben Sie da drin gemacht. Sie sind zwanzig Jahre zu alt für diese Scheiße.

Sie richtete sich wieder auf und nahm die Locken aus dem Gesicht. Sie schaute Mosca an, er atmete lange ein und aus, seine Hand lag auf seinem Herz. Sein Kopf fiel nach hinten an die Wand. Er schaute sie an.

Danke, flüsterte er. Mein Herz. Es ist kaputt manchmal. Mein Kreislauf. Alles hat sich gedreht, ich konnte mich nicht mehr bewegen. Ich heiße Mosca.

Anna musterte ihn. Er war schön. Ein eleganter Mensch mit Manschettenknöpfen. Alles war an der richtigen Stelle. Er schaute ungefährlich aus, er strahlte freundlich, gelassen, er würde ihr nichts tun. Sie setzte sich neben ihn.

Haben Sie Schmerzen.

Er schüttelte den Kopf.

Nein. Nur mein Kreislauf. Ich fühle mich schwach. Bitte bleiben Sie kurz bei mir. Ich danke Ihnen für Ihre Hilfe. Es ist mir peinlich, dass ich Sie in diese Situation gebracht habe. Ich danke Ihnen.

Jetzt sah er, wie schön sie war.

Hören Sie auf zu reden. Kurz lächelte sie.

Auch ihr Kopf lag jetzt an der Wand. Sie saßen still nebeneinander. Der Taxifahrer war ihr jetzt egal. Alles war ihr egal. Sie saß einfach nur da. Der Fremde im Anzug neben ihr. Sie hatte nichts zu tun. Sie war in Sicherheit. Es fühlte sich schön an neben ihm. Sie hörte ihn atmen. Er schaute nach oben in den Himmel. Er atmete langsam ein und aus. Bestimmt eine halbe Stunde lang. Dann fragte Anna, wo er wohnte.

Sie konnte es zuerst nicht glauben, dass es im selben Gebäude war, in dem sie arbeitete.

Im zweiunddreißigsten Stock, sagte Mosca.

Und ich arbeite oben im Restaurant, vier Mal in der Woche. Es gibt keinen Zufall, sagte sie.

Es hat nie einen gegeben.

Ich bringe Sie hin, sagte Anna.

Es geht schon, sagte Mosca, ich nehme ein Taxi.

Aber ich begleite Sie. Ich habe das so entschieden. Mosca schaute sie an und wusste, dass es sinnlos war, ihr zu widersprechen.

Und er war froh darüber.

Das war kurz vor Mitternacht.

Vor neun Stunden.

20.

Ben war kurz nach halb elf am Parkplatz.

Er war zu spät, aber er würde sie finden, sie würde auf ihn warten. Er fühlte sich besser. Er hatte das erste Mal seit vier Tagen richtig geschlafen. Er hatte weniger als eine Stunde für hundertsiebzig Kilometer gebraucht, aber er musste sich noch waschen. Der Schweiß des Tages klebte an ihm. Er konnte sich riechen. Die Angst unter seinen Armen. Er parkte etwas abseits und ging zu den Toiletten an der Rückseite der Kirche. Er würde sich waschen und anschließend Anna in die Arme nehmen, er würde sein Hemd wechseln. Er stand vor dem Spiegel. Er schaute in sein Gesicht. Es war müde. Er zog sich aus und wusch sich. Er schlug sich Wasser auf seinen Oberkörper und rieb es in seine Haut. Seine Haare machte er nass und band sie nach hinten.

Wenn sie es unbedingt will, dann soll sie es haben.

Er sprach mit sich selbst, als Onni hereinkam.

Wenn du dich wäschst, darfst du mich bumsen. Wenn du den Mund aufmachst, ist es vorbei. Wenn du weiterfragst, musst du gehen.

Diese dumme Sau, sagte er in den Spiegel hinein.

Sein Gesicht war eine Grimasse.

Onni blutete aus der Nase. Eine Schramme war in seinem Gesicht, Blut auf seinem Hemd.

Scheißtürke, sagte er.

Ben putzte sich die Zähne. Aus den Augenwinkeln beobachtete er den dünnen Mann. Blutiges Wasser rann in den Abfluss. Onni spuckte. Er versuchte, sein Hemd sauber zu machen. Er rieb das Blut noch tiefer in den Stoff.

Das geht so nicht, du musst es ausziehen und einweichen. Aber ohne Waschmittel hast du bei Blut keine Chance.

Onni zog sein Hemd aus. Jetzt standen zwei halbnackte Männer vor dem Spiegel. Onni hielt das blutige Hemd in der Hand.

Du musst es kurz liegen lassen, gib Seife dazu.

Onni tat es. Er schaute sich im Spiegel an, sein Gesicht war wund an der linken Seite, seine Nase tropfte immer noch. Dann zuckte er.

Plötzlich durchfuhr es ihn. Er riss seine Hände nach unten und steckte sie in die Hosentaschen. Er wühlte in ihnen herum und zog einen Schein heraus, ein paar Münzen. Aber sonst nichts. Onni wurde panisch. Noch einmal griff er tief in seine Taschen, vorne, hinten, aber er war nicht da. Nur ein zerknüllter Fünfzigeuroschein. Sonst nichts. Onni schlug seine Hand in das Becken. Das blutige Wasser spritzte.

Was ist denn jetzt los, sagte Ben, lass das Blut in deinem Becken.

Nein nein nein, schrie Onni und schlug ins Wasser. Zuerst mit der linken Hand und dann mit der rechten. Oft hintereinander. Dazu fluchte er auf Dänisch. Ben wich zurück und beobachtete den Irren. Mindestens zwei Minuten ging das so. Dann wurde die dänische Stimme leiser und die Hände blieben im Wasser liegen.

Onni war auf seine Knie gegangen, er hatte den Kopf auf den Rand des Porzellanbeckens gelegt. So blieb er. Er war ganz still. Er spürte den Urin in seiner Windel. Langsam kamen wieder Tränen aus seinen Augen.

Sie rannen über die Wangen nach unten auf den Beckenrand. Dann in das blutige Wasser.

Ben ging wieder nach vorn zum Spiegel, er schaute in seinen Mund, mit den Fingern rieb er an den Zähnen herum. Sein Tag war schlimm genug gewesen. Er ließ den Dänen weinen. Verstohlen schaute er ihm zu dabei, den Finger im Mund. Die Tränen waren echt. Fast tat er ihm Leid.

Du kannst mein verschwitztes Hemd haben, wenn du willst.

Onni sagte nichts, weinte nur.

Ben machte sich fertig und ging. Er drehte sich nicht mehr um. Er würde jetzt Anna treffen. Sein Hemd ließ er liegen. Dann ging die Tür zu. Onni war allein.

Er blieb noch kurz am Boden knien.

Dann stand er auf und zog sich das Hemd an. Er wischte sich die Augen sauber, nahm eine frische Windel aus seiner Tasche und zog die Hose nach unten. Vorsichtig löste er das Kokain und legte es auf den Waschbeckenrand. Er klebte sich die neue Windel an die Haut und zog sich die Hose wieder nach oben. Er stopfte sich zwei große Linien Kokain in seinen Kopf und verschwand in der Menge.

Im Waschbecken lagen ein blutiges Hemd und eine Windel.

Die ganze Nacht lang.

Ben ging zurück zum Auto.

Er wollte das Dach schließen. Den dürren Mann auf der Toilette hatte er bereits vergessen. Diese kaputten Tränen am Waschbeckenrand.

Es sollte regnen in dieser Nacht. Er setzte sich und drückte den Knopf. Das Dach kam langsam von hinten nach vorne. Ben liebte dieses Geräusch, wenn es einrastete, wenn die Scheiben nach oben gingen und alles verschlossen war. Nichts konnte passieren. Er schaute noch einmal in den Rückspiegel, riss sich vier Haare aus der Nase und schob sich eine Tablette in den Mund.

Jetzt konnte gar nichts mehr passieren.

Da ging die Beifahrertür auf.

Ming hatte sie aufgerissen, hinter sich zugeschlagen und geschrien.

Fahr los. Gib Gas. Fahr endlich los. Auf was wartest du. Starte den Scheißwagen. Fahr endlich. Schnell, verdammt. Fahr endlich los. Fahr los. Jetzt komm schon, du Arschloch.

Ben hatte den Türgriff bereits in der Hand, er wollte aussteigen in diesem Moment, den Wagen absperren und Anna auf dem Parkplatz treffen, sie umarmen, mit ihr tanzen und ihr anschließend seinen Schwanz in die Möse schieben. Er fühlte sich großartig. Die Nacht gehörte ihm. Nichts konnte ihm passieren. Da kam Ming. Er schaute nach rechts und sah diese kurzgeschorene Chinesin auf seinem Beifahrersitz, wie sie ihren Mund offen hatte und ihn anschrie. Er sah, wie er aufging und zu, wie er rasend schnell auf- und zuging, wie die Zunge im Mund herumschlug. Ben war wie erstarrt.

Das konnte nicht sein. Er hatte an diesem Tag bereits bezahlt für seine Sünden. Zwei Träume waren ihm genug. Und er war doch wach, das konnte nicht sein. Oder war er wieder eingeschlafen. War er gar nicht auf dieser Toilette gewesen. War da gar kein Mann mit blutiger Nase. War es schon wieder ein Traum. Er wollte diesen Traum nicht, gar keinen mehr, seine Augen nie wieder zumachen, nicht mehr schlafen, nicht mehr träumen, nie wieder. Nicht diesen Traum, nicht jetzt. Vielleicht war es die Tochter von dem kaputten Chinesen, weil der keine Zeit hatte, sie wollten ihn fertig machen, dieses Chinesenpack, diese Schweine, diese schlitzäugigen Schweine.

Bens Gedanken flogen wild durcheinander. Ming schrie. Eine Minute lang hat er sie nur angestarrt. Dann hat er sich geschlagen. Er hat seine rechte Hand nach oben genommen und sie sich wild ins Gesicht geschlagen.

Wach auf, das kann nicht sein.

Und noch einmal kam die Hand in sein Gesicht.

Spinnst du, schoss es aus Ming heraus. Du sollst losfahren und dich nicht verprügeln. Ich glaube das nicht, fahr endlich.

Ben begann zu zweifeln. Nachdem er noch einmal zugeschlagen hatte und die Chinesin immer noch neben ihm saß, atmete er auf, er wurde sich immer sicherer, dass es kein Traum war. Dass sie wirklich in sein Auto gesprungen war und ihn anschrie. Er hörte sie laut und deutlich.

Fahr los, du Vollidiot. Warum schlägst du dich. Ich brauche doch nur ein Taxi, ich muss weg hier.

Ich bin nicht frei, kam es langsam aus Ben heraus.

Er war sich noch nicht hundertprozentig sicher, ob ihm nicht doch noch Gewalt angetan werden würde, aber er sagte, was er sich dachte. Ich bin nicht frei.

Ich habe Geld, ich bezahle, was du willst, aber fahr. Bitte. Mings Stimme war jetzt leiser, aber sie war immer noch getrieben, unruhig, außer sich.

Sie war zu ihrem Wagen gerannt.

Ali hatte die Kröte gepackt und hinter die Würstchenbude geschoben. Sie hat sich ihre Schürze vom Leib gerissen, den Scheck genommen und sich leise davongeschlichen. Nach zehn Metern ist sie gerannt. Ihr Auto war offen, sie hat sich gesetzt, die Tür zugeschlagen und wollte starten. Nichts rührte sich. Sie schob den Schlüssel ins Zündschloss, drehte ihn, aber nichts passierte. Sie war aufgeregt, sie hatte Angst, sie war jetzt auf der Flucht, sie war glücklich, sie hatte den Scheck in ihrer Tasche. Nichts rührte sich. Auf dem Weg zum Auto hatte sie die Summe noch einmal gesehen. Sie war jetzt im Himmel.

Sie musste so schnell wie möglich weg hier. Sie musste weg von hier, dann konnte ihr nichts mehr passieren. Sie wusste von nichts. Sie wusste nichts von einem Scheck. Sie musste jetzt weg hier. Das Auto rührte sich nicht.

Sie bettelte, flehte, schlug mit der Hand auf das Armaturenbrett, streichelte es, schlug es wieder.

Dann war er da. Das Auto sprang an, der Motor war wie immer. Sie musste lachen. Gehetzt zwar, aber sie lachte und parkte aus. Sechsundzwanzig Meter fuhr sie, dann schlug sie wieder auf das Armaturenbrett ein. Das Auto blieb kurz vor der Ausfahrt stehen. Jeder konnte es sehen. Sie war wie eine Leuchtreklame, auf der stand, hier ist dein Geld, du Kröte.

Sie atmete heftig, überlegte, versuchte wieder und wieder, den Motor zu starten. Nichts. Sie machte das Licht aus und lehnte sich weit zurück. Sie griff mit ihrer Hand in die Tasche und fühlte den Scheck, sie überlegte. Wohin sollte sie. Wie sollte sie von hier weg.

Ali würde sie suchen. Die Kröte würde sie suchen. Sie würden gleich da sein. Der Dünne würde durchdrehen. Und Ali auch. Sie wollte beide nie wieder sehen. Das Auto sprang nicht an. Sie war auf diesem Scheißparkplatz. Kein Taxi. Doch, eines. Aber kein Fahrer im Wagen. Sie fluchte. Sie kaute an ihren Nägeln herum. Schaute gehetzt in alle Richtungen. Sie wartete. Saß zusammengekrümmt im Wagen und überlegte. Keiner hinter ihr. Sie würde in dieser Nacht noch verreisen. Sie hatte jetzt Geld. Viel Geld. Aber sie musste hier weg. Sofort. Irgendwie. Und dann kam Ben.

Der Taxifahrer ging zu seinem Wagen. Er setzte sich. Ming sprang aus ihrem kaputten Auto, rannte und riss die Tür auf. Fahr los. Gib Gas. Fahr endlich los. Auf was wartest du. Starte deinen Scheißwagen.

Das war eine Stunde und vier Minuten vor Mitternacht.

21.

Olivier machte die Augen auf.

Das war vor vier Stunden in dem Bus. Hertas Arm lag auf seinem Bauch, ihre Schenkel auf seinen. Ihr Bauch klebte an seiner Seite, sie atmete, ruhig und gleichmäßig. Olivier schob vorsichtig ihre Hand von sich weg und richtete sich auf, ohne sie zu wecken. Benommen saß er im Bett und schaute hinunter auf die dicke Frau, die neben ihm lag, mit der er eben etwas erlebt hatte, von dem er nicht gewusst hatte, dass es möglich war. Er berührte sanft ihren Arm, dann ihre Brust, dann streifte seine Hand langsam über die breiten Falten auf Hertas Bauch. Es waren ungewohnte Bewegungen. Schöne Bewegungen.

Dann schrie er auf.

Herta zuckte, wuchtete ihren Leib nach oben und schlug mit ihren Armen um sich. Die linke Hand traf Olivier am Kopf. Was ist, schrie Herta verwirrt.

Das Bild, schrie Olivier zurück.

Auf der Kommode, wo es gestanden war, sah er nichts mehr. Herta kam langsam zu sich, sie streichelte Olivier über den Kopf. Es tut mir Leid, sagte sie, aber du hast mich erschreckt, wo ist das Bild, was ist passiert.

Sie zog sich das rosarote Laken über die Falten auf ihrem Bauch und schaute zur Kommode.

Ich weiß es nicht, kam es panisch aus Oliviers Mund, ich weiß es nicht, die Italienerin, sie hat es mitgenommen.

Er sprang aus dem Bett und suchte seine Hose zwischen Hertas Haut und den Laken.

Komm, Herta, ich will es zurück. Zieh dich an, schnell, wir brauchen dieses Bild.

Herta zog sich an.

Unschlüssig standen sie in dem Wohnmobil und überlegten. Es war mitten in der Nacht, sie hatten eben zum ersten Mal miteinander geschlafen, das Bild war echt. Sie ist damit verschwunden, das Wohnmobil hat sie geopfert. Mit dem Geld für das Bild kann sie sich fünfzig Wohnmobile kaufen. Sie weiß, dass wir nicht zur Polizei gehen können, dass du das Bild gefunden hast, dass wir keinen Beweis haben. Dass es uns gehört.

Ja, sagte Olivier. Das war unsere Zukunft. Er flüsterte. Herta sagte nichts mehr, sie umarmte ihn und legte ihren Kopf auf seine Schulter.

Es war wunderschön, Olivier.

Ihre Stimme ging direkt in seine Haut hinein, ihre Lippen berührten seinen Hals.

Ja, Herta, aber das Bild, das kann nicht sein, das passt jetzt nicht, Herta, natürlich war es schön, aber das Bild, Herta. Ich verstehe das nicht, Herta. Was sollen wir jetzt tun.

Er umarmte sie. Sie standen umschlungen in dem Wohnmobil und spürten sich, dieses neue Gefühl, das sie verband, die stille Haut des anderen, die Angst, die noch zwischen ihnen war, das Vertraute, das jetzt überall warm war auf ihnen, das sie ausgeschüttet hatten über sich. Sie schwiegen beide.

Da war dieses Bild, und da waren diese Küsse. Diese Berührungen, der Schweiß, der sich vermischt hatte, Hertas Lachen und das von Olivier. Es war still im Wohnmobil. Keiner von beiden wusste, was sie tun sollten. Keiner von beiden wollte aus dieser Umarmung gehen, in der sie sich verfangen hatten.

Wir müssen sie suchen, flüsterte Herta, ich will ein Restaurant mit dir, Olivier, wir brauchen dieses Bild.

Sie löste sich von ihm. Komm jetzt.

Olivier öffnete seine Augen, sie lagen weich im Dunkeln, dann leuchteten sie.

Komm jetzt, sagte Herta wieder.

Ein Restaurant ist eine gute Idee, sagte Olivier.

Wir holen uns jetzt dieses Bild.

Er schaute in Hertas Gesicht. Es war ihm vertraut. Es fühlte sich schön an. Frisch und schön. Dann drückte sie den Türgriff nach unten und ging hinaus auf den Parkplatz. Olivier hinter ihr.

Zuerst sah sie nur den Lichtstrahl, dann erst Mirella.

Sie saß in ihrem Campingsessel mit einer Decke über den Beinen und schlief. Sie hatte das Fernlicht angemacht und das Bild auf einen Sessel in den Lichtstrahl gestellt. Mit ihrem Rücken zum Auto saß sie zwischen den beiden Lichtern, das Bild vor sich. Sie schlief. Ihr Kopf auf ihren Schultern, ihr Mund war offen. Eine schlafende alte Frau. Und vor ihr das Bild. Herta und Olivier standen nebeneinander, atmeten tief ein und aus. Es war noch da. Sie war noch da, das Bild stand vor ihnen auf einem hellblauen Campingsessel. Sie standen Hand in Hand. Herta hatte die von Olivier in ihre genommen und ihn zurückgehalten. Er wollte zu dem Bild, er wollte es von dem Sessel nehmen und rennen, es in den Alfa legen und losfahren. Es im Kofferraum verstecken, es nicht mehr aus den Augen lassen. Aber Herta hielt ihn zurück. Sie drückte seine Hand und sagte ihm durch die Haut, er solle noch warten, sie wolle sich dieses seltsame Bild noch etwas ansehen. Diese alte Frau in ihrem Sessel mit dem Bild vor sich.

Mit all dieser Liebe dazwischen.

Mirella schlief tief. Sie war über drei Stunden wach gesessen und hatte das Bild angeschaut. Sie hat lange geweint und dann das Bild aus dem Wagen geholt. Sie ist dagesessen und hat es angestarrt. Bis sie eingeschlafen ist. Herta löste ihre Hand und ging zu ihr hin.

Nein, weck sie nicht auf, Herta, ich will jetzt hier weg. Herta drehte sich kurz um zu ihm und lächelte ihn an. Dann nahm sie vorsichtig die Decke und wickelte sie um die alten Beine. Sie zog die Decke so weit es ging nach oben und beugte sich hinunter zu dem alten Gesicht. Was machst du, zischte Olivier, bitte lass sie schlafen, Herta, komm jetzt, bitte.

Herta hörte das alte Atmen, berührte die faltige Haut. Sie ging mit ihrem Gesicht ganz nah zu dem von Mirella und drückte ihre Lippen, so sanft sie konnte, auf ihre Wange. Danke, flüsterte sie leise.

Mirella bewegte sich kurz. Einen kleinen Augenblick lang nur. Sie zog die Decke noch höher ins Gesicht, hob kurz ihren Kopf, ließ ihn aber wieder zur Seite fallen und schlief weiter. Herta lächelte und ging zurück zu Olivier. Das Bild, flüsterte er, nimm das Bild mit, Herta.

Er war aufgeregt von einem Fuß auf den anderen gestiegen. Unter keinen Umständen wollte er, dass Mirella aufwachte, dass sie wieder zu dritt waren. Er wollte mit Herta zum Auto und wegfahren, weg von diesem Parkplatz. Er wollte zurück in diese weiche Umarmung, er wollte weiter in Hertas Haut herumstreifen, er wollte nach Frankfurt. Er wollte, dass sich Herta wieder auf ihn setzte, noch tausend Mal. Das Fernlicht haben sie ausgemacht. Mirella saß im Halbdunkel vor ihrem Auto. Olivier und Herta haben das Bild in den Kofferraum des Alfa gelegt und sind langsam und still vom Parkplatz gerollt. Im Rückspiegel saß Mirella. Es war friedlich auf dem Parkplatz. Weil sie da war.

Ich wollte einfach mit dir alleine sein, sagte Olivier mit Blick nach hinten, ich wollte mit dem Bild und dir in Sicherheit. Eine beeindruckende Frau. Gut, dass du sie geküsst hast.

Ich habe es für uns getan, sagte Herta.

Ihre Hand lag auf Oliviers Schenkel.

In eineinhalb Stunden sind wir da, bis dahin können wir überlegen, was wir tun. Ja, ich fahre langsam, Lieber, entspann dich. Die Autobahn gehörte ihnen.

Das war vor dreieinhalb Stunden.

Sechseinhalb Stunden, nachdem Bens Beifahrertür aufgegangen war. Fahr endlich los, hatte die Chinesin geschrien, so lange, bis Ben die Schlüssel umgedreht hatte und losgefahren war. Ich bezahle, was du willst, hatte sie gesagt, aber bitte fahr jetzt. Nachdem sich Ben dreimal geschlagen und fieberhaft versucht hatte, in seinem Kopf Ordnung zu schaffen, war er sich sicher, dass das kein Traum war. Dass wirklich eine kahlgeschorene Chinesin neben ihm saß. Dass es vielleicht besser war, das Geld zu nehmen, als diese hysterische Fotze mit den Locken zu treffen. Dass sie ihn so und anders nicht verdient hatte. Dass er ihre kranken Anweisungen nicht länger ertragen wollte. Dass sie ihn am Arsch lecken konnte. Dass er die Chinesin fahren und ihr Geld nehmen würde. Und sich vielleicht in ihrem Busen verkriechen würde in dieser Nacht. Keine großen Titten zwar, aber spitz und hart. Er war sich sicher. Er startete den Wagen.

Wohin willst du, fragte er.

Weg hier, zuerst einmal nur weg hier, schnell.

Sie hörte Alis wütende Stimme in der Nähe der Würstchenbude. Eine Menschentraube hatte sich gebildet, alle wollten Würste, alle wollten sie gleichzeitig. Ming kannte das. Ali war außer sich. Er konnte sich nicht erklären, wo sie geblieben war, warum sie ihm jetzt davonlief, er hatte ihr geholfen, er hatte den dünnen Ausländer für sie verprügelt, aber jetzt war der Spaß zu Ende. Jetzt war Wurstzeit, das waren die besten zwei Tage im Jahr, während dieses Clubbings würde er über viertausend Würste verkaufen.

Er brauchte Ming. Er schrie nach ihr, laut.

Die ganze Nacht lang.

Aber Ming kam nicht zurück.

Sie saß neben Ben in dem Taxi, sie griff nach dem Scheck in ihrer Tasche und fühlte das Geld, sie spürte die Möglichkeiten, die sie jetzt hatte, in ihrer Hand. Es fühlte sich gut an. Sie lehnte sich tief in die Lederpolsterung hinein und schaute sich die deutschen Häuser an, die an ihr vorbeizogen.

Danke, dass du mich fährst, sagte sie.

Ben hatte einige Male gefragt, wo es hingehen sollte, aber er bekam keine vernünftige Antwort, fahr einfach, hat sie gesagt, ich muss mir das noch überlegen.

Ben schaute immer wieder auf das Taxameter und freute sich über diese chinesische Unvernunft. Das wird eine gute Fahrt, dachte er, ich spüre das. Ich spüre, das wird dauern. Er ließ sie neben sich sitzen und fuhr. Die Tatsache, dass sie Chinesin war, war ihm immer noch etwas unangenehm, aber er fand sich schnell ein in der neuen Situation. Anna war Geschichte.

Wie heißt du, fragte er. Ming, sagte sie.

Sie hatte einen Namen, ihre Haut war glatt und dunkel, sie war barfuß, ihre Sandalen hatte sie abgestreift. Sie nahm ihre Beine hoch und stemmte sie gegen das Armaturenbrett. Stört dich das, fragte sie.

Ben überlegte. Er betrachtete ihre zarten, knochigen Füße, wie sie auf der frisch polierten Plastikarmatur lagen. Eigentlich war es Sünde, es war fast ein Verbrechen. Aber er ließ sie. Ist gut, sagte er.

Dann schaute er wieder auf das Taxameter. Er fuhr zum dritten Mal das linke Mainufer entlang.

Ich muss überlegen, sagte sie. Ich muss zu einer Bank, ich muss einen Scheck einlösen. Und dann will ich weg hier.

Wohin, fragte Ben.

Egal, sagte sie. Frankreich vielleicht. Was kostet es mich, wenn du mich nach Paris bringst.

Sie schaute ihn nicht an, sie sah nur diese hässlichen hohen Häuser, diesen widerlichen Fluss, ein paar Spaziergänger, Boote.

Frankfurt–Paris, was willst du dafür.

Ben gab sich gelassen. Innen tanzte er. Zum zweiten Mal an diesem Tag stand ihm eine außerordentliche Fuhre ins Haus, mehr noch, mit dieser Fahrt konnte er sich eine kurze Auszeit leisten, sich irgendwo an den Strand legen, neues Zeug besorgen. Er überlegte. Er wirkte ruhig.

Ist das dein Ernst, fragte er.

Warum nicht, sagte sie, aber du darfst dich nicht mehr schlagen, das macht mir Angst.

Ach das, ich hatte einen kaputten Tag und ich habe lange nicht richtig geschlafen, ich hatte schlimme Träume, ich schlage mich nicht mehr. Versprochen.

Sie schaute ihn an. Er war schön, er gefiel ihr.

Was für ein süßer Trottel, dachte sie.

Was für ein Tag, dachte er.

Die erste Bank öffnet um sieben oder acht, sagte er, so lange musst du noch warten.

Scheiß Deutschland, sagte sie. Eine Stadt voll von Banken und keine hat geöffnet.

Ming sagte etwas auf Chinesisch.

Was für ein durchgeknalltes Weib, dachte Ben.

Er schaute auf ihre Beine. Gerne hätte er über ihre Schenkel geleckt in diesem Moment, ihre Zehen in seinen Mund genommen. Das Auto am Straßenrand abgestellt und seine Zunge zwischen ihre Beine gesteckt. Du musst so lange warten, sagte er, und ich brauche meinen

Reisepass und ein paar Sachen. Ich fahre dich. Frankfurt–Paris, zweitausend Euro. Er lächelte scheu.

Ist gut, sagte sie. Holen wir deinen Reisepass. Und ich muss etwas schlafen. Fahren wir zu deiner Wohnung. Ming sprach mit einem Selbstverständnis, dass Ben kurzfristig wieder zu zweifeln begann, ob er nicht doch wieder träumte. So gefiel ihm die Welt, schnell und spontan und er in der Hauptrolle.

Ist gut, sagte er, wir holen meine Sachen, du schläfst ein paar Stunden, wir gehen zur Bank und dann fahre ich dich. Ben schob sich heimlich etwas in den Mund. Diese Stadt war großartig in dieser Nacht. Er parkte.

Da wohne ich, sagte er, erwarte dir nicht zu viel, ich bin selten da und ich will ohnehin weg von hier.

Sie gingen durch ein hässliches Treppenhaus in den zweiten Stock. Es roch nach Bratfett, die Lampe im Flur war kaputt. Ming folgte ihm durch eine schwarze Tür in eine kleine, schmuddelige Wohnung.

Hier war sie sicher, hier würde sie Ali nicht finden, hier würde sie die Nacht verbringen. Ben versuchte schnell, ein wenig Ordnung in die Wohnung zurückzubringen, aber der Weg dorthin war zu weit. Ming machte sich neben uralten Zeitungen und einem schmutzigen Teller Platz auf der Couch. Sie beobachtete ihn.

Schön hast du es hier nicht, sagte sie, aber egal, wenn du willst, kannst du mich jetzt ficken.

Ben schaute zu ihr hin mit seinem gierigen Mund.

Was hast du gesagt. Er starrte sie an. Er war sich nicht sicher. Was hatte sie gesagt.

Schön hast du es hier nicht, habe ich gesagt. Ein Drecksloch ist das.

Ming rutschte noch weiter von dem schmutzigen Teller weg.

Hast du sonst nichts gesagt.

Ben starrte sie immer noch mit offenem Mund an.

Nein, sagte Ming, was soll ich da noch sagen, ich will ein paar Stunden schlafen und dann weg von hier.

Ben begann seinen Kopf zu schütteln.

Er versuchte, den Satz wiederzufinden, aber er fand ihn nicht. Sie hatte ihn nie gesagt. Ben stand vor ihr und schüttelte sich, er warf seinen Kopf von links nach rechts, er presste seine Augen zusammen und schleuderte ihn wild herum. Er stand vor ihr und schüttelte sich. Er hatte diese Ringe unter den Augen, er war blass.

Geht es dir nicht gut. Du solltest dich besser hinlegen, wenn du mich fahren willst, sonst wird das nichts.

Sie nahm den Teller, stellte ihn auf den überfüllten Tisch vor sich und deckte sich zu.

Lass mich jetzt schlafen.

Ming drehte ihm den Rücken zu und ließ ihn stehen, ihre Hand steckte in der Tasche und hielt den Scheck. Sie spürte den Taxifahrer in ihrem Rücken, wie er dastand und sie anstarrte. Sie hörte, wie sein Kopf zitterte, sie hörte, wie er ins Nebenzimmer ging und den Fernseher einschaltete. Kurz hörte sie eine Frauenstimme, dann steckte er den Kopfhörer an. Dann schlief sie ein.

Ben versuchte es gar nicht. Wenn er in diesem Zustand war, gelang es ihm nie zu schlafen, all diese Bilder und Stimmen waren in seinem Kopf und kein Schütteln konnte sie vertreiben. Zwei Autorennen später weckte er sie. Er ging ganz nah zu ihrem Gesicht.

Es ist sieben, ich habe gedacht, wir können los. Ich wollte dich eigentlich schon früher wecken. Ich konnte nicht schlafen. Ich habe dich beneidet. Wie selbstverständlich du geschlafen hast. Er flüsterte.

Ming fuhr hoch, sie wusste sofort, wo sie war, sie griff nach dem Scheck. Sie fuhr sich über die fast nackte Haut auf ihrem Kopf. Sie spürte die klebrige Zunge in ihrem Mund. Ali hatte sie nicht gefunden. Der Taxifahrer hatte fettige Haare. Er war unrasiert, er stand vor ihr mit seinem blassen Gesicht, da waren diese blauen Ringe unter seinen Augen. Er wirkte noch genauso verwirrt wie vor Stunden. Er machte einen jämmerlichen Eindruck. Mehr noch. Sie war sich plötzlich unsicher, ob es eine gute Idee war, sich von ihm fahren zu lassen. Sie könnte in einen Zug steigen, aber Ali würde am Bahnsteig auf sie warten, er würde sie an den wenigen Haaren, die sie hatte, zurück in die Würstchenbude ziehen. Er würde auch am Flughafen auf sie warten, er würde überall auf sie warten. Und die Kröte würde auch da sein. Sie würde alles verlieren. Sie würde niemals verreisen. Sie würde bis an ihr Lebensende Würste verkaufen. Sie würde sich von ihm fahren lassen, sie würde in irgendeiner Stadt aussteigen und verschwinden. Sie würde das jetzt tun. Sie würde sich zur Bank fahren lassen und das Geld holen, sie würde mit dem Irren über die Autobahn fahren, dann über die Grenze, dann in ein neues Leben.

Das in Deutschland war nicht gut genug.

Hast du eine Zahnbürste für mich, fragte sie.

Nein, sagte Ben. Fünf Minuten später saßen sie im Auto.

Ben ließ sich von der Zentrale Auskunft geben, welche Bank bereits geöffnet hatte. Er fuhr los.

Das war vor einer Stunde und vierundfünfzig Minuten.

Herta und Olivier fuhren Richtung Zentrum.

Olivier hatte kurz geschlafen. Herta hatte die weißen Streifen auf der Autobahn gezählt. Sie hatte sich an jede Berührung erinnert, die noch vor kurzem auf ihrer Haut gewesen war. Es war alles so neu plötzlich. Eine Tür war jetzt offen. Dieser Mann neben ihr machte es warm unter ihrer Haut. Sie hatte sich verliebt und sie hatte darauf bestanden. Herta war glücklich.

Sie weckte Olivier, als sie von der Autobahn abfuhr, sie legte ihre Hand auf seinen Schenkel und ließ sie dort liegen, bis er die Augen aufmachte.

Wir sind gleich da, flüsterte sie.

Er legte seine Hand auf ihre und drückte sie.

Was sollen wir tun, wenn wir da sind. Wir können nicht einfach zu ihm gehen und fragen, ob das Bild echt ist, und wenn es echt ist wieder gehen. Er wird es zurückhaben wollen. Das wird nicht funktionieren, Herta.

Irgendwie funktioniert das, sagte sie. Vorausgesetzt, er ist überhaupt zu Hause. Das Bild war im Müll, Olivier, du hast es gefunden, also gehört es dir.

So einfach ist das nicht, Herta.

Warum nicht, sagte sie. Wir fahren jetzt dorthin und finden es heraus. Mach dir keine Sorgen, Lieber, heute ist ein guter Tag.

Olivier schaute auf den Tacho.

Herta hielt sich an die Geschwindigkeitsbegrenzung. Ben fuhr zu schnell. Er hat sie nicht gesehen. Er hat nicht auf das Stoppschild geachtet. Herta kam von links. Ben fuhr einfach weiter. Die Straße gehörte ihm, es war seine Stadt, Stoppschilder waren lächerlich, unnötig. Herta sah ihn von rechts kommen, sie beschleunigte. Olivier presste seine Beine in den Teppich. Ben wäre in ihre rechte Seite gefahren, er hätte Olivier verletzt. Er hätte alles kaputtgemacht. Sie stieg aufs Gas.

Ben nahm seine Blicke von Mings Schenkel, dann sah er den Alfa. Er war einfach da. Ben bremste und riss das Lenkrad nach rechts. Dieses Auto war plötzlich einfach vor ihm, nur wenige Meter. Zwei vielleicht. Einer.

Bens Augen waren weit offen. Ming hielt sich fest, sagte nichts. Ben schrie. Die Bremsen quietschten. Er hob seinen Wagen mit dem Lenkrad über den Randstein, ein Ruck ging durch das Auto, durch Ben, durch Ming. Er hielt das Lenkrad fest, mit beiden Händen, kurbelte, drehte, riss daran. Ben spürte, wie der vordere rechte Reifen platzte, er spürte, wie die Wand vor ihm immer näher kam. Er spürte, wie sein Leben aufschlug und zerplatzte auf der grauen Mauer vor ihm. Ming machte die Augen zu, sie schwieg und presste die Zähne zusammen, hielt sich überall fest, wo sie konnte.

Dann prallte der Wagen gegen die Wand.

Ein Knall am Morgen in einer leeren Straße. Dazu laut Hertas Bremsspuren auf dem Asphalt. Sie stoppte den Alfa, sie atmete, schnell und kräftig. Es war nichts passiert. Sie schaute nach hinten. Das andere Auto würde nie mehr irgendwohin fahren.

Ming war unverletzt. Sie machte ihre Augen auf und fühlte Gummi in ihrem Gesicht. Überall waren diese Ballons. Sie sah den Taxifahrer kaum, hörte ihn nur schreien, irgendwelche Laute. Auch er war unverletzt. Er schlug auf den Airbag ein, er versuchte sich loszugurten, er biss in das Plastik. Er wollte, dass es platzte, er wollte hinaus, er wollte sehen, was passiert war. Er fühlte, wie es von unten nach oben kam, wie es in ihm aufstieg, wie eine Stimme sagte, dass es jetzt vorbei war, dass jetzt alles vorbei war.

Nein, schrie Ben, nein, nein, nein.

Herta versuchte ihn zu beruhigen, aber es gelang nicht. Mit Oliviers Hilfe hatte sie die Fahrertür aufgestemmt, und Ben war ausgestiegen. Ming kletterte ihm nach. Sie war wütend, schwieg aber. Ohne einen Kratzer standen sie da und schauten dem Taxifahrer zu, wie er begann, auf sein kaputtes Auto einzuschlagen. Er hörte niemanden. Er antwortete auf keine Fragen. Er schaute sein Auto an und schlug es. Er rannte um den Wagen herum, blieb stehen, schlug ihn und rannte weiter, er war außer sich. Verschwindet, schrie er. Haut ab, lasst mich in Ruhe. Verpisst euch, geht weg, geht weg.

Seine Fäuste knallten auf das zerbeulte Blech, bis sie weh taten.

Was für ein Spinner, dachte Ming.

Sie spuckte in seine Richtung. Dann ging sie.

Aber Sie können doch nicht einfach gehen, sagte Herta. Natürlich kann sie, sagte Olivier. Er drängte.

Wir gehen auch. Es scheint nicht so, dass der Mann unsere Hilfe will. Er zitterte. Er nahm Herta an der Hand und zerrte sanft an ihr. Komm, Herta, wir müssen los. Er hat uns beinahe umgebracht. Das Bild, Herta, wir müssen los, uns ist nichts passiert, keine Schramme, komm jetzt bitte, Herta. Schau ihn dir an, mit dem stimmt etwas nicht, aber das ist nicht unser Problem, Herta. Ich bin so froh, Herta, uns ist nichts passiert, Herta.

Olivier redete schnell und leise. Er hatte eine Träne im Auge und eine zweite kam von innen nach außen. Und noch eine.

Ich habe gedacht, dass wir jetzt sterben, Herta.

Er flüsterte. Er fuhr direkt auf uns zu, ich konnte ihn spüren, so nah war er. Ich will hier weg, Herta.

Sie umarmte ihn. Sie drückte ihn an sich. Er war jetzt ganz still. Er ließ sich halten von ihr. Hinter ihnen schrie Ben und schlug sein Auto.

Ich passe auf dich auf, Lieber, uns passiert nichts, komm. Sie nahm ihn und brachte ihn zurück auf den Beifahrersitz. Sie startete den Wagen und fuhr.

Das war vor einer Stunde und siebenunddreißig Minuten. Ming drehte sich nicht um.

Sie umklammerte den Scheck in ihrer Tasche und ging weiter. Langsam die leere Straße entlang.

Sie hatte gerade überlebt. Sie ging mit ihren Beinen die Straße entlang. Nichts tat weh. Sie war aus dem Sack gekrochen und war ans Ufer geschwommen.

Sie würde weiterleben. An einer Kreuzung blieb sie stehen und schrie laut vor Glück. Sie lachte dazu.

Sie musste jetzt zu einer Bank.

Hinter ihr, irgendwo, schlug Ben sein Auto. Seine Handballen waren aufgeschnitten. Langsam beruhigten sie sich, langsam blieben sie liegen auf dem kalten Blech. Langsam hörten die Worte auf in seinem Mund.

Er setzte sich auf den Rücksitz und rührte sich nicht. Bis die Polizei kam. Er schrie nicht mehr, er schlug nicht mehr. Er tat gar nichts mehr. Passanten standen um das Auto, ein Rettungswagen kam. Zwei Polizisten hoben ihn aus dem Auto. Kurz wollte er sich festhalten am Türgriff, ließ aber los. Er zitterte. Er war müde. Er war sehr müde. Es war sieben Uhr vierunddreißig. Das war vor einer Stunde und sechsundzwanzig Minuten.

22.

Anna half ihm hoch.

Es geht schon, sagte Mosca. Es ist besser jetzt. Mein Herz ist wieder still. Er griff sich auf die Brust, er zupfte sein Hemd zurecht. Er hatte geschwitzt, Schweißränder waren überall, sein Haar war nass, ihm wurde kurz schwindlig, als er aufstand. Er hielt sich an Anna fest.

Ich bringe Sie jetzt ins Bett, sagte sie, egal, was Sie sagen, Sie kommen mit.

Mosca ging mit ihr. Sie trug seinen Arm und ein bisschen von seinem Gewicht auf ihrer Schulter. Er spürte ihr Schlüsselbein, die Knochen unter ihrer Haut. Er genoss es, sich helfen zu lassen.

Ich muss duschen, sagte er, ich will mir den Dreck abwaschen, diese fürchterliche Musik.

Anna lächelte. Sich die Musik abwaschen. Sie sind wohl Dichter oder so etwas.

Anna sagte es ohne Spott, sie war neugierig, was dieser Mann tat, womit er sein Geld verdiente, warum er so gepflegt war. Sie wollte ihn jetzt kennen lernen, sie hatte eine Aufgabe in dieser Nacht. Sie schleppte einen Mann über den Parkplatz, sie half ihm, sie fand ihn sympathisch, sie hatte keine Angst vor ihm, sie musste sich nicht verbergen, sie konnte neben ihm sein, ohne das

Gefühl, rennen zu müssen, irgendwohin. Sie hatte sich entschieden, ihrem Gefühl nachzugeben, etwas Unvernünftiges zu tun, etwas, das gegen ihre Regeln war. Sie beschloss, ihn zu mögen, seine Ausstrahlung, sein feines Innen, das sie durch ein kleines Fenster zu sehen glaubte, Höflichkeit, das Gepflegte an ihm.

Anna schleppte schwer. Sie stoppte.

Hier warten wir auf ein Taxi.

Ben fiel ihr ein. Sie hatte gewartet auf ihn, er war nicht gekommen. Und das war gut so. Hoffentlich blieb er weg. Sie schaute sich um. In allen Richtungen suchte sie ein Cabriotaxi, aber es war nicht da. Hoffentlich kam er jetzt nicht, hoffentlich würde sie ihn nie wieder sehen.

Anna winkte einem Taxifahrer, der die Einfahrt heraufkam. Sie setzte Mosca auf die Rückbank, sie schob ihn durch die Tür und folgte. Dann schlug sie die Tür zu. Nichts wie weg hier.

Mögen Sie diese Musik auch nicht, fragte Mosca.

Nein, gar nicht, sagte sie.

Warum sind Sie dann hier, fragte Mosca.

Warum sind Sie hier, fragte Anna.

Dann waren sie beide still und fuhren die Straße entlang und mit dem Lift nach oben in den zweiunddreißigsten Stock. Anna stützte ihn, auch wenn er sich besser fühlte. Sie half ihm aus dem Taxi und in den Lift.

Der Portier grüßte Mosca sehr freundlich.

Mich hat er noch nie gegrüßt, aber ich wohne ja auch nicht hier. Anna grüßte freundlich zurück.

Gute Nacht, sagte sie mit ein wenig Spott in ihrer Stimme und drückte auf den Knopf.

Der Lift ging nach oben wie immer, nur stieg sie früher aus als sonst. Mosca sperrte auf, er war müde, er wollte sich hinlegen, er wollte nur noch schlafen, er wollte ausgeschlafen sein am nächsten Tag, er wollte das weiße Pulver aus seinem Kopf haben, aus seinem Herz.

Er wollte seine Ruhe zurück. Seine Herzschläge so wie immer. Anna ging hinter ihm.

Mosca schaltete das Licht ein. Er war wieder in seiner Welt. Blau kam es ihm entgegen. Sie hingen still an den Wänden und warteten auf ihn. Jos Bilder. Zehn blaue Bilder. Eines fehlte.

Anna ging andächtig über die weißen Fließen in den großen Wohnraum. Was sie sah, konnte sie nicht fassen. Mosca setzte sich auf das weiße Sofa, lehnte sich zurück und schaute zu den Bildern. Anna stand.

Ihre Augen schossen durch den Raum über die weiße Landschaft zu den blauen Bildern hin und wieder zurück. Sie rührte sich nicht. Setzen Sie sich doch, hatte Mosca gesagt, aber sie blieb stehen.

Ich würde Ihnen gerne etwas anbieten, aber ich muss kurz ausruhen, mein Herz beruhigt sich nur langsam.

Ist schon gut, sagte Anna.

Sie stand da und schaute. Zuerst starrte sie, dann schwieg sie ehrfürchtig. Sie hatte sich vieles erwartet, aber nicht das. Es war wunderschön. Das Weiß blendete sie beinahe. Es war alles so sauber, so rein, so unschuldig. So unendlich großzügig. Und das Blau, das von den Wänden kam. Wie es den Raum einnahm, wie es in dem Weiß schwebte, strahlte, wie mächtig es war. Wie anziehend, wie fremd, wie unheimlich anders.

Es war wunderschön. Anna konnte sich nicht bewegen. Sie wollte nicht, sie hatte Angst, aufzuwachen aus einem Traum, falls sie einen Schritt machte. Sie hatte Angst, aus dem Zimmer zu fallen, in das sie gerade hineingegangen war. Sie wollte bleiben.

Was ist das, fragte sie.

Das ist Jos Blau, sagte Mosca leise.

Er war müde. Er konnte sich kaum noch rühren. Seine Kraft war klein geworden. Er wollte jetzt schlafen, er spürte den Alkohol. Er stand auf und spürte, wie schwer sein Körper plötzlich war, wie schwach sein Herz, so schwach, dass es ihn kaum noch tragen konnte in dieser Nacht. Er nahm ihre Hand.

Können Sie mir helfen, bitte, ich muss mich hinlegen. In dieses Zimmer bitte.

Dann legte er sich hin und schlief. Anna deckte ihn zu.

Sie hatte eben erst begonnen sich umzusehen, im Ansatz zu begreifen, wo sie hier war, was sie hier sah, da schleppte sie schon wieder. Sie half Mosca aus dem riesigen Wohnraum in das Schlafzimmer. Sie zog ihm gegen seinen Willen die Schuhe aus und nahm ihm das Sakko aus der Hand. Dann deckte sie ihn zu.

Er lag angezogen im Bett, sein Hemd war nass. Er konnte nichts mehr. Nicht reden, nicht wach sein, sich nicht ausziehen. Er machte die Augen zu und schlief. Anna ging aus dem Zimmer.

Sie setzte sich dorthin, wo er gesessen war, und begann, die Bilder anzuschauen. Sie legte den Kopf nach hinten in das weiche Leder und tauchte ein. Es war gar nichts anderes möglich. Über eine Stunde saß sie nur da und schaute. Es war taghell in dem Wohnzimmer. Überall war Licht, alles war weiß, überall war dieses Blau.

Eine Stunde nach Mitternacht ging sie in die Küche und machte den Kühlschrank auf. Es war alles da, was sie mochte. Sie nahm es sich und machte eine Flasche Rotwein auf. Er wird mich schon nicht umbringen, dachte sie. Gierig biss sie in ein belegtes Brot und kaute. Immer den Blick auf den Bildern, auf Moscas Schreibtisch, auf der Fotografie, die zwischen Küche und Wohnraum hing. Ein Mann im Anzug, wie er sprang.

Das Foto war riesig, zwei Meter hoch, einen breit. Sie stand lange davor und kaute. Wie er seine Hände ausbreitete, wie er aufstieg, wie bedrohlich die Straße unten war und wie unwichtig zugleich, wie dieser Mann einfach zu fliegen begann. Seine Hände waren Flügel irgendwie. Es gefiel ihr. Das Foto. Die Wohnung. Der Mann im Schlafzimmer.

Anna schüttelte kurz den Kopf, so, wie es Ben immer getan hatte. Sie wollte ihre Gedanken ordnen. Hier war alles Kunst. Diese Wohnung war wie eine Galerie, ein Museum mit einer Designerküche mittendrin.

Mit dem Weinglas in der Hand ging sie durch den Raum. Sie hatte sich ihre Sandalen ausgezogen. Der Marmorboden war warm. Fußbodenheizung.

Das gefällt mir, flüsterte sie in sich hinein.

Sie ging in Kreisen im Raum herum, schaute immer wieder ins Schlafzimmer und hörte ihn atmen. Sie ging und blieb stehen, trank und ging weiter.

Dann machte sie die Tür auf. Sie wollte es nicht, aber sie konnte nicht anders. Die Neugier wurde immer größer, je öfter sie an der verschlossenen Tür vorbeiging. Sie drückte den Griff nach unten. Sie war offen. Es war dunkel. Sie suchte den Lichtschalter hinter der Tür und fand ihn. Seit einem Jahr wünschte sich Anna einen Raum, in dem sie zeichnen konnte, einen kleinen Platz, an dem sie alles liegen und stehen lassen konnte, ein bisschen Platz für ihre Kunst. Und seit einem Jahr wusste sie, dass sie diesen Platz nicht bezahlen konnte. Sie träumte von einem eigenen Atelier, von einem Platz für ihre Bilder, von einem kleinen Platz. Was sie hier sah, war mehr, als sie träumen konnte.

Es war ein Atelier, eigentlich eine Werkstatt, beides, ein riesiger Raum mit großen Fenstern nach unten, weißer, warmer Marmor am Boden und überall Bilder und Farben, blaue Bilder und blaue Farben, Schwämme, Holz, Notizbücher, Waagen, Reagenzgläser, Kanister, Staffeleien, und überall gestapelte Bilder. An die weißen Wände gelehnt.

Anna stand in der Tür mit dem Weinglas in der Hand und dachte an ihre Zeichnungen, an den Kunstband, an ihr Zimmer und wie sie am Boden hockte zwischen den

Wänden mit dem Bleistift in der Hand. Sie trank und träumte, wie sie sich hier hinlegte, wie sie den Raum für sich eroberte, wie sie all ihre Zeichnungen auf dem Boden ausbreitete und zwischen ihnen herumging, auf sie hinunterschaute, sie ordnete und wieder durcheinanderbrachte. Sie könnte hier atmen, tagelang nicht nach draußen gehen, am Fenster stehen und die Welt sehen, unten. Jeden Winkel dieses Raums spüren, malen. Glücklich sein.

Die Rollen waren sauber ausgewaschen. Die Pigmente in Gläsern eingeschlossen. Alles war sauber. Auch das Atelier war eine Ausstellung. Alles war an seinem Platz und bereit, benutzt zu werden. Ob er wohl der Maler war.

Sie hatte nur seine Sachen gesehen, nur seine Schuhe im Gang, nur einen Mantel am Haken draußen, nur ein Glas stand neben dem Waschbecken.

Es war einsam hier, das spürte sie. Es war schön hier, aber einsam. Die Luft war so. Traurig fast. Und trotzdem wunderschön. Von dem Moment an, als die Tür aufgegangen war. Ob er von dieser Farbe besessen war, ob es seine Bilder waren. Wessen sonst. Er lebte allein hier.

Nirgendwo ein Foto von einem anderen, er war allein. Aber seine Hände waren so glatt, so sauber, keine Farbe an keiner Stelle. Keine Farbe, wo sie sein hätte müssen. Keine Spur von dem Blau an ihm. Kein Staub an keiner Stelle in diesem Raum. Sie holte sich mehr Wein aus der Küche. Er schlief immer noch.

Sie ging zurück ins Atelier und stand vor dem Bücherregal. Sie begann zu lesen. Yves Klein. Das Internationale Klein-Blau. Nur Literatur über ihn, Fotos, Biografien, blaue Bilder. Anna verstand es nicht. Der Maler war tot, seit fast fünfzig Jahren, aber die Bilder waren hier, dieselbe Besessenheit, über die sie in den Büchern las. Dieselbe Farbe.

Wer hat diese Bilder gemalt. Sie wollte es wissen.

Der Mann im Anzug war es nicht, sie war sich sicher. Er war nicht verrückt genug.

Anna stöberte im Raum herum. Sie berührte alles. Sie nahm alles in die Hand, blätterte sich durch die Bilder, die an der Wand lehnten. Blau gefärbtes Leinen, auf Holzrahmen aufgezogen, nur die Größe unterschied sie und die Farbtönung. Manche waren heller als andere, manche dunkler. Sie ging zurück in den Wohnraum. Auf dem Weg schenkte sie sich noch mehr Wein ein.

Es war vier Uhr früh, sie war hellwach. Alles war so aufregend, so neu, so ungewöhnlich. Sie war in einer anderen Welt. Sie ging leise in das Schlafzimmer und schaute ihn an. Mosca war sein Name.

Er schlief tief. Sein Gesicht war jetzt friedlich.

Er hörte sie nicht, spürte sie nicht, ihre Bewegungen, als sie sich neben ihn aufs Bett setzte. Sie schaute ihn lange an. Schlafende Menschen verraten alles, hatte sie immer gesagt. So wie das Gesicht ist, wenn es schläft, so ist die Seele. Moscas Gesicht war wie eine Herbstlandschaft. Es war still und voll Orange und Rot und Braun, warme Farben überall. Viele Blätter lagen am Boden und spielten im Wind, nackte Äste zeigten, wie schön sie waren. Der Himmel war tiefblau. Sein Gesicht sagte ihr, dass sie sitzen bleiben konnte neben ihm, dass ihre Haut in Sicherheit war. Keine Löcher mehr.

Sie überlegte lange, ob sie ihn berühren sollte, ob sie ihm über sein Gesicht streichen sollte mit ihren Fingern. Sie überlegte lange. Er war so fremd und doch so vertraut. Sein Gesicht war plötzlich Heimat. In diesem Herbst wollte sie wandern, sich über die Wiesen rollen und lachen. Laut und glücklich lachen.

Sie bewegte die Außenseite ihres Zeigefingers leise über seine Wange. Sie hörte seine Haut, wie die Blätter unter ihren Füßen knisterten. Anna war glücklich in dieser Nacht. Auch wenn es verrückt war, sie streichelte ihn. Einen Mann, den sie vor einigen Stunden auf einem Clubbing gefunden hatte, der kaum sprechen konnte, sie war in seiner Wohnung, aß aus seinem Kühlschrank, saß auf seinem Bett. Und sie streichelte ihn.

Bis ihre Finger müde wurden. Sie hatte alle Lichter ausgemacht. Nur noch die Stadt kam ein wenig durch die Fenster. Ihre Augen wurden schwer. Ihr Kopf kippte nach hinten an die Wand und sie schlief ein. Ganz dicht neben ihm. Sie hörte ihn atmen. Ein vertrautes Geräusch.

Dann war es dunkel.

Kurz nach sechs wachte Mosca auf.

Er schlief selten länger als fünf Stunden. Das genügte ihm. Er fühlte sich besser. Der Alkohol und das andere waren aus seinem Kopf verschwunden.

Er machte zuerst nur die Augen auf, wie jeden Morgen, er bewegte sich nicht. Er schaute an die Decke und kam im neuen Tag an, langsam. Dann erst bewegte er sich. Zuerst die Arme, die Finger, die Hände, Beine, Füße. Er spürte genau hin, er nahm sich diese Zeit. Erst, wenn er sich überall gespürt hatte, nahm er alle Glieder zusammen und stieg mit ihnen aus dem Bett. Er besuchte jeden Teil von sich. Aber heute war es anders.

Er machte die Augen auf, er spürte, dass er noch angezogen war, und er spürte Anna. Seinem Körper entlang lag eine Frau. Ihre Locken berührten seinen Hals, ihr Arm lag um seinen Oberkörper. Ihr Kopf war an seine Schulter geschmiegt. Er rührte sich nicht.

Sie hatte sich zu ihm gelegt, sie hatte hier bei ihm übernachtet. Er blieb still liegen, er wollte sie nicht wecken. Er wollte nicht, dass sie zu leben begann neben ihm, sich bewegte, sprach. Eine Frau lag in seinem Bett. Sie hatte ihm geholfen, aber er wollte niemanden in seiner Nähe, er wollte mit sich allein sein, er wollte seine Finger bewegen, seine Brust spüren, sein Herz.

Er wollte aufspringen und aus dieser Nähe gehen. Und er wollte liegen bleiben. Er wollte sich nicht bewegen. Er wollte wissen, ob sein Körper wieder ganz war, hinhören, ob alles wieder in Ordnung war. Still sein, hören, wie sein Herz war. Er wollte sich spüren.

Vor allem anderen.

Anna schlief friedlich. Kein Teil von Mosca bewegte sich. Nur die Augen. Er genoss es, seinen Körper zu kontrollieren, jeden Teil für sich wahrzunehmen.

Zuerst immer die Augen, wie sie aufgingen und zu, schnell, langsam, wie er sie zusammenpresste und so leicht schloss, dass sich die Lider kaum berührten. Sie beachten bei allem, was sie taten. Dann seine Brust.

Er wollte sie leicht heben und tief atmen, sein Herz spüren, da bewegte sie sich.

Ein kleiner, sanfter Ton kam aus ihrem Mund. Etwas verschlafenes. Sie räkelte sich, griff kurz in seine Haut, berührte ihn sanft, streichelte ihn fast. Dann schoss sie nach oben. Anna sprang aus dem Bett und blieb vor Mosca stehen.

Verzeihen Sie, kam es schnell aus ihr heraus, ich bin eingeschlafen, ich wollte nicht.

Lassen Sie, flüsterte Mosca. Würden Sie Kaffee für uns machen, ich komme gleich.

Anna rieb sich die Augen. Der Mann vor ihr bewegte sich nicht, keinen Zentimeter, nur seine Augen waren offen. Geht es Ihnen gut, was ist mit Ihrem Herz, können Sie sich bewegen, soll ich Ihnen helfen.

Annas Stimme war besorgt.

Ich fühle mich sehr gut, danke, ich muss nur noch aufwachen, dann komme ich.

Anna schaute noch einmal mit verwunderten Augen zu ihm hin, ging in den Wohnraum und machte Kaffee. So, als hätte sie es schon hundertmal getan.

Mosca spürte den eingetrockneten Schweiß auf seiner Haut, wie das Hemd in seiner Achselhöhle rieb, wie seine Füße beinahe keine Luft bekamen unter den Socken.

Er spannte seine Brustmuskeln und ließ sie wieder los. Nichts tat weh. Er hielt lange die Luft an und presste sie wieder in seine Lungen. Er hechelte, nichts schmerzte. Er lächelte. Ich fühle mich sehr gut, sagte er mit kräftiger Stimme vor sich hin. Dann stand er auf und lief ins Bad. Er hätte den Dreck auf sich keine Sekunde länger ertragen.

Anna hörte zu, wie der Kaffee in die Kanne tropfte und wie das Wasser auf seine Haut kam. Draußen wurde es hell. Mosca wusch sich lange und gründlich. Er genoss das Wasser auf sich, wie es an alle Stellen seines Körpers kam. Es war zuerst heiß, dann eiskalt. Er spürte, wie er wach wurde, wie das Leben in ihm schrie, wie es herauswollte. Er fühlte sich gesund, bereit für alles, was er noch tun wollte an diesem Tag.

Er drehte den Wasserhahn zu und stieg aus der Dusche. Im Spiegel sah er, wie es an ihm hinuntertropfte. Er liebte es, Wasser auf sich trocknen zu spüren. Er beobachtete, wie seine Haut es aufnahm, wie es verdunstete. Mosca liebte sich. Er war zufrieden mit dem, was er war, er wollte kein anderer sein.

Er beobachtete sich im Spiegel, seine Zähne, wie der Schaum der Zahnpasta auf ihnen arbeitete, wie die Borsten ihn in jeden Winkel in seinem Mund brachten. Er liebte es, sich wahrzunehmen, auf der Welt zu sein. Mosca war zufrieden an diesem Morgen. Er hatte überlebt. Er fühlte sich gesund wie immer. Er konnte jetzt hinaus in den Tag gehen.

Anna war da draußen, die Frau, die ihn hergebracht hatte. Er würde noch einen Kaffee mit ihr trinken und sie dann verabschieden. Er war ihr dankbar, für ihre Nähe in dieser Nacht, dass sie bei ihm geblieben war. Er würde sich bei ihr dafür erkenntlich zeigen. Im Bademantel ging er in den Wohnraum.

Danke für den Kaffee, sagte er und nahm die Tasse, die sie ihm hinhielt. Mosca sah gut aus. Frisch aus dem Ei gekrochen, seine Haut roch schön. Der Geruch kam in Annas Nase. Ihre Augen suchten verstohlen den Blick auf seinen Körper, auf seine Haut, die zwischen dem weichen Stoff herausschaute.

Mosca setzte sich in das Sofa.

Sie können das Gästebad benutzen, eine Zahnbürste finden Sie dort.

Danke, sagte Anna, ich habe sie bereits gefunden. Es ist erstaunlich, dass Sie eine Gästezahnbürste haben. Werden Sie oft von Fremden nach Hause gebracht.

Anna lächelte ihn an.

Das ist Jos Idee gewesen.

Mosca trank.

Hat er die Bilder gemalt.

Ja, sagte Mosca.

Anna freute sich, dass sie Recht behalten hatte. Ein anderer hatte diese Bilder gemalt. Jo.

Ich habe mich umgeschaut. Sein Atelier ist phantastisch. Hier zu arbeiten muss ihn glücklich machen. Ich habe noch nie so etwas Schönes gesehen, einen Platz wie diesen. Sie schaute in sein unbewegtes Gesicht.

Sie rätselte in Gedanken, ob es sein Bruder war. Wer war ihm so nahe. Wen ließ er hier arbeiten. Er lebte allein, das war klar. Ein Freund, der hier arbeitete, sie schaute Mosca an und wartete. Er war in Gedanken und sagte nichts. Sie schwieg mit ihm.

Die Bilder sind wunderschön, sagte sie dann.

Sie wollte mehr wissen, wer dieser Maler war, der so besessen die französischen Bilder kopierte, warum er hier arbeitete in dieser Wohnung.

Wo ist Jo, fragte Anna.

Er ist tot, sagte Mosca.

Er lehnte in dem weißen Sofa, trank ruhig seinen Kaffee und schaute sie an.

Er ist von der Leiter gefallen.

Anna war überrascht. Damit hatte sie nicht gerechnet. Wann ist das passiert, fragte sie.

Vor einem Jahr, sagte Mosca geduldig.

Er war bereit, ihre Neugier zu stillen. Kurz.

Und Sie haben alles so gelassen.

Ja.

Hat er hier gewohnt.

Ja.

Standen Sie ihm nahe.

Ja.

Sehr nahe.

Ja.

Anna fluchte innerlich. Sie hätte es wissen müssen, er war schwul, er war verdammt noch einmal schwul. Und sie hatte es nicht bemerkt, hatte ihn verliebt angeschaut die ganze Nacht und sich nichts gedacht. Sie hätte es wissen müssen. So ein Mann konnte nur schwul sein. Zum ersten Mal seit ihrer Flucht hatte sie wieder etwas gefunden, sie hatte sich fallen gelassen in dieses Gefühl, in diese Nacht hinein, sie hatte sich gehen lassen, sich nicht zurückgehalten wie sonst. Was für ein Dummkopf sie war in diesem Moment. Sie schwieg.

Er saß immer noch ihr gegenüber, und er war noch immer ein faszinierender Mann.

Sie bedauerte sich. Sie überlegte fieberhaft, was sich in diesen Sekunden verändert hatte. Ihr neues Leben, das sie vor wenigen Stunden begonnen hatte, ging jetzt zu Ende. Sie würde diesen Mann nie bekommen, nicht ganz. Höchstens ein Stück von ihm. Sie betrachtete ihn. Er wusste, was sie dachte, was in ihr vorging. Sie tat ihm beinahe Leid, aber er konnte nichts daran ändern.

Ich zeichne, sagte sie, ich arbeite an einem großen Zyklus über das Verschwinden.

Sie war Künstlerin, nicht Zuckerbäckerin.

Das klingt schön, sagte Mosca. Er überlegte.

Sie können gerne hier arbeiten, wenn Sie wollen. Das Atelier ist ungenutzt. Ich gebe Ihnen einen Schlüssel, wenn Sie gehen. Er schaute auf die Uhr.

Das ist verrückt, dachte Anna. Sie hatte es gespürt. Dieser Raum wollte zu ihr. Deshalb war sie hier. Sie sollte ihn finden und mit Atem füllen, ihn wiederbeleben. Aber sie war doch eine Fremde, er wollte sie in seine Wohnung lassen. Ihr einen Schlüssel geben, ihr vertrauen. Sie betrachtete sein Gesicht. Sie saß ihm gegenüber. Und sie schauten sich in die Augen.

Sie wusste, dass er es ernst meinte.

Danke, sagte sie nur.

Er stand auf.

Ich muss jetzt arbeiten, sagte Mosca.

Er gab ihr die Hand und half ihr hoch. Sie schauten sich noch einmal lange an. Anna spürte kurz wieder dieses Bedauern, eine kleine Trauer, dass es nicht mehr sein konnte irgendwann. Sie wollte ihn umarmen, ihn halten, aber sie tat es nicht. Mosca brachte sie zur Tür und gab ihr den Schlüssel. Er stand da und schaute.

Er sagte etwas, nahm ihre Hand und drückte sie.

Er sagte es langsam und leise.

Dann war er wieder alleine.

Er stand im Vorraum und atmete.

Er blieb lange dort stehen.

Gerne hätte er sie zum Abschied umarmt. Aber er wollte keinen mehr in seiner Nähe. Keinen so nahe, dass es weh tat. Er musste sich jetzt anziehen. Er ging zurück in den Wohnraum.

Das war vor einer Stunde und siebenundzwanzig Minuten.

23.

Ming stand am Schalter und zitterte.

Der Bankangestellte konnte es nicht sehen, ihre Hände lagen ruhig auf dem Pult, aber ihre Beine waren weich und unruhig. Sie konnte sich kaum aufrecht halten, sie hatte das Gefühl, sie würden jeden Augenblick wegbrechen unter ihr. Sie hatte Angst. Sie schaute zu, wie er ihr den Scheck aus der Hand nahm und schluckte, als sie sagte, er solle ihr nur große Scheine geben, sie wolle das Geld nicht einzahlen, sondern mitnehmen.

Er begann, in seinen Computer zu tippen. Es war früh am Morgen, er war noch müde, er hatte noch keine Lust auf Gespräche, er machte einfach seine Arbeit.

Ming beobachtete ihn. Ein junger Mann im Anzug. Schlecht rasiert, aber ordentlich. Jeden Morgen an diesem Schalter, diese Vorstellung machte ihr Angst.

Das wollte sie nicht. Das könnte sie nicht ertragen, dafür wollte sie nicht studieren. Dafür hatte sie nicht auf China geschissen.

Hätten Sie eine Tüte für mich.

Er schaute verwirrt zu ihr. Sie lächelte ihn an.

Ich kann Ihnen das Geld in einem Kuvert geben.

Nein, eine Tüte, bitte. Mings Beine zitterten. Ich habe keine Handtasche. Eine Tüte, bitte.

Der junge Mann im Anzug schaute immer noch verwirrt, griff aber nach unten und holte ein Jausenbrot aus einer gelben Papiertüte. Das Brot legte er vor sich hin, die Tüte gab er Ming.

Danke, sagte sie. Das ist sehr freundlich von Ihnen.

Ming hatte das Gefühl, dass ihre Beine sie jetzt gar nicht mehr tragen wollten. Sie stützte sich fest mit ihren Händen ab und versuchte, das Lächeln in ihrem Gesicht echt aussehen zu lassen. Ihre Hände wirkten energisch, ihr Lächeln freundlich, aber ungeduldig.

Ich habe das Auto draußen, es wäre freundlich, wenn Sie sich beeilen könnten, ich stehe im Parkverbot.

Ming spürte, wie es überall warm war in ihr, in Schüben rollte es heiß durch ihren Körper, sie starrte auf die Tüte, sie drehte sich nicht um, sie starrte nur auf die Tüte, wie sie immer voller wurde. Sie würde sie gleich in ihre Hand nehmen und sich umdrehen, mit ihr hinausgehen auf die Straße und verreisen. Ein neues Leben sollte es werden. Endlich glücklich wollte sie sein. Einmal kurz nur. Egal, wie lange es dauerte. Kurz nur. Die Tasche war schwer. Ihre Schritte klein und hastig, die Tür kam immer näher. Die Tasche war in der rechten Hand. Der Bankangestellte schaute ihr nach. Sie presste ihre Kiefer fest aufeinander, er schüttelte den Kopf. Die Tür ging auf. Er nahm das Brot und biss heimlich ab. Die Sonne war draußen, die Tür ging wieder zu.

Die Chinesin mit dem Geld war weg.

Sie war jetzt auf der Straße, sie blieb nicht stehen, sie bog nach links und ging weiter. Die Tasche schwang vor und zurück, sie hing an ihrer Hand. Sie blieb nicht stehen, sie ging einfach. Sie drehte sich nicht um. Es war Tag jetzt. Die Sonne kam sanft in die Straße. Ming dachte an die Hütte in China. Sie ging immer geradeaus. Ihre Schritte waren schnell. Sie dachte an Ali, wie er müde Würste ins Wasser steckte. Sie dachte an den Sack, wie er sich im Wasser wand, wie er still wurde. Wie sie ihn nicht mehr sehen konnte. Wie er tot war. Sie ging immer weiter. Sie ging schnell. Sie atmete. Sie war stolz in diesem Moment. Sie ging weiter, immer die Straße entlang. Sie atmete, sie musste weg hier, sie atmete, sie musste verschwinden. Sie ging immer geradeaus. Sie atmete. Ali durfte sie nicht finden. Sie atmete. Sie musste das Geld in Sicherheit bringen, weg von hier. Dann blieb sie stehen. Plötzlich.

Eine Funkstreife bog vor ihr in die Straße. Sie blieb einfach stehen. Rührte sich nicht. Der Wagen fuhr langsam in ihre Richtung. Sie bewegte sich nicht. Atmete nur. Schaute nach links und rechts. Atmete. Bewegte sich nicht. Die Tüte in ihrer Hand. Sie zitterte. Dann sah sie die alte Frau auf dem Parkplatz. Sie saß in einem Campingsessel und grüßte freundlich, sie nickte und lächelte ihr zu. Ming atmete heftig und schaute zu der alten Frau hin. Sie hatte sie angelacht, freundlich mit ihrer Tasse gewunken, sie hochgehoben und in ihre Richtung gehalten. Ming bewegte sich immer noch nicht. Die Streife war jetzt neben ihr. Ming hielt den Atem an. Sie machte die Augen zu. Sie stand einfach nur da. Sie hörte den Wagen. Sie atmete. Sie hörte, wie er an ihr vorbeifuhr.

Zwei Minuten blieb sie so stehen. Mit geschlossenen Augen. Als sie sie wieder aufmachte, sah sie wieder die Frau vor dem Wohnmobil. Sie winkte immer noch. Sie lächete ihr zu. Es war etwas Vertrautes in dieser Sekunde. Ming ging zu ihr hin.

Wollen Sie Kaffee.

Die Frau in dem Campingsessel sprach mit Akzent, ihre Stimme war leicht und offen. Ming sah ihre Falten, als sie näher kam, die alten Hände und diese Augen.

Gerne, sagte sie, ohne nachzudenken.

Diese Einladung war wie Heimat. Sie fühlte sich geborgen. Sie wollte hier stehen bleiben, ausruhen, überlegen.

Das Geld hielt sie fest in der Hand. Die alte Frau stand auf, um eine Tasse zu holen. Ming folgte ihr. Sie stieg ihr nach in den Bus und fragte, ob sie nicht im Schatten sitzen könnten, im Verborgenen, dachte sie. Die alte Frau nickte.

Mirella heiße ich.

Sie deutete auf das Sofa. Sie goss heißen Kaffee in eine Tasse und setzte sich.

Wo wollen Sie hin, fragte Ming.

Es war selbstverständlich, dass sie fragte, dass sie hier war und mit der Fremden Kaffee trank. Sie hatte die Arme aufgemacht und Ming war hineingestolpert.

Ich weiß noch nicht, sagte Mirella. Schweden vielleicht. Ming stellte sich vor. Ich will weg von hier, sagte sie.

Sie trank mit der einen Hand, mit der anderen hielt sie die Tasche. Ich will weit weg. Wie ist Schweden.

Ich weiß es nicht, sagte Mirella, ich werde es sehen. Ich war noch nie dort.

Woher kommen Sie, fragte Ming.

Italien.

Mirella beobachtete das junge Mädchen vor sich, sie war wie ein Tier, ein Reh vielleicht, auf der Flucht. Sie atmete immer noch heftig. Sie hatte sie der Straße entlanglaufen sehen, immer geradeaus, ohne sich umzudrehen. Stolz war das chinesische Gesicht in der Morgensonne auf sie zugekommen. Eine Tüte in der Hand, gehetzt irgendwie.

Es ist bestimmt schön dort, sagte Ming.

Ja, aber es gibt noch so viele andere schöne Plätze, ich will an keinem bleiben.

Mirella hörte Ming atmen, sie sah den Schweiß auf ihrer Haut und die Finger, die die Tüte fest umklammerten.

Reisen Sie allein. Ming schaute sich um. Es war ein schöner Bus.

Ja, sagte Mirella.

Sind Sie nicht einsam, fragte Ming.

Manchmal, sagte Mirella. Dann weine ich. Dann fahre ich weiter und treffe Menschen, die auch einsam sind.

Sie lächelte in Mings Gesicht hinein.

Ich bin nicht einsam, sagte Ming.

Sie schwieg kurz und schaute, wie der Kaffee in ihrer Tasse hellbraun herumschwamm.

Vielleicht bin ich es doch. Aber das ist egal. Ich brauche niemanden.

Ming hielt das Geld ganz fest. Ihre Finger schmerzten, so krallten sie sich um das Papier. Mirella mochte Ming, jetzt schon. Sie saßen in dem Campingbus und tranken Kaffee. Sie schwiegen zusammen. Ming hielt die Tasse vor ihr Gesicht, sie versteckte sich dahinter. Ab und zu fiel ein Wort. Dann schauten sie sich an. Draußen war Tag. Die Kunsthalle würde gleich öffnen, Mirella würde Klein treffen. Ming ließ langsam die Tüte los, ihre Finger lösten sich. Sie ließ sie neben sich am Boden stehen, sie beruhigte sich.

Sie war hier sicher. Vor ihr die alte Haut und die Falten, diese lachenden Augen.

Ich muss gleich los, sagte Mirella.

Ming griff sofort wieder nach der Tüte, die Finger klammerten sich wieder um die Papiergriffe und hielten sie fest. Sie musste jetzt gehen, aufstehen und gehen. Wieder auf die Straße hinaus, weg von hier. Keine Heimat hier, nicht ausruhen. Ming schaute Mirella fragend an. Mehr noch, fordernd.

Die Ausstellung öffnet gleich, deshalb bin ich hier.

Mirella war erschrocken, als Ming plötzlich wieder nach der Tüte gegriffen hatte, hastig und schnell, zum Rennen bereit. Sie sprach langsam und still, sie sagte es zweimal.

Du kannst mitkommen, wenn du willst, oder du wartest hier auf mich. Du musst hier nicht weg. Bleib.

Mirella stand vor ihr. Ming saß wie ein verschrecktes Reh auf dem Sofa. Aber im Wald gibt es keine Sofas, dachte Ming. Sie wollte aufstehen und gehen.

Was soll ich hier. Ich brauche dich nicht.

Mirella legte eine Hand auf Mings Schulter, drückte sie sanft in das Sofa zurück. Wenn ich in der Ausstellung war, können wir gemeinsam nach Schweden. Wenn du willst. Hier ist Platz für zwei. Ich muss in die Ausstellung, und wenn ich alles gesehen habe, komme ich wieder. Du kannst hier bleiben, wenn du willst.

Dann ging sie aus dem Wohnmobil. Sie schaute Ming noch einmal an und ging. Ihre Augen trafen sich.

Alte und junge. Vertraute.

Mirella trug ein Kleid und Sandalen. Sie hatte sich schön gemacht, bevor sie zu ihm ging. Sie spazierte die Straße entlang zur Kunsthalle. Sie war aufgewacht auf der Raststation, vor drei Stunden, sie hatte die beiden gehört, wie sie wach wurden, wie sie sich umarmten, wie sie besorgt aus dem Bus zu ihr kamen, wie sie dastanden und sie anstarrten. Sie hatte den Kuss auf ihrer Wange gespürt. Ihre Augen waren geschlossen, sie bewegte sich nicht. Sie spürte den Dank für die Liebe, die sie gefunden hatten in ihrem Bus, die dicke Frau und der Mann. Sie verabschiedete sich von dem Bild, sie spürte, wie sie es wegtrugen, wie es von ihr wegging, aber sie blieb in ihrem Stuhl und rührte sich nicht. Sie wollte die beiden nicht aufhalten, sie wollte nach Frankfurt, hierher. Sie wollte in diese Ausstellung, sie wollte ihn wiedersehen.

Mirella ging durch die Eingangshalle nach oben. Auf der Treppe schon flog er ihr entgegen. Das Foto, das sie so oft gesehen hatte. Sie stand lange da und schaute ihn an. Bonjour, sagte sie leise, sonst nichts.

Ming saß auf dem Sofa.

Sie hatte die Tür zugemacht und sich wieder hingesetzt, sie war allein jetzt. Die alte Frau hatte ihr erlaubt hier zu bleiben, sie hatte ihr vertraut, alles dagelassen, auch den Schlüssel. Sie hätte losfahren können, den Schlüssel ins Zündschloss stecken und losfahren können. Aber sie blieb sitzen. Sie hatte keine Eile mehr. Sie hatte alles, was sie brauchte. Sie atmete jetzt langsam und gleichmäßig. Ali würde sie hier nicht finden. Keiner würde sie hier finden. Keiner. Sie würde heute verreisen. Sie würde mit der alten Frau nach Schweden fahren. Sie würde dort glücklich sein. Sie würde es dort versuchen. Die Tüte mit dem Geld stopfte sie in die Kommode vor sich, dann legte sie sich auf das Bett mit dem rosaroten Laken. Sie lag auf dem Rücken, ihre Arme und Beine streckte sie von sich.

Es kann dauern, hatte die Italienerin gesagt.

Egal, hatte sie geantwortet.

Ming zählte die Blumen auf dem Vorhang.

Das war vor siebenundfünfzig Minuten.

24.

Sie ging zum Lift mit diesem Gefühl und dem Schlüssel in der Hand.

Sie können jederzeit kommen, hatte er gesagt.

Anna fuhr vor siebenundvierzig Minuten nach oben. Sie hatte Abenddienst. Immer. Die Arbeit am Morgen mochte sie nicht. Sie würde noch einen Kaffee trinken oben und auf Frankfurt hinunterschauen. Sie hatte Glück gehabt in dieser Nacht. Sie hatte einen Mann kennen gelernt, den sie mochte, er vertraute ihr, er hatte ihr den Schlüssel zu seiner Wohnung gegeben. Sie wollte noch in seiner Nähe bleiben. Unglaublich schön war das Gefühl in ihr. Es war etwas Neues. Etwas Aufregendes hatte begonnen. Mehr wusste sie noch nicht.

Die Lifttür ging auf, sie stieg aus, holte sich Kaffee in der Küche und suchte sich einen Platz am Fenster.

Eine schöne Stadt, dachte sie.

Unten hatte der Tag begonnen. Anna gähnte.

Der Schlüssel lag vor ihr am Tisch neben dem Salzstreuer. Sie schaute ihn unsicher an.

Herta parkte in der Nähe des Haupteingangs.

Olivier hatte sie gebeten, noch kurz zu warten. Er spürte die Angst noch, er sah das Auto vor sich, wie es ihn beinahe rammte. Die Angst lähmte ihn.

Gleich, Herta.

Lass dir Zeit, Olivier, wir haben keine Eile.

Sie drückte seine Hand.

Anna berührte den Schlüssel.

Sie fuhr mit dem Finger die Zacken nach, sie drehte ihn, sie nahm ihn und sperrte ein Schloss in der Luft auf, sie drehte den Schlüssel nach rechts und lächelte. Sie würde in diesem Atelier malen, sie würde den Boden mit ihren Zeichnungen auslegen und ihre Arbeit zu Ende bringen. Dann würde sie ein neues Projekt beginnen, sie würde jede freie Minute dort unten verbringen, sie würde für ihn kochen, für ihn da sein, wenn er es wollte. Oder sich hinter der Tür zurückziehen.

Sie trank und drehte den Schlüssel in der Luft.

Mosca stand vor dem Spiegel.

Er hatte sich den Bademantel abgestreift und stand nackt da. Aufrecht mit dem Blick in sein Gesicht. Er atmete ruhig, er beobachtete seine Brust, wie sie sich hob und wieder senkte, wie sie im selben Rhythmus auf- und niederging. Seine Augen gingen wieder nach oben. Er schaute sich an, reglos. Er stand einfach nur da.

Olivier drückte Hertas Hand und öffnete die Beifahrertür. Lass uns gehen, Herta, ich will es jetzt wissen. Willkommen zurück, sagte sie und ließ seine Hand los. Olivier nahm das Bild aus dem Kofferraum und ging über die Straße, Herta neben ihm.

Mosca stand vor dem Spiegel.

Er war allein. Er war nackt. Er fühlte sich schön.

Nichts tat weh. Er schloss seine Augen. Er hob seine Arme zu Flügeln und bewegte seinen Oberkörper. Langsam. Er schwebte. Sein Spiegelbild war wie eine Skulptur in dem großen, hellen Zimmer, wie ein Bild, das nicht still stand. Er tanzte. Er rührte sich kaum. Aber er tanzte. Seine Augen waren geschlossen, er war allein, und er war froh darüber. Er schwenkte seine Arme, kreiste. Er war nackt. Er spürte seine Haut im Wind. Er spürte die Stille, jedes Stück von der Haut.

Er dachte an Jos Zunge auf sich. Er spürte sie jetzt.

Wie sie von oben nach unten ging, wie sie auf ihm herumflog, wie sie auf ihm landete, auf ihm tanzte, sich in ihn eingrub, stehen blieb in seiner Haut, sich schlafen legte auf ihm. Er spürte sie tief innen, er hörte sie, er spürte sie, wie seine Haut nass wurde, wie der Wind auf ihr kurz kalt war, wie sich die Haut zusammenzog, wie er kreiste, schwebte. Nichts, das laut war.

Nichts, das weh tat. Nichts, das schnell war.

Mosca stand vor dem Spiegel. Er war nackt. Er tanzte. Er schwebte. Jo war bei ihm, er war ganz nah bei ihm. Dann läutete es.

Anna saß an dem Tisch am Fenster.

Sie hielt immer noch den Schlüssel in ihrer Hand.

Ben wurde in ein Bett gelegt. Er sagte nichts, rührte sich nicht. Dann kam die Spritze in seinen Arm.

Er schaute an die Decke.

Olivier drückte den Klingelknopf.

Herta hielt jetzt das Bild. Es läutete. Moscas Arme gingen nach unten.

Er machte seine Augen auf.

Er schaute in den Spiegel und hörte das Klingeln.

Er wollte allein sein, er wollte dieses Klingeln nicht, er wollte hier stehen bleiben, sich anziehen irgendwann. Er wollte niemanden sehen. Keinen mehr.

Olivier drückte noch einmal auf den Knopf.

Dann noch einmal.

Mosca stand da. Er bewegte sich nicht.

Drück noch einmal, sagte Herta. Olivier drückte.

Mosca hörte das Klingeln. Er war nackt. Er bewegte sich nicht. Er schaute sich an, seine Beine, die Arme, die Hände, die da hingen, der Bauch, die Brustwarzen, die

Haare daneben, sein Hals. Er war allein. Es läutete. Herta drückte den Knopf.

Wir gehen hier nicht weg, bis wir wissen, was wir wissen wollen, Olivier. Er ist da, ich werde ihn aufwecken, ich gehe hier nicht weg.

Olivier war einen Schritt zur Seite gegangen. Hertas Finger lag mächtig auf dem Klingelknopf, ihr rechtes Ohr an der Tür. Es läutete. Ohne Unterbrechung kam das Geräusch hin zu Mosca. Er wollte es nicht. Er wollte, dass es aufhörte, er wollte, dass es aufhörte jetzt, dass es wieder still war, dass es einfach still war. Er ging zur Tür. Nackt.

Er ging langsam. Er machte sie auf, ohne Hast, freundlich fast, nackt. Herta wich zurück. Olivier mit ihr. Ein nackter Mann stand vor ihnen, die eine Hand hielt die Tür, die andere hing an ihm herunter.

Was kann ich für Sie tun, hörten sie ihn sagen.

Herta schaute in sein Gesicht, sie wusste nicht wohin sonst. Sie presste das Bild fest an sich, es gab ihr Halt. Olivier schaute zu Boden. Der nackte Mann, den Schwanz, den er plötzlich gesehen hatte, als die Tür aufgegangen war, er schaute einfach nach unten. Plötzlich schämte er sich.

Warum waren sie nicht gegangen und später wiedergekommen, warum mussten sie das jetzt erleben. Olivier hasste Peinlichkeiten.

Herta schaute Mosca an.

Wir hätten eine Frage, sagte sie, dürfen wir hereinkommen, es dauert nicht lange.

Olivier stieß sie mit seinem Fuß.

Herta, bitte nicht.

Doch sie war unerschütterlich, sie schaute dem nackten Mann nur in sein Gesicht. Sie tat so, als wäre alles normal, als wäre es selbstverständlich, sie nackt zu empfangen, selbstverständlich, Sturm zu läuten am Morgen. Alles war so einfach. Sie ging dem Mann hinterher in die Wohnung.

Kommen Sie, hatte er gesagt.

Er hatte das Paket unter ihrem Arm gesehen. Es war ein Bild, sie kamen mit einem Bild zu ihm, sie wollten ihn sprechen.

Er ging nackt zurück in die Wohnung.

Kommen Sie, hatte er gesagt.

Herta und Olivier folgten ihm.

Herta sah sie zuerst. Erst als Olivier seinen Kopf vorsichtig wieder nach oben bewegte, kamen sie auch ihm entgegen. Blaue Bilder, viele von ihnen. Überall waren sie. Sie blieben stehen. Der nackte Mann stand am Fenster, er tat nichts, um seine Nacktheit zu verbergen, er fragte nur, was wünschen Sie.

Er verschränkte seine Arme, sein Kopf lag seitlich auf seiner Schulter. Er schaute in die verdutzten Gesichter, auf die dicke Frau und den scheuen Mann, wie sie auf seine Wände starrten. Nicht seine Nacktheit war wichtig, sondern Jos Bilder. Er fragte noch einmal.

Olivier und Herta hatten geschwiegen.

Was wünschen Sie, ich habe zu arbeiten.

Olivier zwang sich, ihn anzuschauen, er wandte seine Augen von den Bildern ab und ging auf ihn zu. Sein Herz raste, was sollte er sagen, wie würden sie hier wieder hinauskommen, wenn das Bild echt war, aber das Bild konnte nicht echt sein, es waren so viele in diesem Raum, es war nicht möglich, aber was, wenn es doch echt war. Die Hoffnung trieb ihn auf Mosca zu, immer näher. Seine Augen waren auf seinem Schwanz, auf dem Bauch und dann in seinem Gesicht.

Ich habe ein Bild gefunden, sagte er. Er zitterte.

Herta stand hinter ihm mit dem Bild fest unter ihrem Arm, sie spürte seine Angst, die Scheu, die aufsteigende Verzweiflung, weil alle Träume umsonst gewesen waren.

Ich habe ein Bild gefunden, sagte er noch einmal, gestern, in München. Ich bin Müllfahrer. Es war im Müll, ich habe es gefunden.

Er stockte. Er schaute wieder zu den blauen Bildern hin. Er wollte gehen. Er wollte diese Wohnung auf der Stelle verlassen, er war nach Frankfurt gefahren, um reich zu werden. Er war ein Idiot. Er sagte nichts mehr.

Mosca schaute ihn an. Oliviers Blick ging wieder in den Boden. Herta schwieg.

Zeigen Sie mir das Bild, sagte Mosca.

Er stand unbewegt am Fenster. Olivier drehte sich um zu Herta, er war froh, sie wiederzusehen. Er deutete mit seinen Augen, sie solle das Bild auspacken. Herta tat es. Sie hielt es vor sich. Es war wunderbar blau, wie alle anderen Bilder im Raum.

Mosca war überrascht. Und entsetzt.

Alles, was Jo wichtig gewesen war, sie hatte es auf den Müll gebracht. Das Bild wollte zu ihm zurück.

Ist es echt, fragte Herta.

Sie musste es fragen.

Was glauben Sie, fragte Mosca.

Er war vollkommen ruhig. Er hatte sich bereits verabschiedet von diesem Bild. Herta schaute auf die Wände.

Die können unmöglich alle echt sein, so viele Originale, das kann sich kein Mensch leisten, die können nicht echt sein, nein.

Sie sind nicht echt, sagte Mosca.

Er sah, wie der Mann vor ihm zuckte, wie er sich unwohl fühlte, wie er diese Antwort hasste.

Olivier brach fast zusammen, er wollte versinken im Boden, weg von dem nackten Mann, er wollte das nicht hören, dafür war er nicht hergekommen, er wollte dieses neue Leben mit Herta. Er wollte, dass es nicht aufhörte. Mit seinen Augen, mit seinen Backenknochen, seinem Mund deutete er zu Herta hinüber.

Bitte lass uns gehen, lass uns verschwinden von hier.

Er presste die Zähne zusammen, zog seine Wangen weit nach oben und rollte die Augen Richtung Ausgang. Er wollte sich nicht mehr umdrehen, dem nackten Mann nicht mehr in die Augen schauen. Sie waren hier eingedrungen, dieser Mann hatte sie freundlich empfangen, er wollte jetzt gehen, auf der Stelle. Sein Gesicht schrie es. Da kam es ruhig in seinen Rücken hinein.

Alle Bilder an der Wand sind Fälschungen, Sie halten das einzige Original in der Hand.

Mosca spürte die Sonne auf seiner Haut, sie kam still durch die großen Fenster. Deshalb liebte er diese Wohnung. Sie war hell, das Licht flutete den Raum schon am Morgen.

Olivier konnte nicht mehr atmen. Er wusste nicht mehr, was er tun sollte, ob er sich bewegen sollte, laufen, wegrennen, etwas sagen.

Ich komme gleich wieder, sagte Mosca. Ich werde mich ankleiden, warten Sie hier solange.

Dann ging er ins Schlafzimmer und schloss die Tür.

Er setzte sich aufs Bett und rief oben im Restaurant an, wie jeden Morgen. Er bestellte Frühstück, so wie er es immer tat. Dann begann er sich langsam anzuziehen.

Im Restaurant läutete das Telefon.

Der Oberkellner nahm die Bestellung entgegen wie jeden Morgen, er winkte der Aushilfe und bereitete das Tablett vor. Er steckte Blumen in eine kleine Vase und arrangierte sie zwischen dem Geschirr. Blumen wollte er immer, und das Trinkgeld war außerordentlich.

Anna schaute ihm kurz zu. Sie hörte das Läuten, sie beobachtete das hektische Treiben, sie war froh, dass sie erst am Abend arbeiten musste. Sie hatte Zeit, sie überlegte zu kündigen, so wie sie es jeden Tag tat. Sie war Malerin, diese Arbeit hier hasste sie.

Ihr Blick ging wieder durch die Scheiben nach draußen. Ihr Dienst würde um fünf beginnen, sie würde diesen Tag mit diesem Schlüssel verbringen. Ihre Gedanken waren wild und schön. Unten Frankfurt.

Herta reagierte blitzschnell.

Sie ging zwei Schritte, nach vorn, packte Olivier am Arm und zog ihn hinter sich her, sie rannte Richtung Ausgang. Olivier kam nicht dazu, etwas zu sagen, er ließ sich mitreißen. Er rannte hinter Herta her und warf die Tür ins Schloss.

Mosca hörte es. Er lächelte.

Er stand vor dem Schrank und betrachtete seine Anzüge. Es waren so viele. Er griff gezielt nach einem und legte ihn aufs Bett. Dann nahm er ein Hemd aus der Lade, Unterwäsche, Socken und Schuhe. Er schloss kurz die Augen, dann machte er sie wieder auf und begann sich anzuziehen.

Herta zerrte Olivier Richtung Lift.

Komm, Lieber, wir haben es gleich geschafft.

Nein, Herta, nein, warte, er wird unten beim Portier anrufen und uns aufhalten lassen, sie werden uns unten empfangen, wenn die Lifttür aufgeht. Herta warte.

Es brach aus Olivier heraus, seine Augen waren groß, er war aufgeregt, und doch mischte sich ein Lächeln zwischen seine Worte, und Angst.

Er zog an Herta, hielt sie fest, stoppte sie.

Lass uns die Treppe nehmen, Herta, bitte.

Er riss sich von ihr los und öffnete die Tür, Notweg stand da. Herta folgte ihm.

Vielleicht hast du Recht, Lieber.

Dann rannten sie die Treppen hinunter, Stockwerk für Stockwerk, Olivier vorn, Herta hinter ihm. Man hörte ihre Schritte, wie sie die Steinstufen hinunterstolperten, ihren Atem, wie er wild und unkontrolliert und heftig war, man hörte, wie Herta etwas sagen wollte, sie es aber nicht konnte, wie es kurz herauskam aus ihr, dann aber stecken blieb in ihrem Mund, weil sie es nicht gewohnt war zu rennen, weil ihr Körper zu schwer war und die Stufen nicht aufhörten. Das Bild unter ihrem rechten Arm war sperrig. Sie klammerte ihre Finger um den Handlauf, sie ließ ihn immer wieder los und griff nach ihm, sie bemühte sich.

Komm, Herta, schneller.

Olivier rannte wie besessen. Er stolperte die Treppen hinunter. Er rannte, er hielt sich fest mit beiden Händen, er schleuderte seinen Körper um die Kurven, von Stockwerk zu Stockwerk. Aber es hörte nicht auf.

Sie mussten hier weg. Schnell. Herta war zwei Stockwerke hinter ihm. Er hörte, wie sie langsamer wurde, wie sie plötzlich stehen blieb.

Olivier, ich, warte, warum, warum rennst du.

Olivier stoppte seine Beine, er drehte sich um, schaute nach oben. Er hörte sie nur, er konnte sie nicht sehen.

Es war still im Treppenhaus. Außer ihnen war niemand da.

Warum rennst du, hörte er sie atemlos.

Sie röchelte es fast. Er atmete leise ein und aus. Er hörte hin, ob da sonst noch jemand war, ob eine Tür aufging oben. Aber es war still im Treppenhaus. Sie rührten sich nicht, sagten nichts, hörten nur hin, beide. Da war ihr Atmen, sonst nichts. Und dann wieder Herta.

Olivier, wir müssen nicht rennen, ich kann nicht mehr, warte.

Sie setzte sich auf eine Stufe, das Bild stellte sie neben sich. Olivier stieg vorsichtig die Stufen wieder hinauf. Sie war erschöpft, sie blies mit großen Augen Luft zwischen ihren Lippen nach draußen. Ein Geräusch, wie es Pferde machen, kam Olivier entgegen. Er sah das Bild, wie es friedlich dastand, Herta, wie sie ihn anlachte. Wir müssen nicht rennen, Olivier.

Sie schüttelte den Kopf.

Wir warten hier. Kein Mensch benützt diese Treppe, setz dich, Lieber. Keiner wird uns hier finden.

Olivier schaute nach oben, dann setzte er sich zu ihr. Eine Weile sagte er nichts und hörte nur das Geräusch, das aus Herta kam. Er versuchte, Ordnung zu finden in sich, er sah den nackten Mann vor sich, er berührte das blaue Bild.

Es ist schön, sagte er.

Herta nickte.

Und es ist ein Vermögen wert, Lieber.

Sie nahm seinen Kopf in beide Hände und drückte seine Wange an ihren Mund. Dann seine Lippen. Olivier dachte nach. Es war schwer für ihn zu akzeptieren, dass alles so einfach war. Hertas Zunge war in seinem Mund.

Das blaue Bild stand neben ihm an der Wand.

Er würde nie mehr auf einen Müllwagen steigen, er würde sich um den Weinkeller kümmern. Er streichelte Hertas Zunge mit seiner und hörte auf zu denken.

Es gab keine Fenster im Treppenhaus. Neonlicht kam von der Decke. Olivier umarmte Herta.

Herta hielt zart Oliviers Gesicht.

Ming lag in den rosaroten Laken.

Ben schlief jetzt.

Onni schaute zu, wie sie tanzten. Seine Windel war wieder nass.

Anna holte sich Toast aus der Küche und setzte sich wieder zum Fenster. Sie war bei ihren Bildern.

Mosca zog die schwarzen Socken nach oben.

Der Kellner läutete mit dem Frühstück.

Das war vor sechsundzwanzig Minuten.

Der Kellner blieb über zehn Minuten in Moscas Wohnung. Mit dem leeren Tablett kam die Aushilfe den Gang entlang, er ging langsam dahinter. Er hatte leise die Türe zugemacht und sich lange gewundert.

Dann fuhr er wieder nach oben.

Anna saß immer noch am Fenster und sah nach draußen, den Schlüssel in ihrer Hand.

Mosca setzte sich in das weiße Ledersofa und frühstückte. Es war ein herrlicher Anzug, er hatte ihn noch nie getragen. Alles stimmte. Er hatte sich die Haare dezent nach hinten geföhnt, Parfum auf sich verteilt und sich den Stoff um die Haut gelegt. Er nahm Schinken und legte ihn auf ein Brot. Er schlug dem Ei den Kopf ab, er trank italienischen Kaffee aus einer eleganten Tasse.

Es roch nach schönem Leben. Alles im Raum.

Mosca kaute. Er wischte sich den Mund mit einer Serviette. Er mochte Schinken auf Vollkornbrot. Er kaute. Zufrieden und still. Er war allein.

Und nichts, das laut war.

Der Oberkellner sah hinüber zu Anna.

Er wunderte sich immer noch. Sie arbeitete jetzt seit fünf Monaten hier, er schätzte sie, auch wenn sie kein Hehl daraus machte, dass sie Männer nicht mochte. Sie war freundlich, aber bestimmt und abweisend, wenn man ihr näher kam. Er ging zu ihr hin.

Sitzt du bequem, fragte er, gefällt es dir hier so gut, dass du jetzt auch morgens kommst.

Er wusste, dass sie nicht lachen würde, dass es sinnlos war. Anna schaute ihn verwundert an. Er kam mitten in ihre Gedanken hinein.

Was kann ich für dich tun, fragte sie.

Er setzte sich.

Kurz nur, sagte er. Mir ist etwas sehr Seltsames passiert, und ich denke, du solltest es wissen.

Anna knetete immer noch den Schlüssel, sie wollte nicht mit ihm reden, er war sympathisch, aber sie wollte jetzt nicht mit ihm reden. Sie würde nach Hause gehen und ihre Bilder abnehmen, sie würde sie bald unten ausbreiten, sie würde ihnen ein neues Zuhause geben.

Vielleicht heute noch, vor der Arbeit. Sie könnte zwei Stunden früher im Haus sein, vielleicht auch vier.

Sie wollte zurück in diesen Raum, sie konnte es schwer erwarten. Sie dachte an alles, was sie gesehen hatte, an Mosca, an die blauen Bilder. Sie hörte nur halbherzig zu. Der Oberkellner nahm ihren Arm.

Er merkte, dass sie nicht bei ihm war.

Anna, hör mir bitte zu.

Seine Finger legten sich um den zarten Arm, zerrten leicht an ihm. Anna zuckte zusammen. Sie riss ihren Arm nach oben, schleuderte die Hand von sich weg.

Was soll das, schrie sie.

Ihre Stimme flog kurz durch den Raum, Blicke kamen an ihren Tisch. Einen Moment lang. Dann schwieg sie wieder. Sie setzte sich aufrecht und schaute sich um. Verzeih, sagte sie.

Ich wollte dich nicht erschrecken, sagte er. Ich wollte, dass du mir zuhörst, ich muss dir etwas sagen, ich denke, es ist wichtig für dich.

Der Oberkellner war peinlich berührt. Er mochte die Blicke der Gäste nicht auf sich. Er bereute es, dass er sich gesetzt hatte, aber er wollte loswerden, was er wusste.

Verzeih, sagte sie noch einmal, ich war in Gedanken, ich bin erschrocken, ich bin noch müde.

Sie schaute ihn an. Sie war jetzt bei ihm.

Hör zu, Anna. Im zweiunddreißigsten Stock gibt es einen Literaturkritiker, er bestellt täglich Frühstück bei mir, ich denke, du kennst ihn.

Er machte eine kleine Pause.

Ich wusste nicht, dass er Literaturkritiker ist, sagte Anna. Sie war jetzt hellwach.

Er hat mich nach deinem Namen gefragt, ich habe ihm das Frühstück serviert. Er ist im Anzug dagestanden und hat mich nach dir gefragt. Ein außerordentlich schöner Anzug. Ich habe mich gewundert, wo er am Morgen hinwill, so fein. Egal. Er fragte mich, wie du heißt, er ließ sich den Namen buchstabieren. Dann schrieb er ein paar Zeilen. Warten Sie, hat er gesagt, als wir gehen wollten. Wir bringen das Frühstück immer zu zweit. Er schätzt erstklassigen Service. Wir sind neben ihm gestanden und haben gewartet, bis er fertig war. Mit Füllfeder auf ein weißes Blatt hat er geschrieben, fünf Sätze.

Ich möchte, dass Sie das bezeugen, sagte er, ich bitte darum, hat er noch dazugesagt.

Er gab mir das Blatt in die Hand und ich las es. Es ging um seine Wohnung. Wo sie ist, welche Nummer im Grundbuch, und dass er sie nach seinem Tod vererbt. Dir, Anna. Dein Name stand auf dem Zettel. Und er wusste nicht einmal, wie du heißt.

Hast du gehört, Anna. Er hat sein Testament gemacht. Wir haben unterschrieben. Hörst du, Anna.

Du bist die Erbin, Anna.

Wieder griff er nach ihrem Arm, weil sie nichts sagte. Diesmal wehrte sie sich nicht.

Er hat mir Trinkgeld gegeben, Anna, viel Trinkgeld, dann hat er uns verabschiedet. Verstehst du mich. Was sagst du dazu. Anna, sprich mit mir, bitte.

Er drückte ihren Arm, strich mit der Hand über ihre Schultern, aber sie hörte ihn nicht mehr. Sie sah ihn vor sich. Mosca, wie er vor der Fotografie stand, als sie ging.

Ich kann mir nichts Schöneres vorstellen, hat er gesagt. In seinem Gesicht ist ein Lächeln gewesen.

Dann hat er ihr die Hand gegeben.

Dann sprang sie auf. Plötzlich.

Sie riss die Teetasse nach unten. Wieder kamen die Blicke an ihren Tisch, wieder flog die Hand des Oberkellners durch die Luft.

Das war vor fünf Minuten.

Anna, wo willst du hin.

Er schämte sich vor den Gästen, er ist erschrocken. Sie ist in die Höhe geschossen, auf die Bank gestiegen und über ihn gesprungen. Der Tee kam über die Polsterung auf den Boden. Der Kellner versuchte, die Tasse festzuhalten. Sie fiel hinunter. Anna rannte.

Aus dem Restaurant zum Lift, hinaus auf den Gang, sie drückte den Knopf. Der Aufzug war weit unten. Es dauerte zu lange. Sie riss die Tür zum Treppenhaus auf und rannte. Neun Stockwerke. Unten hörte sie Stimmen. Und dann Schritte, wie jemand begann zu rennen. Genau wie sie. Sechs Stockwerke. Sie sah den Mann auf der Fotografie vor sich, wie er die Hände ausbreitete, wie er sprang, mit dem Blick nach oben. Sie sah den Mann im Anzug, wie er dastand und lächelte. Mosca.

Ich kann mir nichts Schöneres vorstellen, hat er gesagt. Noch drei Stockwerke. Die Schritte unten waren schnell und panisch, wie ihre. Es war jetzt laut im Treppenhaus.

Olivier hatte Herta an seiner Hand. Er ließ sie nicht los. Er rannte mit ihr nach unten. Herta dachte an das Restaurant, in dem sie kochen, an die Speisekarte, die sie schreiben würde. Sie rannte. Egal, wie laut das Geräusch war, das sie machte. Sie rannte.

Die Schritte oben verstummten. Eine Tür schlug zu. Aber sie rannte weiter. Sie hörte nicht auf. Bis sie unten war. Olivier neben ihr. Sie gingen Hand in Hand auf die Straße hinaus. Das Bild unter dem Arm.

Anna drückte die Tür auf. Das war vor einer Minute.

Sie war im zweiunddreißigsten Stock. Sie hielt den Schlüssel in der Hand, sie steckte ihn ins Schloss. Sie riss sie auf. Sie rief seinen Namen. Sie sah wieder die Fotografie vor sich, zwischen Vorraum und Küche, fast lebensgroß. Der Mann im Anzug, wie er zu schweben begann. Es war still in der Wohnung. Sie schloss die Tür. Sie hörte hin, ob da irgendetwas war, dann rannte sie weiter, durch den Wohnraum zum Fenster, sie drehte sich um. Das Frühstück stand am Tisch, daneben ein Blatt Papier, eine Serviette zusammengefaltet neben dem Teller. Sie rannte ins Schlafzimmer.

An der Tür blieb sie stehen.

Sie stand nur da und schaute.

Sie bewegte sich nicht.

Das Fenster stand weit offen.

Bernhard Aichner

Das Nötigste über das Glück.

Roman

100 Seiten,

fest gebunden mit Schutzumschlag

€ 14.00/sfr 25.30

ISBN 3-7082-3152-X

Ein Roman als roadmovie: Hans und Elvina auf ihrem Trip, der auf dem Küchenboden eines Bahnwärterhauses in Österreich beginnt und in einem roten Haus mit grünem Dach endet, in der Nähe von Jerez de la Frontera, an der spanischen Küste. Eine Reise, die Hans und Elvina mit Fragen konfrontiert, von denen sie nicht wissen, ob sie die Antworten darauf überhaupt kennen wollen. Eine Reise in die Vergangenheit, die in Paris und in Hamburg stattgefunden hat, in einer Polizeistation und in der Psychiatrie. Eine Reise schließlich, die Hans und Elvina zuletzt an ihr Ziel führt: an das Ziel eines stillen, zarten, intimen Glücks.

Bernhard Aichner ist ein Meister der sprachlichen Reduktion. Seine Sätze sind knapp, seine Schilderungen haben jeden Ballast abgeworfen und sind dennoch ungemein präzise, indem sie das Wesentliche einer Stimmung, einer Szenerie, einer Atmosphäre treffen. Im Sog ihres Rhythmus und ihrer Dynamik reißen sie den atemlosen Leser mit auf eine Reise, die dort beginnt, wo alles zu Ende zu sein scheint, und dort aufhört, wo alle Möglichkeiten offen stehen.

Gedruckt mit Unterstützung durch die Kulturabteilung des Landes Tirol.

Bibliografische Information Der Deutschen Bibliothek
Die Deutsche Bibliothek verzeichnet diese Publikation in der Deutschen Nationalbibliografie; detaillierte bibliografische Daten sind im Internet über <http://dnb.ddb.de> abrufbar.

ISBN 3-7082-3200-3

e-mail: skarabaeus@studienverlag.at

www.skarabaeus.at

Buchgestaltung nach Entwürfen von Kurt Höretzeder
Satz: Skarabæus Verlag/Thomas Auer
Umschlag: Skarabæus Verlag/Karin Berner
Umschlagfoto: www.fotowerk-aichner.at
Lektorat: Skarabæus Verlag/Georg Hasibeder

Gedruckt auf umweltfreundlichem, chlor- und säurefrei gebleichtem Papier.